文
景

Horizon

社科新知 文艺新潮

述而批评
丛书

驯养生活

黄德海 —————— 著

上海人民出版社

在批评的世界里激荡风云
——“述而批评丛书”序言

文学创作的进步与繁荣，离不开文学批评的推动。卢那察尔斯基说:“历来的情况是：恰恰由于著名作家和卓有才华的批评家的通力合作，过去曾经产生过、今后将产生真正伟大的文学。”受现实生活直接影响的敏感的作家，需要批评家帮助他们形成抽象的科学思维，需要批评家来发现其优秀作品、总结其创作经验、揭示并推介其创新创造的价值。而一个时代文学创作的趋势和潮流，也需要批评家用他们的前瞻和敏锐，来进行指向与导引。

揆诸上海文学事业发展的历史轨迹，我们可以说，繁荣的文学批评是上海文学版图上一道特别的风景，活跃的批评家是上海集聚起来的高能级文学精英，一代代的坚守和传承是上海文学批评生生不息的泉源。

近年来，上海坚持发扬重文学批评的传统，在发挥批评大家作用的同时，十分重视青年批评家的培养，为他们搭建施展才华的舞台，逐步形成了一支阵容较为齐整的青年批评家队伍。

这些批评家有的工作在作协，有的执教、执笔于高校或研究机构，也有的活跃在报纸刊物上。他们互通声气、互相激荡，通过出版专著、在报刊和各种文学活动平台上通畅表达，指点文学江山、洞察文学思潮、剖析创作得失。他们是多面手和跨界者，不仅在批评的世界激扬文字，还常常游走于创作的天地，直接实践于小说、散文、诗歌等各种文学体裁。他们视野开阔，兼容并蓄，在坚持中国文学批评优秀传统的同时，善于运用世界文学发展的新潮流和新标准，与时俱进地开展科学的、有见地的批评。他们不仅在上海，也在中国，甚至出现在国际文学交流的舞台上，代表中国、上海，与世界文学展开近距离的对话。他们和前辈批评家一起，为上海文学创作的创新、创造和繁荣做出了积极的贡献，也预示着上海文学批评发展的前景和未来。

为集中展示青年批评家群体的成就和风采，展示上海文学批评的发展与收获，上海市作家协会策划推出这套丛书。丛书由11位批评家分别选编代表自身水准的文章集纳而成，这些文章虽然多曾在各种报刊、专著发表过，但作为一个整体的重新呈现，必能产生不同寻常的组合效应。丛书的问世对于专业人士的意义不多赘言，而对于普通读者来说，阅读这些著作，也将有助于总览中国文学、上海文学创作的流变，深入掘发作家作品的精华，深切体验作家创作的用心，深刻感受作家作品的价值。

这套丛书以“述而”命名，也寓意着青年批评家对前辈的承继、接续和阐发，述而后作，使批评的传统在文学发展的长河里不断地被赋予新的生命。我们相信，丛书的出版不会戛然而止。今后，当有更多的青年批评家和更多的成果涌现时，丛书将及时地进行扩容。

伴随着波澜壮阔的改革开放，上海文学事业走过了40年不平凡的历程，如今和国家各项事业发展一样，进入了崭新的历史阶段。新时代，文学承担着新使命，也呼唤着一大批青年批评家在文学批评领域承前启后、继往开来。今后，我们将一如既往地重视文学批评，重视培养一代代的青年批评家，让活跃、健康、高质量的文学批评，始终与文学创作、文学活动，还有文学出版、文学翻译等一起，支撑起上海文学繁荣、发展的良好局面。

是为序！

上海市作家协会党组书记、副主席王伟

第三章

附　录

第一章

在世俗的门槛上
——阿城《洛书河图》及其他

一、作为文学的学术

毫无疑问，阿城是个一流的小说家。如果怕这句话不够严谨，那在一流后面随便加上一个“汉语”或“中国”这样的定语好了。不过，作为小说家的阿城似乎没有表示出对此一文体的足够热情，以至于许多年前，作为好友的唐诺就有个担心：“很长一段时日被我个人（以及朱天心等）认定为海峡两岸小说第一人的阿城，小说书写极可能也只是他对眼前世界的‘公德心’部分，阿城极可能不会久居此地，毕竟，他太喜欢那个更火杂杂、更热闹有人的世界。”唐诺的担心有道理，不知是因为没有写成的“王八”挫伤了阿城的士气，还是因为常年的游荡磨损了虚构的热情，反正阿城不写小说了，起码我们看不到他的小说发表了。只是与唐诺担心的不尽相同，不写小说的阿城，没有全身心地投身于热闹的人间世，反而转向了一个初看起来跟他素来擅长的文学不太相同的地方。

如果在《闲话闲说》和《常识与通识》中，这个转向还不够明朗，那当《洛书河图——文明的造型探源》出版之后，大概可以毫无疑问地断定，阿城的注意力，的确已经从文学偏离。在《洛书河图》中讲解完屈原的《九歌·东皇太一》时，阿城说，把它“当诗歌文学来解，浪费了……文学搞来搞去，古典传统现代先锋，始终受限于意味，意味是文学的主心骨。你们说这个东皇太一，只是一种意味吗？”。既然阿城如此慢待文学，《洛书河图》又有很多学术方面的内容，不妨就把这本新书当学术著作来读读看。

这本书的学理，挑要紧的讲，是创造性地释读出天极和天极神符形，并在冯时的研究基础上，揭开了素称难解的河图洛书之迷——洛书符形是表示方位的；河图的河，历来认为是黄河，书中将其指为银河，所出的图呢，是围绕北极旋转的星象。结论很斩截，论证却稍嫌不足。不过，既然天极和天极神符形是首次释读出来，论证粗略算不得什么了不起的漏洞。这一点，可以算是阿城独特的学术见解。但河图、洛书呢？先不管阿城是全面借鉴了冯时的研究成果，还是对其学术成果的“创造性转化”，只看这个结论本身好了。虽然我们无法从早期文献记载中得到有关河图、洛书较为确切的内容，但其流传，大概未必像阿城相信的那样充满阴谋论色彩。河图、洛书包含的数学思想，记载有序，确实古已有之，并非出于后来者的附会。而其中的精密象数结构，历来研究毋绝，近代以来更有最新的研究成果出现，不只是方位和星象可以解明的。类似这种发前人未发之覆的大翻案文章，总归让人有点没来由的怀疑，即便讲这话的人是阿城。

大概是因为阿城对天象太过着迷，在解释《易经》的乾卦时，他坐实了爻辞与苍龙七宿的关系，比如“初九，潜龙，勿用”，解为：“这是说苍龙七宿出于日躔的状态，躔就是与太阳同升同落，观望不见为潜。汉代的《说文解字》龙部解释龙，其中说到龙春分而登天，秋分而潜渊。所以这个卦象表示秋分时的苍龙七宿状态。”以下依次解释了九二、九四、九五、上九和用九，说明都与这苍龙七宿有关。虽然书中配的那帧鱼眼镜头拍摄的“苍龙（星象）出银河图”气象宏阔，乍看之下确实会让人的心着实紧跳几下，但不知是出于疏忽还是故意，解释漏掉了九三爻。而这一爻，“君子终日乾乾，夕惕若厉，无咎”，确实很难用天象说明，不知聪明如阿城，有什么办法弥补这个漏洞吗？

即使不谈这个小小的漏洞，《易经》的取象于天文，也算不得什么稀奇，只是《易经》取象系统的一部分罢了。《系辞下》：“仰则观象于天，俯则观法于地，观鸟兽之文，与地之宜，近取诸身，远取诸物。于是始作八卦。”其取象方法，上及天文，下及地理，旁及动植物，关涉人身和人事，错综复杂且洁静精微，历来有很多精深宏富的研究，不是一句天象就可以涵盖的。如此一来，《洛书河图》的学术价值就显得有点可疑。那么，这本书究竟该看成什么？

前面说了，因为所谈与天文有关，《洛书河图》的时空数量级就显得较一般作品大。先不说其中远至银河系的空间范围，大体统计一下，书里写到的最早时间，不是春秋、商周，甚至也不是新石器时代，而是十一万年前的末次冰期；最晚的时间，则是公元28000年。在现今人文学科的书里，这样的时空量级已属罕见。何况，阿城并非凭空写下这些数字，后面有具体的天文、地质学基础，比如对岁差的认识。因为重力作用，“地轴并不是稳定不变的，它的指向会有微小的变化，就是所谓岁差”。岁差七十二年左右偏转一度，一个周期约两万六千年，变换期长，变化又极其微小，几乎不易觉察。一个人一生都未必能看到岁差的一度变化，更不用说看到岁差周期了。意识到地轴指向的恒定天极也会暗中变换，可以稍微去掉一点人的固执之心。对岁差有所体认，凭一己之力根本不够，必要与古人记载呼吸相接，那时身心一振，“鹊桥俯视，人世微波”。

不光是时空数量级，阿城在这本书里，仿佛用足力气往高处走，往一个自由的、神圣的状态里走。如《论语》中反复讨论的“仁”，阿城认为在孔子那里不过是个起点，艺术状态的“吾与点也”，才是孔子的志向所在，“孔子在这里无异于说，你们跟我学了这么久，不可将仁啊礼啊当作志，那些还都是手段，可操作，可执行，也需要学啊修啊养啊，也可成为某些范畴、某些阶段的标志，但志的终极，是达到自由状态”。讲屈原的《九歌·东皇太一》“穆将愉兮上皇”时，阿城甚至一下子讲到了极高：“穆是恭敬的意思；愉兮上皇，上皇就是东皇太一，我们要恭敬地弄些娱乐让上帝高兴高兴……在巫的时代，是竭尽所能去媚神，因为是神，所以无论怎么媚，包括肉麻地媚，都算作恭敬。神没有了，尼采说上帝已死，转而媚俗，就不堪了，完蛋。”阿城这是要把诗或艺术高推到神境吗？或许是。“（陶器上的）旋转纹在幻觉中动起来的话，我们就会觉得一路上升，上升到当中的圆或黑洞那去，上升到新石器时代东亚人类崇拜的地方去，北天极？某星宿？总之，神在那里，祖先在那里。”是不是觉得，阿城从《诗经》的“风”，一下子跳到了“颂”：“美盛德之形容，以其成功告于神明者也。”

这种铆足了劲儿往高处走的劲头儿，不再像那个蔫头耷脑地喜欢在闹市里看女子的阿城，多了一种庄严的神情在里面。阿城这本书，甚至还有他那些锁在抽屉里从未公开过的篇章，按现下的学术或文学定义来评判，大概都不符合标准，却自有它天马行空的神骏和洒脱。我不知道该怎么称呼这种文章，只好来听阿城讲《洛神赋》。一篇长赋，不过讲了两句，第二句是“若将飞而未翔”。“你们看水边的鸟，一边快跑一边扇翅膀，之后双翅放平，飞起来了。将飞，是双翅扇动开始放平，双爪还在地上跑；飞而未翔，是身体刚刚离开地面，之后才是翔。这个转换的临界状态最动人。”阿城文章动人的地方，大概正在这似文学似学术，却非文学非学术的“神光离合，乍阴乍阳”的闪闪烁烁之间。

如果非要把阿城的这类文字定位，或许可以说，这是一本奇特的文学作品。在这本书里，我们习惯称谓的学术，有效地转化为一种文学质素，也让它脱离了单纯的意味状态，成了视界更为扩大、涵容更为丰富的文学，从而扩大了文学本身的容量，并有可能改变我们已经根深蒂固的狭窄的关于什么是文学的成见。

二、残酷的常识

阿城喜欢谈论常识，谈论常识的阿城往往显得冷酷。常识不应该是平常的、温和的吗，为什么谈论常识的阿城居然显得冷酷?

在现代社会，尤其是现在的中国，被谈论得最多的常识，是托马斯·潘恩意义上的。潘恩在《常识》一书中，“要求读者做好准备的，只是摆脱偏见和成见，让理智和感情独自做出判断，持真守朴，不受现时代的拘束而尽量扩大自己的见解”，以普及他认为需要作为常识的现代政制基础。谈论这意义上的常识极其重要，因为人类最离不开的事情就是如何在一个共同体中生活，而一个共同体事务的重中之重，就是古希腊称为政制（politeia）的问题。

乍看起来，阿城谈论的常识与潘恩不同，他的重点，在孟子“人之异于禽兽者几希”的“几”，深入的是人从生物性生发的种种情状。这些常识都是什么呢？思乡与蛋白酶、爱情与化学、艺术与催眠、攻击与人性、鬼与魂与魄与神的关系、情商与基因……多与人的生物性基础相关。思乡不过是思家乡的饮食，背后作怪的是胃里的蛋白酶；爱情呢，起因于人脑中的化合物；攻击性是人的本能，婚姻是基因利益的选择……这些常识，有些是极好的提醒，可以让我们在日常中不要任意而为：“千万不要拿本能的恐惧来开玩笑，比如用蛇吓女孩子，本能的恐惧会导致精神分裂的，后果会非常非常糟糕。”其他的呢，多显得不近人情，起码对人构不成安慰。比如：“爱情是双方的，任何一方都有可能败坏对方的记忆，而因为基因的程序设计，双方都面临基因的诱惑。我们可以想想原配婚姻是多高的情商结果，只有人才会向基因挑战，干这么累的活儿。”比如：“青春这件事，多的是恶。这种恶，来源于青春是盲目的。盲目的恶，即本能的发散，好像老鼠的啃东西，好像猫发情时的搅扰，受扰者皆会有怒气。”

煞风景是吧，甚至有些残酷，不过真相却大概正是如此。让人稍许宽心的是，阿城所讲的常识建立在现代科学基础之上。既然是科学，就有被证伪的可能，将来或许会有所改变。不过，不管在这些常识被证伪之前还是之后，诚恳地认识人的生物性本然，进而与本能周旋，或许是人生不再那么残酷的起点。

即便是每个结论看似从生活中摸索出来的阿城，较真起来，他的许多想法，也并非横空出世。比如他谈论常识的这个生物学起点，相似的意思，周作人就曾说过："我很喜欢《孟子》里的一句话，即是，人之所以异于禽兽者几希。这一句话向来也为道学家们所传道，可是解说截不相同。他们以为人禽之辨只在一点儿上，但是二者之间距离极远，人若逾此一线堕入禽界，有如从三十三天落到十八层地狱，这远才真叫得远。我也承认人禽之辨只在一点儿上，不过二者之间距离却很近，仿佛是窗户里外之隔着一张纸，实在乃是近似远也。"在周作人看来，道德高调唱了千八百年的中国，"应当根据了生物学人类学与文化史的知识，对于这类事情随时加以检讨，务要使得我们道德的理论与实际都保持水平线上的位置，既不可不及，也不可过而反于自然，以致再落到淤泥下去"。阿城谈论建基于生物性基础上的常识，大约用心与周作人有些相似。不过，除此之外，阿城提倡常识，还有另外一个指向，即他从自身经历的动荡中，发现了一种脱离常识改造社会的行为。这行为，不妨称之为"乌托邦催眠系统"。

较早的乌托邦设想，因为设计者的审慎美德，原本不会和煽动狂热的催眠系统联系在一起。在被认为是乌托邦源头的《理想国》里，柏拉图要建立的，不过是一个"言辞的城邦"，它只存在于言辞的领域，从来不在地上："柏拉图在《理想国》中描绘的一切都必须被认为是神话，他只是借此表达出他的思想。如果你想创建这种国家，就可能上当受骗。”在莫尔提供了“乌托邦”一词出处的著作中，他也并不召唤针对现实的极度变革，遑论革命了。更何况，禀性温和的莫尔乌托邦的实施范围，跟柏拉图《理想国》设想的城邦相同，也不过是局限在一个小岛上，并没有普世推广的雄心壮志。要到19世纪，尤其是20世纪以来，对理性越来越自信的人们，对乌托邦的热爱才到了狂热的地步，不但要求实施的范围一步步扩大，直至扩大到几乎全世界，而且推行的强度越来越高，差不多总是以大规模杀戮结束。

等这个乌托邦的狂热加温升级，借助一个据说是“宁静安详的人”，远兜远转地传到中国，跟中国所谓的“人人可以为尧舜”结合，抟弄出了一个更加变本加厉的乌托邦催眠系统。这个催眠系统打破了催眠小型封闭空间的局限，无视世俗的复杂生态与人性的参差不齐，集中力量煽动狂热，对外要求世俗整齐划一，对内要求人变成一张“擦净的白板”（tabula rasa），以便在社会和人心上画出最新最美的图画。

难以避免的，这个庞大完美要落实到地上的乌托邦，会突破常识的禁忌，借助催眠导致的迷狂，造成难以避免的社会生态灾难。“‘无产阶级文化大革命’，简单说，就是失去常识能力的闹剧。也因此我不认为‘文化大革命’有什么悲剧性，悲剧早就发生过了。‘反右’‘大跃进’已经是失去常识的持续期，是‘指鹿为马’，是‘何不食肉糜’的当代版，‘何不大炼钢，何不多产量'。"这一迷狂的背后，有强大的权力之剑，在这把剑面前，说出常识，有说出"皇帝没有穿新衣"的危险。即使这狂热造成的巨大迷狂已经时过境迁，借由意识形态的强大力量，人仍旧在乌托邦催眠系统的控制之下。阿城在被催眠的人群中讲常识，目的就是为了把人从包括乌托邦催眠在内的各种有害的催眠系统中唤醒，回到那个我们置身其中的，无法被化约的复杂真实世界。但陷入催眠狂热的人，怎么会愿意醒来呢，惊扰甚至惊起人的美梦，当然就显得冷酷。在这个冷酷里，我们大约会发现，起点与潘恩相异的阿城，在用心上却表现出某种一致。

虽然惊醒梦中人的常识讲得这样有板有眼，阿城却并不一例反对人在催眠中做美梦。他曾讲过一个巫医给知青治牙痛的故事：把牛屎糊在脸上，在太阳底下暴晒。后来，巫医说牙里的虫子出来了，知青的牙居然也不痛了。按现代医学常识，这有些荒谬。但是，阿城提醒，"不要揭穿这一切。你说这一切都是假的，虫牙不是真有虫，天天牙痛是因为龋齿或牙周炎。好，你说得对，科学，可你有办法在这样一个缺医少药的穷山沟儿里减轻他的痛苦吗？没有，就别去摧毁催眠。只要山沟儿里一天没有医，没有药，催眠就是最有效的，巫医就万岁万万岁。回到城里，有医有药了，也轮不到你讲科学，牙医讲得比你更具权威性"。这就是阿城对具体的人的体恤，他知道常识对有害催眠系统的祛魅，同时也知道不能在不具备祛魅条件的情况下讲常识。对催眠系统的点破或保留，要根据不同的具体，盲目地陷入或反对，都是“常识缺乏”。

如此看来，那个在谈论常识时显得冷酷，有时冷酷到有些庄重的阿城，背后深藏的，是他对这个世界的热心（跟阿城给人的印象不符是吧）。其实，对一个如此热心的阿城，面对中国社会的具体现实，我甚至不愿意把他所讲的这些称为常识，而是一个热心人的卓绝见识。当然，还是阿城自己说得更好：“任何高见，如果成为了生活或知识上的常识，就是最可靠的进步。”

三、在世俗的门槛上

阿城对世俗的热爱是出名的，其俗态可掬也流传得很广。但是不是可以就此断定，阿城是个结结实实的世俗中人？

习惯了，或起码在想象中习惯了阿城对世俗的随和态度，听多了他不紧不慢的俗腔俗调，读到他《洛书河图》一段挖苦嘲讽又略显峻急的话，会不觉一凛：“你们大概将来是要做艺术家的，志在画价一亿以上吧？其实只要恪守不损害他人为底线，无所谓对错。又或者留心文论，嘴能说诸多概念手能画各种文本渐渐成为公知，也是蛮艰苦的。其实追求虚荣等等都不是什么罪过，最终也是火葬烧成骨灰还算一生圆满，不在乎内心是否达到自由状态。如果你们的志向是这样，上面的算我白说。”

这话严肃，甚至有点愤世嫉俗，几乎让人看破了阿城不满世俗的一面，也差不多要毁掉此前阿城世俗中人的形象。不止如此，在这本据讲课整理、文字不算多的书里，阿城在辨认出青铜器上的天极符形之后，说完它“源远流长，又高贵又可爱”，便开始调侃：“我看出来了，你们正琢磨着怎么抢先去注册个图形专利吧？”话锋一转，突然变得严肃起来：“且慢，这个符形是中国从古到今的公产，虽然远古只有王才能祭祀它，同时也靠祭祀它来证明祭祀者的合法性，这个合法性又由社稷血脉承认，所以实际上它是保佑着我们的血脉流传，申遗还差不多。”说这番话的，还是那个衣敝缊袍、髭须不剪以与世俗处的阿城吗？

我们往往会把一个人平常喜好谈论的东西误会为这个人本身，认为阿城是世俗之人的想法，大概就源于这样的误解。没错，阿城是喜欢谈论世俗，他讲谈小说的《闲话闲说》的副题便命为“中国世俗与中国小说”。这本小书的胜义，我以为也正在对世俗的精深体察。阿城承认，不少评论里提到他小说《棋王》里的“吃”，“几乎叫他们看出‘世俗’平实本义”。我们并不会把柏拉图笔下整日谈论铁匠、鞋匠和皮匠的苏格拉底当成工匠或其他什么人，而坚定地认为他是一个爱智的哲人，为什么阿城因为谈论了世俗就该是世俗中人呢？

阿城对世俗满怀情意，是因为他明白世俗是一个自为的完整生态，如天然的热带雨林，用不到置身事外的极力维护或大张毓伐，知道谨慎地爱惜就好了："我在云南的时候，每天扛着个砍刀看热带雨林，明白眼前的这高高低低是亿万年自为形成的，香花毒草，哪一样也不能少，迁一草木而动全林，更不要说革命性的砍伐了。"对阿城来说，"扫除自为的世俗空间而建立现代国家，清汤寡水，不是鱼的日子"，作为鱼的老百姓，也就难免老是进退失据。在他心目中，世俗应该是"无观的自在"，其中有男耕女织，也有男盗女娼；有快乐的瞬间，也有无奈的叹息；有种种的小烦恼，也有各色的小得意……总之，世俗是一个长期共生而长成的空间，人可以在里面宽裕地爱或恨，欢欣或失意，容得下放肆的举手投足。

阿城懂得，世俗的"糟粕、精华是一体，'取'和'去'是我们由语言而转化的分别智"。有这份见识和爱惜在，他当然不满于对世俗颟顸的指手画脚，更不用说借助强力推动的改造了，因为对世俗自以为是的规训会束缚世俗中人的手脚，生态复杂的自为世俗不免变得单调刻板。不过，爱惜并不等于溺于其中。柏拉图笔下的苏格拉底在为自己申辩时说："你们不会相信……你们听我省察自己和别人，是于人最有益的事；未经省察的人生没有价值，这些话你们更不会信。"把苏格拉底和他谈论的对象区分开来的，正是这个省察的态度。就像能省察"百姓日用而不知"的人并非百姓一样，不妨这么说，阿城谈论世俗，在起始意义上就有一种省察的态度在里面，并非他自己是世俗之人的声明。

虽然强调“世俗是自为的，是一种生态平衡”，有其勃勃的生机，但阿城并没有陷入民粹式对世俗自上而下的赞赏，并进而单向地与世俗一致。他始终保持着对世俗的谨慎距离，因为知道世俗里也有人类共有的“生命本能在道德意义上的盲目”，有其肮脏和污浊，不只是赞颂的对象。在几乎被人看出阿城世俗用心的《棋王》里，有这么一段:“家破人亡，平了头每日荷锄，却自有真人生在里面，识到了，即是幸，即是福。衣食是本，自有人类，就是每日在忙这个。可囿在其中，终于还不太像人。”这或许就是阿城与世俗的共生方式，懂得世俗的自为，自己也长在俗世里，却并不囿于其中，而是能跳出来观照。把阿城的谈论对象等同于阿城本人的人，大概是把阿城对谈论对象的真挚诚恳当成了他自身的选择，混淆了省察者与单纯置身其中者的不同。

需要强调的是，省察者并非由可以借由省察获得置身世俗之外的特权。一个省察世俗的人必须认识到，由完全超越世俗的人组成的社会，不可能存在，世俗之所以是世俗，就因为它对超越世俗有一种本质性的、不可救药的抵抗。不管一个人有怎样卓绝不凡的内心世界，他一旦在世俗中出现，就必须，也只能置身于在世俗之中。如果把世俗与自己超越的内心世界对立起来，所谓的超迈世俗者就与世俗悖谬地站在了一起。因而，一个超迈世俗的人该做的，不是对他以为不合理的世俗愤怒或指斥，而是必须倒转过来，其所作所为要经过世俗的检验。所有不懂得世俗和世俗人心的人，都配不上超越世俗者的称谓。

从这个方向看，阿城倒真是超越世俗的人。不过，这样说并不准确，经过世俗检验的阿城，确切地说，应该在世俗之外又置身世俗之中的。他虽能跳出世俗来观照，却并不离开俗世，而是生长在里面，觉得自为的世俗从容宽裕，待在里面舒服——虽然近代以来，这个宽裕的世俗愈加狭窄。这正是阿城的方式，观看，理解，欣赏，可自己并不就是对象本身。阿城仿佛总是这个样子，跨在世俗的门槛上，一脚门外，一脚门里，我们刚刚觉得在某处抓住了他，他又在相反的方向出现了，蔫蔫地不言不语。

客厅里的城市
——金宇澄《繁花》

一

习惯了情节紧凑、人物关系明了的小说，会觉得《繁花》的故事密集得有些松散，人物多到有点芜杂，读起来不免劳心费力，像苏东坡读贾岛的诗，“初如食小鱼，所得不偿劳”。

虽然作者写作时一直考虑着读者，但《繁花》阅读的起始难度并未降低。叙述中，人和事的动作幅度都控制在一个非常小的范围内，再乖张的人，再离奇的事，作者都没有让其跃出叙事语调的平静，仿佛电影的慢放，再剧烈的动作，观看时都是缓慢的。与之相应，小说的色彩也不强烈，很像刻意减弱了对比度的黑白照片，只偶尔透出点妖娆。另外，这么一部对话占据了极长篇幅的小说，读起来的总体感觉是安静，里面轻微的响动，也像春天里青草生长的声音。

更为考验读者耐心的，是小说的闲笔。作者无意为小说里的故事和人物设定任何目标，似乎只是随着时间的进展，散散漫漫地把自己的所见记录下来，往往在叙述中出现一样东西，一方景致，作者就跟着调转笔头，去写这样东西，这方景致，“好像是一道流水，大约总是向东去朝宗于海。它流过的地方，凡有什么汊港湾曲总得灌注潆徊一番，有什么岩石水草，总要披拂抚弄一下子，才再往前去，这都不是它的行程的主脑，但除去了这些也就别无行程了”（周作人《〈莫须有先生传〉序》）。

在《繁花》里，很难找出一个贯穿全书的情节，只有挨挨挤挤的一件事连着另一件事，一个人引出另一个人，一场对话紧接着另一场对话，牵牵连连，似断非断。即使援引爱默生的话，“连贯一致是庸人骗人的戏”，来为其开脱，《繁花》的不连贯也太过突出了。读《繁花》，仿佛在看一台不停改变频道的电视，不断变换的节目各自为政，毫无关联。要陪伴这些看似无关的节目很长时间，才能渐渐发现节目间千丝万缕的联系，并慢慢积聚起来，在脑海中形成某种特殊的印象。当然，阅读的耐心要足。《繁花》中看似散漫的记载，最终也构成了一种独特的氛围，这种独特的氛围又反过来安置着小说中的人物和故事，最终两者完满地结为一体，呈现出丰厚的生活样态。

这个生活样态，仔细辨认，不就是那个我们追慕不已的“上海的味道”？这样说来，《繁花》岂不是一部略显奇特的“城市小说”？

二

现代以城市为对象的小说写作者，大部分采取冷静的旁观姿态，凭借冰冷的理智和残酷的想象，把城市变成孤独的代名词，寂寞的名利场，是残酷的丛林法则设定的固定场域，异化的恶之花遍地开放。在这个意义上，现代城市小说的作者在里说里是一个城市的陌生客，尽管他可能居住在某座现实的城市之中。

与此相比，《繁花》的作者没有在作品中流露出一点置身事外的姿态，他不疾不徐地讲述着这个城市的故事，显然兴致勃勃，意犹未尽。《繁花》的作者之于上海，更像是巴尔扎克之于巴黎。巴尔扎克是巴黎的老熟人，他在巴黎做过枪手，负过债，也依靠自己编造的贵族身份出入高级场所。他体味了巴黎的残酷，也享受过巴黎的繁华，甚至可以说，巴尔扎克就是巴黎的化身。金宇澄的上海经历大概没有巴尔扎克在巴黎那么富于传奇性，但从他作品中手绘的四幅上海地图，以及小说中诸多精微细致的咂摸，不难看出他对上海的熟悉，喜爱，甚至沉迷。或者可以这样确认，金宇澄深入了这座城市的细节，看到了这个城市的部分秘密，并让这本小说的讲述者变成了这个城市的组成部分。

这种对一座城市喜爱以至沉迷的态度，让《繁花》在一定程度上接通了异于现代以城市为对象的小说的一个文学传统。早期欧洲所谓的城市文学，是与中世纪的宗教和骑士文学对立的创作，主要描写市民的日常生活，围绕市民关心的问题叙述，鲜明的世俗色彩是其基本特征。我们熟知的古代小说，长篇的或成规模的，如《西游记》、《金瓶梅》、《封神演义》、“三言”、“二拍”、《海上花列传》等，无一不是描写世俗，而且是要世俗之人来读的。《繁花》进入的，正是这一久被淡忘的世俗的城市文学序列。

不妨读读《繁花》“引子”之前的一段：

> 头伸出老虎窗，啊夜，层层叠叠屋顶，本滩的哭腔，霓虹养眼，骨碌碌转光珠，软红十丈，万花如海。六十年代的广播，是纶音玉诏，奉命维谨。之后再见“市光”的上海夜。风里一丝苏州河潮气，咸菜大汤黄鱼味道，氤氲四缭。对面有了新房客，窗口挂的小衣裳，眼生的，黑瓦片上，几支白翅膀飘动。

在这段不长的文字里，上海这座城市的现代特征和自然景致，乃至浓浓的居家气息，自然而言地收拢在一起，酝酿，发酵，传达出世俗的深味。而那些即将登场的人物，也即将在这样的环境里活泛开来，起床，伸懒腰，化妆，然后大大方方地走进小说的正文。

正是《繁华》里的这样环境和人物，激活了上海的体温与脉象，把城市从干枯冰冷的符号系统中还原出来，显示出内在的活力和神采。这样一座城市，不再理睬理论赋予它的抽象命名，不管是魔都还是时髦之都。它不过是人物的置身之所，生存之地，因为居住日久，人就跟这座城市生长在了一起。这样一座城市，其实就是我们存身的世界，并不是那个在小说中久已被披挂上坚硬外壳的，叫作城市的异类。

作者是站在哪个位置，看到了这样一座有点不同的城市？

三

汉代有个叫张敞的大臣，史书上记载，他“朝廷每有大议，引古今，处便宜，公卿皆服，天子数从之”。然而，张敞“无威仪”，常为妻子画眉，有人就把这个作罪证，上奏汉宣帝。宣帝居然也真的当面问起这件事，张敞回答：“臣闻闺房之内，夫妇之私，有过于画眉者。”虽然最终张敞免了罪责，但我怀疑张敞辩解时故意混淆了概念。他为妻画眉被人看见，显然不是在闺房里，而应该是在房屋的正厅，其功能类似于现在的客厅。家门一开，正厅其实是被动的半公半私场所，内连闺房，外接街道。张敞辩解时所谓的“闺房之内”，显然有点偷换概念的嫌疑。不过，我们用不着为古人担忧，引起我兴趣的，是正厅这样一个地点。没错，我想说的是，《繁花》所取的视角，是类似于在客厅里的。

当然，客厅只是个比喻，与其对应的比喻，是街道和卧室。以我有限的阅读经验，很难举出几部现代以来的中国小说，是把视角安置在客厅里的。最为常见的，是专注于街道的小说——革命，流血，口号，标语，传单，你方唱罢我登台，城头变幻大王旗……并且大部分时候，符号的指涉都有规范的指向，只要在阅读中看到几个典型符号，我们就不难判断这时的街道属于哪个时期——就像现在的影视城，建筑物基本不变，只要把街道上的横幅换掉，演员的口号一变，就是另外的时代了。即使致力于写人物，也往往不过是随着街道符号起伏的标签，并不具有自为的空间。甚至事涉私密，街道上的喧闹仍然响亮地传来。对街道小说脱敏不久，另外一种类型的小说便作为反弹出现了。这类小说，可以称为卧室小说。这类小说恨不得把街道完全摒弃在作品之外，只专注于卧室的角角落落，以此刺探欲望，深挖人性，对卧室内的各类描写也百无禁忌，人物仿佛茕茕孑立的纸片人，所有的活动只为了最终让作者写下一个合格的人性（欲望）答案。

客厅，是《繁花》找到的合适的中间地带。在以客厅为主导的视角里，退可以窥探卧室，出可以观察街道，而又能与卧室和街道保持着适当的距离，成为一个合适的内外转换器。客厅还连着厨房，厨房里烟熏火燎的味道，也不时散发出来。《繁花》对吃吃喝喝的热衷，对卧室偶尔的张望，都有着客厅视角的典型特征。而对卧室里的种种，《繁花》保持了一种罕见的克制，它只交代事情的发生，偶尔也简单地点染几笔，但并不极力描写，也不深挖下去，点到即止，故事，仍然是在客厅里讲得出口的。

四

当然，客厅也通着街道，不可能逃得过时代的潮汐。小说中写到的剪裤腿，抄家，以及阿婆家被挖的祖坟，满是街道变迁的痕迹。街道上的革命，革掉的是什么呢？我们来看小说中的一次抄家：

> 两个背带裤女工，拖了香港小姐下来，推到弄堂当中立好，脚一歪，工作皮鞋就踢上去，香港小姐披头散发，上身一件高领湖绉镶滚边小旗袍，因为太紧，侧面到腰眼，大腿两面开衩，已经裂开，胸口盘纽，几只扣不拢。旗袍里，一条六十四支薄咔叽黑包裤，当时女裤是旁纽，旗袍衩裂到腰眼，裤纽只纽了一扣，露出肉来。脚上笔笔尖一双尖头跳舞皮鞋，头颈里，挂十几双玻璃丝袜。弄堂里人越围越多，楼上有几只奶罩掼下来，有人撩起来，挂到香港小姐头上，又滑下来。

这样的抄家，其实是对世俗整顿，要把社会规划得全体一律。经过这样的整顿，原先深藏在生活里的无数皱褶被翻了出来。这些被翻出的皱褶，含纳着生活里小小的心思，闪烁的欲望，婉转的委屈，弯弯绕绕，曲曲折折，或许并不高明，有些甚至只是虚荣和无聊的表征。即使虚荣和无聊吧，人凭借这些皱褶安顿自己，把自己的无奈和无助借机清洗，心安理得地活在尘世的风光里。这些皱褶一旦被翻到光亮底下，很快就消散了。消散的后果，在下一个时代里显露无遗。

《繁花》分成两个板块，一个是上世纪六七十年代，一个是九十年代之后。前一个时代虽在整顿世俗，但因为上一个时代的遗留，还有着一些世俗的自为，那时小说里的人物读现代诗，读外国小说，集邮，弹钢琴，做复杂的梦，每个人还有个颇有文化底蕴的名字。即使属于上海“下只角”的小毛，也读通俗小说，抄词，练拳，有自己好玩的嗜好。这些似乎都是没用的玩物，但重重叠叠地堆累起来，才是有滋有味的生活。否则，“清汤寡水，不是鱼的日子”。侯孝贤拍《海上花》，请阿城做美工。阿城说，在电影里，没有用的东西要多，没用的东西多了，就有气氛了（王安忆、张新颖，《谈话录》）。这个气氛，就是生活的味道吧。

经过整顿，到小说里的1990年代，所有上面提到的无用之物几乎都消失了，除了偶尔提到的评弹，加上一点假古董，时代车轮碾压的后果鲜明地显现出来。人物的名字，也多是小姐、先生了，带有商务宴会上客套和无聊。即使上一代过来的人，如阿宝、如沪生、如小毛，对无用东西的谈论也仿佛少了兴致，剩下的，只是一场接一场的饭局。对此，不知该不该责怪小说作者。人不能随心所欲地创造自己的历史，“而是在直接碰到的、既定的、从过去继承下来的条件下创造”（马克思，《路易·波拿巴的雾月十八日》），小说的创作大概也不能吧。《繁花》中1990年代以降那些略显重复的生活，是不是恰好是那个时代的生活质地？

不知是不是我的阅读错觉，《繁花》里1990年代的这段生活，仿佛连欲望也变得赤裸裸了，没有遮遮掩掩，没有欲去还休，不免少了些韵致，生活显出寡淡的味道。不过，“世俗是无观的自在……以为它要完了，它又元气回复，以为它万般景象，它又恹恹的，令人忧喜参半，哭笑不得”（阿城，《闲话闲说》）。如此，是否可以说，1990年代以降的生活虽然略显寡淡，但在小说里毕竟显现了一丝自在的生机，整顿的行为即使还有，也明显变少了。假设这本小说一直写下去，会不会是世俗一次新的轮回？

五

末了，打算谈论一下《繁花》的思想。不过，谈论一本小说的思想注定是吃力不讨好的，更何况是谈论这样一本小说。在中国，小说向来被视为小道，是用于消遣的闲书，“载道”有“文”，“言志”有“诗”，轮不到小说来展示什么思想。不过，晚清以来，梁启超已经把小说当“文”来用，影响所及，就是我们上面称述的街道文学。《繁花》的问题尤为难谈，是因为思想既不是作者的有意追求，也很少在人物身上体现。《繁花》里的任何思想，都与人物的行为有关，小说里没有脱离事情的思考，也罕见人物的内心独白。人物的所有想法，都化解在他们自己的语言和行动中，只不过有的半遮半掩，有的直白无隐。或许，这也才是思想的真实样式吧，那些凌空蹈虚的所谓思想，只是封闭空间里的头脑风暴或文字游戏，与现实的世界并无关联。因此，《繁花》能够谈论的，是一个含混的思想场。

这个笼罩性的思想场，需要从《论语》说起。《论语·述而》:“子不语怪、力、乱、神。”《子罕》:“子罕言利、命与仁。”又《公冶长》子贡曰:“夫子之文章可得而闻也，夫子之言性与天道不可得而闻也。”孔子的“罕言”和“不语”系列，既坚决地杜绝了低端的“利”引向“怪、力、乱、神”（卧室小说的变形？），又有效地避免了“仁、性与天道”可能高推的圣境（街道小说的变形？），从而把所有的低端诉求和高端思考，都化为明晰的文章和切实的日常。

不知道是不是有感于五四时期街道文学的泛滥，周作人把这个“罕言”和“不语”序列发挥，把高端部分的“罕言”几乎变成彻底的不言，又吸收了西方的生物理论，从而将其改造成一种健朗的生活态度，称之为“伦理之自然化”:“人类的生存的道德既然本是生物本能的崇高化或美化，我们当然不能再退缩回去，复归于禽道，但是同样的我们也须留意，不可太爬高走远，以致与自然违反。古人虽然直觉的建立了这些健全的生存的道德，但因当时社会与时代的限制，后人的误解与利用种种原因，无意或有意的发生变化，与现代多有龃龉的地方，这样便会对于社会不但无益且将有害。比较笼统的说一句，大概其缘因出于与自然多有违反之故……我们应当根据了生物学人类学与文化史的知识，对于这类事情随时加以检讨，务要使得我们道德的理论与实际都保持水平线上的位置，既不可不及，也不可过而反于自然，以致再落到淤泥下去。”（周作人，《梦想之一》）

从这个方向上看，不知道是不是可以说，《繁花》和穿行于其中的人物，都生活在这样一种伦理自然化的道德态度之下？而如果这个假设成立，那么，这本看似横空出世的作品，其思想渊源是不是也有一点蛛丝马迹可寻？当然，以上所说或许跟《繁花》毫不相干，它只表明了我对思想问题的偏爱甚至偏向。甚而言之，是不是可以说，支配街道和卧室文学背后的力量，也以一种特殊的方式影响着我的判断？

悲愤的阴歌
——贾平凹《老生》

《老生》封底，印了贾平凹的诗："我有使命不敢怠，站高山兮深谷行。风起云涌百年过，原来如此等老生。"化用禅宗"高高山头立，深深海底行"，志在朝乾夕惕，为百多年来的中国立传，这就是年逾花甲的贾平凹的野心。

> 我所知道的百多十年，时代风云激荡，社会几经转型……沧海桑田，沉浮无定，有许许多多的事一闭眼就想起，有许许多多的事总不愿去想，有许许多多的事常在讲，有许许多多的事总不愿去讲。能想的能讲的已差不多都写在了我以往的书里，而不愿想不愿讲的，到我年龄花甲了，却怎能不想不讲啊?!

百多年来，社会天翻地覆，贾平凹和其他人的小说里都写了很多，那此前不愿想不愿讲的，是什么?

贾平凹此前的小说，多是对其置身的时代状况的回应，从《浮躁》《白夜》到《高老庄》《秦腔》，再到《古炉》《带灯》，均有其对时代社会状况的思考。而这本《老生》，贾平凹一下子把视域扩大到一百多年来的历史上，更是把自己不愿想不愿讲的百年中国的人心变化，伴着自己的野心，落在书里。贾平凹为百多年来的中国所立的，是人心之传——发心既乖，动念便错，一动生患。

匡三是逆子，却不敢杀人，老黑就训练他：“先是逮住个蚂蚱，要匡三卸蚂蚱腿，一条腿一条腿卸。再是让吃蝎子，活蝎子用醋泡了，囫囵囵丢在嘴里嚼。又抓了蛇，剁下蛇头吸蛇血。”这是引动杀心。

王世贞见卖豆芽的女子俊美，便坐了看。女子吃羞，关了院门。第二天，王世贞派人提亲，娶了回来，让女子赤身，看到天亮，却说：“休了。”“她不是不让我看吗，我看了，看够了，送她回去吧。”这是放纵亵渎心。

洪家儿媳妇一直没生育，收养了个女孩，自己却怀上了，就虐待这孩子：“让干这干那，干不好了，耳光子就上来，或者拿手在大腿处拧，拧得大腿上没一块好肉。”这是表露阴毒心。

《老生》写的，就是这样的人心。逆心，贰心，凶心，狠心，诈心，贪心，残忍心，凶暴心，阴沉心，猜忌心，谄媚心，欺瞒心……这是百年中国的发心。丢掉的是什么？

古人祭祀，讲究“白菅为席”，为何用白色？因为“白颜色干净，以示虔诚”。老黑误杀了人，却去坟上“尿了一泡，还在坟头钉了根桃木橛”，镇邪。这是失了虔诚心，放纵横斜心。

过去秦岭人家，“二道门口安放着天聋地哑的门墩，一边一个石刻的童子掩着嘴，一边一个石刻的童子捂着耳，这是家训，不该听的不要听，不该说的不要说”。这是谨慎心。小说里的掩嘴捂耳，却是为掩盖真相，成了投机心。

张高桂修地，“修了三年，除了有时叫人帮工外，冬冬夏夏他都忙在河滩，把碎石担出去，把好土担进来，实在腰疼得立不起，就跪着刨沙石，砌地堰，他现在的膝盖上有两疙瘩死茧就是那时磨出来的”。这是吃苦心。辛劳的张高桂却被懒汉马生夺去了土地，没收了家产，成全了惫怠心。

百年来，人还丢了些什么心？——善心，仁心，静心，直心，拙心，耐心，节制心，淳厚心，柔和心，敬畏心……没错，《老生》里的人们，几乎丢掉了所有的好心。

整本小说，以杀心起兴，以凶心铺陈，以瘟疫卒章。“天发杀机，移星易宿；地发杀机，龙蛇起陆；人发杀机，天地反覆。”在这样的反常里，社会当然越来越躁，世俗的淳厚之气当然越来越少，人心自然就越来越薄——薄到承担不起太多的好心，失去也就不足为奇。

《老生》中，人和社会的关系，人和物的关系，人和人的关系，是那样的紧张而错综复杂，它是有着清白和温暖，有着混乱和凄苦，更有着残酷，血腥，丑恶，荒唐。

坏心多而好心少，人就容易放纵人性中恶的一面，而善的一面脆弱不堪，贾平凹的野心，也是对百年人性写真。

钱锺书《管锥编》引《理想国》:“人性中有狮，有多头怪物，亦复有人，教化乃所以培养‘人性中之人’(the man in man)。”柏拉图笔下的苏格拉底主张，应该让“人性中的人”“管好多头怪兽”，“把狮子变成自己的盟友”，“一视同仁地照顾好大家的利益，使各个成分之间和睦相处”。

百多年来，人们放纵着人性中的多头怪兽和狮子，“让人忍饥受渴，直到人变得十分虚弱，以致那两个可以对人为所欲为而无须顾忌”，或者“任其相互吞并残杀而同归于尽”。《老生》写的，就是一个多头怪兽和狮子统治的世界：杀猫，杀蟒，杀子；相争，相斗，相斫。

兽的争斗，止于食色，即使变出花样，也方法有限，人却偏能变怪百出。闫立本主持“学习班”，被改造的人必须互打耳光，“出手很重，但都有节奏，你打过来一巴掌，我打过去一巴掌，越打越快，有的脸就肿起来，有的嘴角开始流血，打过去的巴掌沾上了，等再打过去就有了红印，三个红指头印的，五个红指头印的”。

这不是书中最极端的篇章，却可由此窥见《老生》世界的一斑。这个世界礼俗败坏，人活不出尊严，仿佛全都在什么恶兽的掌控之下，社会上多的是混乱，凄苦，残酷，血腥，丑恶，荒唐，清白和温暖最少。只白土和玉镯的故事，在凄苦中有百年来罕见的清白和温暖，但这清白和温暖，是憨人白土和变傻之后的玉镯的。在贾平凹心目中，百多年来，不憨不傻的人里，怕不会有这样的清白和温暖吧。

贾平凹写的，或许是人性的某一基本事实——很早以来人们就意识到的事实："裸虫三百，人最为劣。爪牙皮毛，不足自卫，唯赖诈伪，迭相嚼齧。总而言之，少尧多桀，但见商鞅，不闻稷契。父子兄弟，殊情异计，君臣朋友，志乖怨结。怜国乡党，务相吞噬，台隶僮竖，唯盗唯窃。面从背违，意与口戾，言如饴蜜，心如蛮厉。未知胜负，便相凌蔑，正路莫践，竞赴邪辙。利害交争，岂顾宪制，怀仁抱义，只受其毙。"

"耳目欲极声色之好，口欲穷刍豢之味，身安逸乐，而心夸矜埶能之荣使，俗之渐民久矣。"人性有各种丑怪部分，人的欲望要得到满足，这是人心的事实，用不着激烈地反对，反对也无济于事。但也并非可以就此任由多头怪兽和狮子作祟，忽略"人性中的人"。要培养"人性中的人"，必须小心翼翼，既不能完全出于自然，任由人性中的各个部分并驾齐驱；也不是非要反乎自然，把人性中的恶全部压抑，以致造成其反弹，而是要根据人心的事实，因势利导，教诲整齐，经习惯而逐渐养成。如此，人心便能得安顿，风俗即容易归厚。

《老生》写到的百年人性，既失掉了合理的教育，又缺乏因利乘便的引导，就像有什么人不管不顾地打开了潘多拉盒子，释放出人性中的贪婪、诽谤、嫉妒、痛苦、忧伤……单单把“人性中的人”关在里面。

> 书中的每一个故事里，人物总有一个名字里有老字，总有一个名字里有生字，它就在提醒着，人过的日子，必是一日遇佛一日遇魔，风刮很紧，花开花也疼，我们既然是这些年代的人，我们也就是这些年代的品种，说那些岁月是如何的风风雨雨，道路泥泞，更说的是在风风雨雨的泥泞路上，人是走着，走过来了。

不止《老生》，十多年来，贾平凹的每本小说，都隐含着非凡的野心，不是要为所写的时代找到走出困局的可能，就是要为曾经的生活树起一块碑。只是这走出困局的可能，差不多都是幻境；这碑，差不多真的是悲歌。

《古炉》里，贾平凹借善人、蚕婆、狗尿苔三个人物，思考勘破“文革”困局的路径。善人常给村人“说病”，说的是纲常伦理，因果报应，性命之学，也儒，也释，也道，其根源是三教合一的道教。蚕婆能治病、驱疾、招魂，能剪纸、画画，剪五毒以驱灾，剪石狮子以救风水，是古代巫的遗风。狗尿苔八面玲珑，知道怎样赢得别人的好感，并能在遇事后身子紧缩，静静地伏下来，很像中国古代的隐士。但无论是道，是巫，是隐，都是返古路线，未能跟小说写到的当时结合，这“古”就失却了鲜烈与能量，风干陈旧，不过是絮叨老人有心无力的劝说，无法走出当时千难万险的困局。

《带灯》的同名女主人公，虽然一直怀抱善意，并在信里不断诉说自己的梦想，却始终未在精神层面获得实实在在的能量反馈，因而其梦想只能是倾诉和宣泄，不过是牢骚的化装形式，鼓舞不了人，自己也不会感到实实在在的欣喜，因此难免悲苦。贾平凹觉得带灯“是高贵的，智慧的”，希望带灯那点微弱的善良之光会带出无量的光明，“在当今社会，每个人如果都像这个萤火虫一样，靠着自己一点点光亮还可以照亮好多人”。可是，人物没有清晰的精神景象，没有实实在在的能量支撑，没有制心一处的专注和努力，作者给出的安慰再善良，再显得有诚意，也难免稍显浮泛。

写《秦腔》，是因为贾平凹感受到，“故乡将出现另一种形状，我将越来越陌生”，于是决心“以这本书为故乡树起一块碑子”。《秦腔》实实在在写出了农村在（改革）年代转变之际的挣扎和荒颓，以及人在面对这挣扎和荒颓时的内在分裂、无所适从之感。这是一本好小说的前提，只是这苍凉的世界和分裂的人心里，没有一点真实的希望、真正的生机，难免让人轻微地失望。

现在的这本《老生》，贾平凹要为百年中国树起一块碑子。这块碑，是中国百年的人心和人性之碑。按贾平凹的设想，这碑上有老有生，“一日遇佛一日遇魔”，杀活同时。读下来，却觉得这碑“虽有杀人刀，且无活人剑”，有老无生，有杀无活。《老生》里的人心和人性，曲曲折折的来龙去脉，半遮半掩，花样繁复，独少生机。因此，这小说，该算是贾平凹一曲悲愤的“阴歌”，为百年的风雨泥泞送终。

《后记》里，关于走路，贾平凹另有一段说辞：“不管是现实的路还是无影的路，那都是路，我疑惑的是，路是我走出来的？我是从路上走过来的？”所谓走出来的路，是一条特殊的路，再怎么复杂困境的局势里都勉力看到上出可能，但在小说这没有生机的百年里，人哪里会走出特殊的路来，又如何上出？因此，所谓“走出”，最终未免只是“走过”而已。充满无奈的“人是走着，走过来了”，才是《老生》里路和人的真实写照。

> 写起了《老生》，我只说一切都会得心应手，没料到却异常滞涩，曾三次中断了，难以为继。苦恼的仍是历史如何归于文学，叙述又如何在文字间布满空隙，让它有弹性和散发气味。

贾平凹苦恼与历史和文学的关系，正因为他的抱负是文学，而不是在二者的争论（诗与史之争）中执两用中，或者在认识二者的问题上更上层楼，向更广阔的领域寻找答案。

在现代学科建制之前，所谓历史和文学的区隔并不像现在这样分茅设蕝，互不相干。对更早一些的所谓“历史”写作来说，写作者本人更为关心的，是通过描写的事物探求其背后的整全，像希罗多德那样“探究人类事务与神圣事务的本质”，或者如司马迁所谓“究天人之际，通古今之变，成一家之言”。“在一位伟大的小说家手上，完美的虚构可能创造出真正的历史”。从这个方向上，历史和小说或许可以打通，而不是像贾平凹设想的那样处处充满滞涩。

一些不成功虚构作家笔下的历史，只是一个环境，一堆材料，是固定的、死去的历史，他们写下的，最多只能算纪实作品，而不是关于历史的卓越作品。与历史有关的卓越虚构作品，要承受来自历史的所有事情，包括这些事情中包含的欲望，情感和作者的想象，写作过程中，“作家必须保持始终如一的诚实，必须在写作过程里集中他所有的美德，必须和他现实生活中的所有恶习分开”。如此，作家的智慧和警觉才不会受到伤害，读者也才能在与历史有关的作品中，嗅到独特和惊奇的气息。也只有如此，写作者才能把属于写作的诚意创造出来——是的，在写作中，诚意是一种创造，并非事先的态度。

《老生》里加进了很多《山海经》的篇章。“《山海经》是写了所经历过的山与水，《老生》的往事也都是我所见所闻所经历的。《山海经》是一个山一条水的写，《老生》是一个村一个时代的写。《山海经》只写山水，《老生》只写人事。”贾平凹大概忽视了，《山海经》并非一本写实的地理之书，而是古人认识的历法月令和构拟的时序结构（参考刘宗迪《失落的天书——〈山海经〉与古代华夏世界观》），本质上是创造。在小说写作上，根本没有记录这件事，大作家是创造一个崭新的东西出来，即使谈到所谓记录，也是创造的另一种形式。没有顽韧向上的创造，出路就难免是绝境，石碑就不过是悲歌，再强烈的野心，也会被牢牢限制在一个固定的范围里，不会有开天辟地的洪荒气息。

贾平凹说，《老生》所写往事，“都是我所见所闻所经历的”。好玩文字花样、野心勃勃的贾平凹，是要用习见的“所见”“所闻”，对应《春秋》的“所见世”和“所闻世”吗？《春秋》是洞察眼前发生的事，并寻求其极深根源，甚至要有把反常的社会调整至正常的愿力，所谓“拨乱世反之正，莫近于《春秋》”。贾平凹显然没有这样的心劲，或者对此有心无力，他“苦恼的仍是历史如何归于文学”，而不是把文学归于历史，或取消二者的区隔，从而展现出勃勃的活力。

在《敌基督》前言里，尼采写道：“我怎么可以让自己混同于今天已经长出耳朵的人？唯有明天之后才属于我。有些人死后才出生。”那些野心勃勃的书，虽写的是过去和现在，却都指向未来。贾平凹因为未能打破历史和文学的阻隔，他的《老生》，质实说，只属于过去的黄昏，却不属于将来的午昼。

运行于我们之间的命运
——叶兆言《很久以来》的一种读法

《很久以来》始于1941年3月10日，汪伪政府成立一周年纪念日。这一天是竺欣慰十二岁生日，她结识了自己一生的朋友冷春兰。这时候，欣慰是富家小姐，春兰是世家千金，她们一起学昆曲，很快成了要好的姐妹。小说开始的时候，她们日子过得散淡，有一种青春的安详气息在里面。渐渐地，天癸乍至，情窦初开，家庭也无法再为她们遮风避雨，时事的艰难和人世的纷扰侵入了她们的生活，并很快让她们成为这芜杂的世界的一部分。两个娇嫩的女孩儿，不可避免地走进有些凄惨的命运——她们将在小说里，因为爱情，因为生计，因为同样的时代，同样的捉弄，经历抗战，经历“文革”，经历各种各样无奈和悲伤的人事——不免让人心疼。

差不多创作于同一时期的《一号命令》，在写法上跟《很久以来》有点相像，阅读感觉也有点类似，给人一种心疼之感。《一号命令》虽然有一个很大的名字，但“一号命令”本身在小说里不过是个引子，由它牵牵连连地带出了赵又麟琐琐碎碎的初恋、婚姻、家庭和社会生活。在《一号命令》的后记里，叶兆言说，他要写的是："人生有很多美好，但是不当回事地就丧失了。譬如和平，譬如爱情，譬如平常的家庭生活。我在小说中感慨人与人之间的基本关系，感慨它们的轻易丧失，一边写，一边感觉到心口疼痛。"但叶兆言"不属于那种会煽情的作家，不喜欢在小说里号啕大哭，写作时，总是节制节制再节制，冷静冷静再冷静"，他把那些容易让人感伤落泪的部分，都做了冷处理。

《很久以来》也仿佛有意取消了情节中最尖锐突出的部分，去掉了那些给人强烈感觉的场景。不过，叶兆言的节制与以往小说相比显得有些奇怪。拿海明威的"冰山理论"做比方，大部分小说中的节制都是考虑如何把作者的情感、思想、体验等作为冰山水下的部分潜藏起来，只描摹冰山显露出来的一角，让人想象此下部分的无尽雄伟。在这类节制里，冰山似乎是先在的，作者要做的工作主要是如何决断冰山水上和水下的部分。叶兆言没有把笔力集中在一座冰山，而是把精力更多地放在选取哪些冰山一角上。选好了，却点到即止，并不费力渲染。这种略显奇怪的节制表现在《很久以来》里，就是小说避开了众多最需要浓墨重彩的地方，从中几乎看不到人物抗战胜利时的欢欣，建国时的欢庆，反右时的无奈，武斗时的惨烈，偶尔涉及，也不过像别的细节一样，写过就写过了，并不在上面多花太多的力气。一些牵扯到人物生命中的重大转折或重要决定，也着墨不多，比如小说里没有写欣慰在监狱里经受了怎样的残酷，被枪毙前后的具体情况如何，也没有用大篇幅写春兰被武斗，细写她为何嫁给强暴自己的闾逵的心理转折。

叶兆言在小说里既把无数细琐之事写得巨细靡遗，也没有在通常小说里最能展现时代特点和人物命运的关键点上绝尘而去，他只是平均使用力气。说得具体点，《很久以来》的节制，差不多是把时代的聚光点和时代潮汐里漏掉的那部分并置，平等对待了人物面对的暴风骤雨和平淡日常。或许就像叶兆言说的，他怕有些故事讲得太过悲情而变得庸俗化，因而小心翼翼地控制着自己的笔。不管怎么说，这种写法都多少显得有些冒险，会让小说显得平淡甚至沉闷。更何况，仿佛为了把这种平淡一以贯之，叶兆言笔下的人物性格保持了相当的稳定性，不管小说里的时代和生活怎样剧烈变化，人物始终行走在他们的性格范围之内，欣慰的果决、容易冲动，春兰的犹疑、温顺，闾逵的粗鲁、庸碌，卞明德的天生情种、不负责任，都一直沿着固定的轨道运行，再大的时代变动也没有把人物的性格冲击得支离破碎。小说里的人物没有性格的陡转，也没有让人难以捉摸的举动。叶兆言较早小说中显示的对弗洛伊德理论的熟悉，那些人物因过度压抑而来的举止失常，在这本小说里好像已不再能派上用场，他全力对付的，只是并不平静的生活之流。

何止是不平静，《很久以来》涉及的这段时间，用波谲云诡来形容都不过分。或许是动荡太剧烈了，时代本身的变化都几乎可以成为文学作品的情节，就像老舍《茶馆》那样，选好了清末戊戌变法失败之后、北洋军阀割据时期、国民党政权覆灭前夕三个时代场景，一台好戏差不多已蓄势待发。不知道后来的写作者是不是从老舍那里汲取了灵感，在以往关于这段时间的小说里，随着一波一波的形势变幻，人物不免一时有被抛上高天的得意，一时又体味沉入地狱的凄惨，一时是过街老鼠似的无奈，一时又显现反抗英雄的悲壮，再忠厚的人也会凶相毕露，再狠毒的角色也会一朝沦为阶下囚……乱云飞渡，进退失据，一不小心，人物就沦为了时代变化的浮标，性格之类，根本不是什么重要的事。除了少数例外，这类小说差不多可以分为三类，作者或者让人物在特定的时空里跌宕，借此展现自己反思的激情；或者人物在时代的起伏里展露人性深处的善良或罪恶，以此表达作者对人性深处发掘的惊喜；或者书中人物充满启蒙的豪情，作为那个黑暗时代的无畏先知，以显示写作者知性的优越。不过，这些小说几乎毫无例外地遵从了一个严格的时间划定，即使以反抗或反思为目的，也都在这个范围内活动。人物的生活，在这些小说里被切割得一段一段，在不同的时空段落里，他们受辱，遭难，平反，或者得意，害人，被惩罚。作者们大概忘记了，对一段历史的命名和时间划分，恰恰与灾难的制造者，是同一类人，甚至就是同一批人。事后的人为时代界划，不过是他们后置的借口，既抚恤不了已死的冤魂，也给不了幸存者安慰，不过是些言过其实、自欺欺人的空洞条款。

在《小说面面观》里，福斯特提到了哈代小说里人物的命运，“他的人物都是陷入于各种不同陷阱中的困兽，最后都是手足被绑任人宰割；处处都是对命运的强调。然而，即使为情节做了如此重大的牺牲，我们反而觉得情节虚而不实。高高在我们之上的命运，而不是运行于我们之间的命运，才是哈代的威塞克斯小说中的特色”。以时代界划措置人物命运的小说，差不多写的就是那种高高运行于我们之上的命运，不过这命运不是哈代那种圣徒式的高高在上，而是天威难测的拨弄式高高在上，更为明显地外在于人物。不知道叶兆言是不是因为意识到了这个问题，但《很久以来》通过激荡时代和日常生活的并置，以及人物性格特征的有效持续，差不多冲破了历来由各种革命和运动组成的明确时代界限，展现出一个非中断的线性日常来。这个线性的日常并不把人生刻意地分为高光时刻和黯淡岁月，不再是人物跟随时代被动起伏，而是时代始终跟随着人物的步伐，小说里的人诚恳地接受了时间里发生的一切。这发生的一切，正是人无法回避的命运，一种运行于我们常人之间的命运。正因为回到了对运行于我们之间的命运的关注，叶兆言即使写再荒诞的时代，日常生活的流动本质也阻挡了时代界划给定的各种天地翻覆，避免了不同人物在其间活动的各类或激昂或控诉的标准答案。

即使以上的推测成立，一本主体部分横跨了抗战和“文革”的小说，既没有提供两个时期中国政治经济的各类秘辛，也不能一眼看出作者对这两个时期的独特判断，只不过老老实实地讲了两个女性的人生故事，当然不免让人觉得有点不够味，不够劲，甚至有些不负责任。看惯了同题材小说的跌宕起伏，黑暗冷冽，深刻尖锐，叶兆言的新小说情节不奇特，色彩不浓烈，思考不深入，甚至因人物命运变化带来的疼痛感，都好像蒙上了岁月的止痛贴，显得并不那么刻骨铭心。这让习惯了此前锥心刻骨、苦大仇深的抗战和“文革”叙事的读者，难免对叶兆言的这本新作失望。深入一步，人们甚至会问，《很久以来》这种略显有意的对时代色彩的平淡处理，会不会有为特定的时代辩护之嫌？

在大部分关于这段时间的小说里，时代的变化差不多是一个客观因素，像挡在人生道路上的一堵堵墙，或者渡河时不停翻卷过来的巨浪，人在这个境况里，差不多只好碰壁或卷入其中。即使有些作品借机深挖人性的黑暗，也往往容易把时代因素虚设为检测人心的外部情境，没有与作品对人性的探查结为一体。当叶兆言尝试着把时代糅合进具体的个人命运时，时代因素成了人物命运的一部分，他在小说里全力维持的人物性格，有效地击破了时代外在的客观性，并因此让时代与人有机地生长在一起。拿小说中的欣慰来说，她的性格容易冲动，缺乏节制，轻易地委身卞明德，迁就地嫁给闾逵，后来又疯狂地爱上李军，罔顾后果地把女儿托付给并不可靠的异母弟弟。这是她一生家庭不幸的根由。然而，如果没有“文革”，欣慰就不会先成为造反派，后成为异议分子或被追认的反抗者，也就不会有后来的被枪决。在这个人生流动的过程里，时代始终没有外在于欣慰，她的不幸也就不能单纯地诿过于时代。同样，欣慰也并不只是时代里沉浮的稻草，她有自己的意志和选择，并且正因为她的选择——即使可供这选择的选项很好，才有了她的命运。书中其他的人物，也应作如是观。时代与人物命运的相依相碍、共生共息，让我们有了一个更为复杂地认识那个时代扭曲运转的角度，也同时让我们观察到，荒谬的决策如何在人群里蔓延，因而使小说具备了相当程度的延展性，而不是局限于一时一地。

时代与个人命运的有机结合，也在一定程度上防止了人们轻易地把时代的诸种怪现象轻易地归结为社会群体，甚至把“平庸的恶”加诸其上——就像在关于那个时代的反思中经常被提到的那样。汉娜·阿伦特在关于艾希曼的报告中提出了“平庸的恶”，在她看来，“二战”期间手上沾满犹太人鲜血的艾希曼，“除了对自己的晋升非常热心，根本没有其他的行为动机，这种热心的程度本身也绝不是犯罪……他只是没有去反思自身行为的意义……他不是愚蠢，而是完全无思想——这决不能等同于愚蠢，无思想使他成为那个时代最大犯罪者之一，这就是‘平庸’……这种脱离现实与无思想能导致比内在于人类中所有恶的本能更大的浩劫”。阿伦特得出的结论虽然不同凡响，让人对艾希曼的思考深入一层，但她本身仍然坚决地支持判处艾希曼死刑，因为她的理论始终建立在当时非常具体的历史情境中，建立在艾希曼是纳粹高官这一事实基础上。何况，阿伦特的这一思想即使在拥有相同历史资源的西方思想界也一直争论不断，简单地把这一说法移用到具体情境并不相同的中国，弄不好并有为灾难的主动发起者辩护之嫌。当然，以上的讨论也并不是说《很久以来》深入探讨了一个时代迷乱表现的根源，给出了震古烁今的结论，而不过是表明，叶兆言这种尝试性地取消时代决定个人命运的写作方式，提示我们不要轻易地把复杂的历史判断轻易地依赖于一些被抽空了具体所指的概念。或许可以这样说，正因为小说着力于恒常运行在常人间的命运，那个时代的问题才有了深入反省的可能。

上一代命运的枝枝杈杈，也没有限定在自己的范围之内，而是通过各种不同的方式，不可避免影响着他们的后代。这也让一个过去的故事撑破了历史的外壳，走进了当下。就像叶兆言说的，“在我的认识中，当下和历史是分不开的。当下也是从历史过来的，它们是一条河流的关系。我写的虽然是历史故事，同时我也认为就是一个当下的故事”。《很久以来》另一条线索里的“我”、吕武和小芋后来的故事，甚至看起来与主人公完全不相干的人们，都与欣慰、春兰这些上代人的命运相关。那些对文学莫名的热情，对哈维尔的过度赞赏，甚至，都是这代人对上代影响的不同反应所致。尤其是小芋和“我”，简直被上代的命运席卷而去。因为欣慰的女儿小芋一直不能原谅母亲把自己寄养在对她漠不关心的舅父家，因此对母亲的感情非常淡漠，甚至母亲的死也没能引起她和解的愿望，对母亲的含冤待申更是不闻不问。“我”很想消除两代人之间的隔膜，希望她们能够在文学中和解，希望能找到一封母亲写给女儿的表达爱意的信。事与愿违，信不存在，和解也不可能。“到了最后，小芋愤愤地说，真正的现实是什么呢，过去因为竺欣慰是现行反革命，我受到了很大的伤害，现在她平反昭雪了，成了你们心目中的英雄，（因为不肯与死去的母亲达成事后的和解）我仍然还在继续受着伤害。换句话说，无论是好是坏，我始终都活在她的阴影下。”小芋后来对待婚姻的随意态度，毅然决然的出国，似乎都印证了这段话，她的随意或决绝，都与她对母亲一生的认知有关。而想把这段经历写成小说的“我”呢，因为要消化这些表面上因果不明的历史，不得不一次次陷进这些故事里，苦恼，焦躁，甚或无奈，从而也缠进了那段历史。可以这么说，吕武断断续续的谈话，小芋的个人选择，“我”写出的小说，无论达到的深度任何，或多或少都是下一代人对上一代的反思结果，这些结果也无一例外地参与了他们当下的选择。

在一个访谈里，叶兆言说，他不准备在这本小说里控诉，也不想简单区分时代和人物的对与错，而是要“让读者感受到历史，再现当时普通人心态”，写出一个女人活生生的生活和历史，“她的童年、少年、恋爱等”。或许就是这个较为平凡的想法，让这本稍显平淡的小说关注到了运行于我们之间的命运，也让它与那些诚恳认真的文学作品一起，富有耐心地反思着我们置身其中的历史和当下。

那些抵牾自有用处
——韩东《欢乐而隐秘》

一

《欢乐而隐秘》(《收获》，2015年第4期）最先吸引我的，是王果儿这个人物。吸引的地方在哪呢？说不清楚。或许是这些年，我越来越多地在生活中看到了王果儿这种类型的人，因而觉得似曾相识？也说不定，她提供了一种异质的世界观，这世界观我不熟悉，非经努力便无法理解？

小说开头，王果儿跟有些无耻的张军厮混在一起，让我无端想起了多多的《少女波尔卡》:“这些自由的少女/这些将要长成皇后的少女/会为了爱情，到天涯海角/会跟随坏人，永不变心。”你会为这样一个女孩心疼，因为她的美，她的率性，她的风风火火，因为她对世俗重视之物的全无概念，因为她受到切切实实的伤害，却总是一副没心没肺的样子。

慢慢看下去便会发现，这女孩也有她的问题，她从来没有真的关心过别人，始终按照自己的心意变脸、发作，一厢情愿地给予对方自己认定的爱，也会毫无来由地收回。她一直被某些社会的流行概念左右，比如起先比较张军和齐林时，她认定张军有幽默感，而齐林刻板无趣；一当她准备爱上齐林，却又觉得张军档次太低，齐林才是内心强大的真正男子汉；她转变后要保证给齐林的，是一个她所谓的纯粹的爱，这个纯粹之爱的前提是奉子成婚。照小说中秦冬冬对王果儿的评价，就是她容易把生活“戏剧化，自我感动”。

把王果儿归为一种先天的性格类型是容易的，但我总觉得这些表现有一定的普遍性，仿佛在生活中经常见到——你总不能说，社会上有一批次的孩子，天生就有这种相似性格吧？这不免让人猜测，这种行为类型，或许是某种文化或时尚塑造出来的，因而有较为广泛的相似性。

话说到这里，大概要绕远一点。人的很多行为，包括“个人的偏好、习惯和价值观，确实很多是由社会赋予的，传统、风尚和规范，经由教养过程被潜移默化地植入我们头脑，变成我们的习性和观念”。在现下的社会文化氛围里，很多人都在学着抛弃以往的社会教养，争做一个“真正的自我”。随着“对人性认识的加深，行为影响因素被不断识别出来，于是越来越多的行为被解释为‘不是他自己的选择，他不能对此负责’”。仿佛只有把社会赋予的种种教养剥掉，人才能显露出那个被社会熏染得面目全非的“真我”。

这个“真我”似乎是每个人自己寻找出来的，其实未必。不要忘记，“你有权做决定，并不意味着你有能力做决定”。人们“以为自己有能力做决定，父母、教会以及其他传统权威，都不再可信；但是，自己又必须有所根据才能做决定，结果就常常是根据社会上流行的风尚”，于是就“常会产生社会从众性（social conformity）”。没有实质性权威支撑的自我决定，便只能根据社会上流行的东西做选择，人们往往会在选择时不自觉地认同“同辈压力（peer pressure），而成为认同一致性（conformism）”，在追求不同的过程中变得大家都一样。

仔细看王果儿的行为，正是一个追寻“真我”的过程。她（近三十岁）反叛父母，不理会他们那套传统规范。跟随张军，不离不弃，是因为他有大众认可品质中所谓的幽默，像纯爷们；起先不喜欢齐林，是因为他不像时尚认可的标准男士那样“man”，那样浪漫；转而爱上齐林，则认定他有自己此前未曾发现的流行的中性化倾向，并有所谓“绅士风度、骑士气概”。她得意时的炫耀，失意时的发作，哀怨时的牢骚，都几乎是未经文化教养辖制的本能反应。这个本能反应，其实可以称为一种未经反思的个人主义，“一种非合作性的、独行侠式的个人主义，对于合作、互惠、利他、协调、组织、社会规范等将众多个人聚合成社会的那些元素……认为要么与个人意志背道而驰，理应抛弃，要么是加诸其上的束缚，理应打破”。

这种由寻求真我而来的未经反思的个人主义，并未让王果儿变得不同，而是让她成了一个删繁就简的自我，一个根据社会习尚和自我本能决定其行为的女孩子。她确实跟每个人都不同，却与社会上那些追逐真我的女孩，相似到难以区分——我们身边的很多人，就是这样。

二

如果就此以为《欢乐而隐秘》是刻画王果儿这种类型的人，以便引起人们的批评或注意，那大概有违韩东的初衷。韩东从来不以此衡量一部小说的好坏，他经常用来评断一部小说的标准，是能否“写飘起来”:“我……偏好传统的现实主义写作理念，但在方式上有所不同。传统的方式简言之就是将‘假’写‘真’，惟妙惟肖是其至高的境界。而我的方式是将‘真’写‘假’，写飘起来，以达不可思议之境。”什么是将真写假，怎么把一部小说“写飘起来”？这些话，不怎么好理解。

除非信口开河或故弄玄虚，否则，一个写作者的所言，即是其所信。如果我们不怀疑韩东谈论写作的诚意，那他的新长篇《欢乐而隐秘》，就应该体现他自己的主张。

小说叙事始终存在一个难题，即写作者本人或由其设定的叙事者，会因其自身局限而对作品中的人物削足适履，自觉或不自觉地把他们框范在写作者本人的道德或情感辖区，从而使小说显得充满说教或处处人为痕迹，失去浑然之美。为保证虚构中的世界不因作者或叙事者眼光的强硬加入而变得滞重，作者或叙事者应该意识到自己的局限，不轻易评断作品中的人物，从而保证叙事在一个完整的世界里进行。这个受限的叙事世界，相对于真实世界，无疑是假的，却保证了小说世界的真——避免了作者或叙事者对虚构世界的人为干扰。

《欢乐而隐秘》的叙事者乍看起来有点暧昧，好像是"我"秦冬冬，却又用全知视角展开。用全知视角来看这个作品，人物显得有些单薄，王果儿父母是天下卑微父母的漫画；她先后的两个男友张军和齐林，几乎都是扁形人物，张军贫穷而贪财好色，齐林富有而天真呆萌；作为男闺蜜的"我"，清心寡欲，一心向佛。

仔细读，却发现虚拟的全知视角，仍然是秦冬冬视角的延伸。作为王果儿的男闺蜜，"我"能接收到的与王果儿有关的信息，都是她提供的，因而即使对与她有关的人物的虚构，也建立在她提供的性格信息基础之上。从这个方向上看，王果儿身边人的特征，虽然由看似全知的视角叙述，实际不过是对他们不太熟悉的"我"，转述了王果儿的判断和想象。而"我"自身，既然要维持心无旁骛的学佛姿态，自然会避免暴露自己欲望或情感的复杂性。在这个叙事逻辑里，王果儿提供给"我"的信息最多，"我"对她也接触和了解最多，她也就天然地在小说中最为复杂饱满。

或者可以这么说，《欢乐而隐秘》几乎消除了作者或叙事者可能加于人物的局限，他们身上存在的所有问题，都是人物本有的，包括作为人物的叙事者的局限。因而在这个小说中，任何一处对人物产生道德或情感指责的地方，都不应看成作者或叙事者的说教，代表着最终结论，而只是一个人对另一个人的感受，比如秦冬冬对王果儿的判断。作者即便使用了轻微的反讽，也并不在这反讽上过于着力，不致让人觉察到作者的价值立场。

借助自己的叙事策略，韩东取消了作者主观的价值判断，确保了自己在小说中始终如一的怀疑精神。韩东曾声称，他的写作“不相信任何先入为主的东西，不相信任何廉价得来的慰藉，不以任何常识作为前提，它的严肃性不在于它有无结论，而在于自始至终的疑问方式”。《欢乐而隐秘》“虽然涉及到一些信仰或迷信因素，但并没有给出肯定或否定的答案。如果我这样做了，那将是不可原谅的。对信仰、迷信的一味嘲讽是一种轻狂，和布道的严肃、大言不惭在我看都是一回事，吃相都比较难看”。

在接受木叶访谈时，韩东说：“我对小说技术、方式、方法所有这些东西的理解，就是我得运用，我得打人。”借用这个打拳的比喻，韩东小说的叙事很像太极拳中的消除力点训练，因为自身的放松和灵活状态，叙事者并不事先确立自己的观看方式，而是在讲述中随时调整自己的视角，从而保证了叙事抵达要害时的准确和有力。《欢乐而隐秘》几近完美地实现了韩东的叙事理想，叙事视角有可能带来的滞重感，因为作者的高度注意，几乎随时被消除，从而保证了小说的虚构世界不被一种（或隐或显）的全知评判拖累，而能始终处于某种飞扬状态，“写飘起来”了。

三

放在不是很久以前，我更欣赏的，是福克纳写《喧哗与骚动》那种类似的艰苦探索：“一开始，我是通过一个白痴小孩的眼睛来说这个故事，因为白痴只晓得发生何事，不会知道事情为什么发生，我想，让他来看比谁都恰当，效果也更好。但我发现这样无法把故事讲清楚，于是我加进另一个兄弟的眼睛，又不成，再一次，我用上第三个兄弟的眼睛，可是小说依然残缺，我只好自己跳出来扮演第三人称叙述角色……这部小说还是不完整，一直要到这本书出版之后整整十五年，我在为另一本书做附录时，这整个故事才算完完整整的从我心中浮现出来，我自己也因此才从这个困惑的梦魇之中得着些许的安宁。”这样的小说，即便有时候紊乱、缠绕甚至矛盾重重，我都会被写作者的卓绝努力激励，因为它们背后，有一个作者努力达至的完美企求，在曲曲折折中呈现出一个完整的东西——没错，我喜欢的，就是这种完整。

其实至今我也不是很喜欢支离的东西。比如《欢乐而隐秘》，这种主题不清楚不明朗，探索不彻底不究竟，所谓何来呢？小说除了一个看起来落入俗套的故事，有什么东西吸引着我，才会让我不致在阅读的中途废而不观？

我总觉得，如果一直拒斥支离，我肯定错过了什么重要的东西。细想起来，这种对支离的拒斥，差不多是因我对完全覆盖性理解的热爱导致的。我希望精神领域的问题，是层级性进展的，其间有分明的高下，高者应该完全覆盖并可以替代低者。就像电脑程序的升级，新的高级程序应该兼容此前的低级程序，后者会被前者完全覆盖，同时失去其存在意义。

但小说并不只写思想的演化，更多是对人生的模拟，这就难免涉及各种各样水平不等的人。用秦冬冬会懂的佛教语言来说，人的思想总是有漏有余的，不是多出一点，就是少出一点，不可能在每个点上都恰恰好好。与此同时，思想上较为高明者，因为性情和境遇的问题，也不可能在人生的每一个问题上，都能确定性地站在高处。即使真有一个人，在每个问题上都更为高明，与他/她接触的人，也会因自身的较不高明而无法理解其高明。也就是说，即使真有所谓高明者，在小说的世界里，这高明也不会是覆盖性的，而只能在一地鸡毛的生活中，相应地表现为参差不齐。

从这个意义上讲，每一个进入小说的人物，无论水平高低，就都有了被反讽的可能。在《欢乐而隐秘》里，未经反思的个人主义者王果儿需要被反讽，半吊子的佛教爱好者秦冬冬需要被反讽，不谙情事的齐林需要被反讽，粗鲁低俗的张军需要被反讽，俗气熏天的王果儿父母需要被反讽……以及，每一个反讽者也需要被反讽。可是，即便所有互相抵牾的反讽叠加起来，也不应该是一个嘲笑——就像莱辛的《恩斯特与法尔克》里提到的："人之间的联盟可能来自互相抵牾的个人性情，也可能引发个人性情的相互抵牾——然而这些抵牾可能自有用处。"

什么用处？齐林去世之后，王果儿失去生趣，不饮不食。父母虽然关心，却无计可施，只好把她送到秦冬冬那里。秦冬冬一番关于因果的说辞，让王果儿动了心，决定不死。后来情形反复，王果儿又一意求死，在秦冬冬临时编造的灵魂转世说影响下，大喜过望，从张军处借种成功，顺利诞下一男婴。这样的阴差阳错，差不多是出闹剧，让人哭笑不得。不过且慢！在王果儿的喜怒无常，父母无知的关心，秦冬冬的信口乱编，张军贪求财色的配合下，这出不断翻转的闹剧，最终完成了一样使命，王果儿免于死亡——对一个人来说，这是件很大的事：那些并非安排的抵牾，果然有它的用处。

熟悉韩东的人大概看出来了，这种由参差不齐的人的各种会遭到反讽的行为构成的生活，正是他小说致力的"多种的抑或无限的可能性"。这种生活，不是具有时代特征的时髦事物，不是具体的知识和生活常识，不是别人拥有的生活，也不是"更多的生活"，它是常恒的、本质的，你不得不接受的那种生活，也就是每个人都不得不经受的命运。

雄浑地走进活的世界
——何顿《黄埔四期》

一、生活之流

拿起何顿这部《黄埔四期》，恐怕要做好一点面对困难的准备——篇幅长，涉及的人物多，写法上平铺直叙，情节也没有剧烈的起伏，乍看之下还有那么一点重复。如果我们的口味不是被轻骨薄相的小说彻底败坏了，克服了阅读之初的不适感，很快会被小说那种乙乙欲抽的感觉抓住，尔后，一整个丰厚的世界将轰然而至。或者这么说吧，不妨试着把这作品看成一条绵延深长的大河，虽然无法像小溪一样瞥眼即见浪花的欢跳和日光的下澈，但慢慢走近了，能听得到势大声宏的水声，看得见静水深流下隐藏的汹涌暗流。

《黄埔四期》时间跨度很大，从抗日战争一直写到“文革”之后，以新中国成立为分界，对照书写，前段重点写抗日战争中官兵的奋战，后段写这些老兵在1949年之后的各色人生。小说中有很多战争场面，从一·二八淞沪抗战，到几年后的忻口会战、淞沪大会战、兰封会战、武汉会战、长沙会战、昆仑关战役，再到赴缅参战和中条山会战、豫中会战……这些抗战史上有案可稽的大战役，英雄豪杰的各类传奇层出不穷。何顿选择的人物，却大多是普通人，即便作为全书主要线索的贺百丁和谢乃常，虽在历史中有过高光时刻，但也是英雄豪杰背后低一级的人物，名声和功绩，大多被他们遮蔽了。英雄传奇相对好写，因为他们的故事，可以聚集在一个一个突出的情景里，其性格可以在这些情景里极为突出，也容易辨认。要写英雄背后的故事和英雄的平凡生活，以及由普通人构成的世界，却要向历史的深层打捞。何顿肯定下了决心，他要凭自己的一支笔，探究人们曾经经历的这段历史，从而走入历史的深微之处。

在一些不成功的虚构作家笔下，历史只是一个环境，一堆材料，是固定的、死去的历史，他们写下的，最多只能算纪实作品，而不是关于历史的卓越作品。何顿这部与历史有关的虚构作品，承受了他了解的来自历史的所有事情，包括其中欲望、情感和自己的想象。写作过程中，他始终保持着对人物的诚实，集中起他所有的文学美德，小心地避免自己的智慧和警觉受到愤慨和无奈的伤害，在虚构中创造出了本真的历史（Geschichte），作品也就自有一种端严，读者能在这个作品里看到历史深处的波动，嗅到独特和惊奇的气息。

《黄埔四期》写的抗战，有不同的时期和形态，作战方式从早期的正面交锋写到此后的与敌周旋，并通过人物心情的变化，精妙地呈现了不同的战争方式对人的影响。随着写作的深入，读者甚至能看到，抗战的胜利已经是必然的结局。小说里的战争场面，其重点不在宏大，而在具体。以往战争场景里常见的运筹帷幄、决胜千里、出奇制胜、凯歌行进，在这本小说里不是重点。何顿写每场战役，即使有如上情境，也只是把它们作为整个战争场面的一部分，与战场上其他的琐琐细细一起，自然而然地呈现出来，不再是被有意选出的典型。因而何顿笔下的战争，就不再只是指挥者的智慧比拼，或战士的无畏献身，而是把战争中的勇猛、懦弱、无奈，战争间隙里的手足之谊、儿女之情，都细细密密地展现在人们眼前。

“一个表达，只在生活之流（stream of life）中才有意义”，任何抽离都是损害。《黄埔四期》里绵延不绝的生活之流，不只是在战场上。新中国成立之后，贺百丁和谢乃常，以及他们手下的士兵，也与这一时期的任何人一样，经历了社会的种种起伏，有的僻居一隅，自求多福；有的转为小贩，艰辛度日；甚至有的身体残疾，沦为乞丐……但不管经历怎样的人生，他们大都能历苦辛而无怨，处忧患而能安然，困顿里不失贵气。即使有人命蹇运舛，被时代的潮汐卷走，也偶尔显露出天地不仁的气度，而不只是恶浊争斗的牺牲。如此一来，何顿笔下的两个时空段落，就不再是人在极端场景里的起起伏伏，而是在极端里仍有舒朗的景致。即如爱情，很多小说里都是抽离具体的两个人的死去活来，除了被称为爱情的那样东西，世上不复有其他。《黄埔四期》里的爱，有情不自禁，有三妻四妾，有沉溺，有吵闹，但都能出之以平和自然，展开于人世的各种风景里，有各种各样不同的形态。正因如此，小说里的战争和日常，就不是一个一个的场景拼接，而是一整个生活之流，自有人世的风光徘徊。

这人世的风光因为在如今的小说里少见，被现代小说驯养的读者，会觉得《黄埔四期》的情节和人物剪裁不够，有那么点啰嗦重复。其实除了某些明显属于技术问题的地方，这个长篇里的很多重复，倒是让何顿的小说与那类完全虚构的作品区分开来。十多年来与抗战老兵的朝夕相处，让他们活生生的形象长在了何顿心中。这些记忆里的活人，不只是作者的附属、虚构的生命，而是用自己真实的一生参与了写作，左右着何顿的行文，有时候甚至会夺过他手中的笔，自己在布满亡魂的纸上写下一生。

尼尔斯·玻尔曾说，诗人受到音节和韵脚之类的约束，从而必须比普通人更殚精竭虑地对自己的素材下功夫，故此能够更好地表现人类社会中那些微妙的关系。对人物深入细密的接触和思考，会牵连出社会中复杂微妙的关系，小说就趋于浑厚。何况小说用文字来描摹的，是作者心目中活生生的人。相对于一个活人来说，文字毕竟是刻板单薄的，“没有一个具备理智者敢于将其所思想之物放置到其中（即言辞的缺陷之中），并把它们（即所思想之物）变得不可更改，如同我们通过字母经验被书写下的东西那般”。何顿小说中的重复，或许就反映了他在言辞的不可靠和必须依赖之间的矛盾。在极力描摹人物的时候，他必须反复写一些细节，努力靠近他心目中那些活生生的人。这个努力的结果虽然并未解决言辞的不可靠问题，但经过这一番追摹功夫，在文字的反反复复间，小说就更能贴住人物，因此书中出现的每一个人，就都活在他们自己生成的世界里，有各自独特的声口和形象。

照卡尔维诺在《新千年文学备忘录》中的说法，“数百年来文学中有两种对立的倾向在互相竞争：一种是试图把语言变成无重量的元素，它像一朵云那样漂浮在事物的上空，或者不如说，像微尘，或者更不如说，像磁脉冲场。另一种是试图赋予语言重量、密度，以及事物、形体和感觉的具体性”。大概是因为对虚构和独特性的强调，现代以来的小说语言，越来越像不具分量的磁脉冲场，讲究尖锐、克制、准确，一击命中即飘然远举，把自己对人性的单向度洞察作为标杆，插在小说探索意气昂扬的桥头堡上。也因如此，现在的大部分小说抛弃了语言的重量和密度，轻装简从，单刀直进，不背负任何压力。无可否认，这批小说中也产生了一些好作品，但一旦抽去了对沉重的背负，古典写作中最为看重的粗朴大度即告丧失，作品往往偏求精致和深刻，而失去了粗朴大度的精致和深刻，无往不流为尖酸刻薄。相较起来，何顿的这个作品，把那些被现代以来的小说逐渐剔除的沉重感，借由无数抗战老兵的命运，毅然决然地背负在身上，小说也就有了“处其厚不处其薄，居其实不居其华”的沉雄气象。

二、生活方式

歌德曾在一次谈话中说：“我把‘古典的’叫作‘健康的’，把‘浪漫的’叫作‘病态的’。最近一些作品之所以是浪漫的，并不是因为新，而是因为病态、软弱；古代作品之所以是古典的，也并不是因为古老，而是因为强壮、新鲜、愉快、健康。”在这个意义上，不妨说，《黄埔四期》有幸避免了病态和软弱，因而拥有了一种属于“古典”的强壮和健康。

在阅读与近代以来的历史有关的小说时，我总是会被一种奇怪的感觉紧紧攫住——只要人物有一段稍显幸福的生活，我就会莫名紧张，以往的阅读经验让我有种预感，一个巨大的灾难即将到来，人物将在接下来的生活里备受摧残，尊严丧失——此后的阅读事实也证实了，我的紧张其来有自。在这些小说里，历史被划分为一块一块的时间段落，人物在规定的时间条块里起起伏伏。写作者拣选出的时间起伏，并非完全出于自觉的观察，往往是把不同时期发生的事情调换编年，赋予统一的历史顺序，纳入一个话语权拥有者后置设定的历史分期。说白了，大部分这类小说里的时间节奏，不过是借用了历史教科书的官方时代划分方式——国共合作、大革命、抗日战争、解放战争、新中国成立、反右、“文革”……以此为框架，填塞进自己的文学材料，所写的，不过是屡经定义的大历史里的小故事，大背景下的小点缀，因而人物非冤即怨，孱弱的呼告在绝望的时代里遍布。这一点上,《黄埔四期》表现出与此前作品一个显著的不同，以往在时间框架中身不由己升沉的人物，因他们各自的性格惯性，不再只是时代潮汐的标识，而是表现出了明显的提前或滞后，有些甚至部分避开了时代本身的波澜起伏，作用于人物身上的时间之流，也终于不再是条块性的，而是绵延起来。这个显然的绵延状态，也把人物和他置身的时代与环境结合到了一起，人物成为在各种条件和局限下的存在或显现。如此一来，人便不再只是时代和环境的产物，而是时代和环境成为人物因素的一部分，一个人，即便是在艰难时代里的人，也用属于自己的性格，把置身的周遭变成了自己的一部分。小说里的战争描写，除了让人心悸的死伤，每次战役，因不同的人指挥，都有各自独特的样子。忠耿的贺百丁指挥的战斗勇猛果决，即使后来用计胜敌时，依然坚韧顽强；豁达的谢乃常指挥的战斗则神出鬼没，即便是攻坚战，也从不拖泥带水。在这里，战争不再是人物的背景，或者只是他们经历的时世，而是人物性格的延伸，有属于一个人独特的样子和气息。

这个人物独特的样子，也延伸到新中国成立之后。贺百丁“野心大，五十多了还想往上爬”，又倔强生硬，终于把自己送进了监牢；谢乃常知难而退，圆转从容，让他避过了风暴最为剧烈的冲击。因为贺百丁和谢乃常都经历过战争，那些战争中死于敌手或被他们处决的官兵，那些他们当年随他们和平起义的手下，并未真正远去，而是参与了他们的生活——“贺怀国在他面前乞求的表情，从他记忆的仓库里滚落下来，如鬼如魅。他打了个寒噤”；贺百丁后来“了解到一些当年的团长、营长，生活状况相当糟糕，这让他既难过又无奈”，因此开会怪话连篇，希望借此让“上面撤销他的一切待遇，把他驱赶到阴暗的角落里去，遭受命运的进一步惩罚”。因为这样的念头，贺百丁生活在痛苦之中，拒绝了副省长为儿子贺强调调换工作的好意，也绝不原谅因背叛自己而心怀愧疚的把兄弟陈德——那些逝去和因他们的决定而改变了生命轨迹的人，用自己的方式左右着他们的生活。

或许可以这样说，因小说中人物的性格，总是枝枝蔓蔓地与其置身的世界牵扯在一起，《黄埔四期》里人物样貌有极大的稳定性，并不因时代的风暴而轻易更动或立即改变。贺兴继承了父亲贺百丁的倔强性格，又被社会的理想教育催眠，做事激动冒进。他因为理想去了江永，却“直到和弟弟踏上这块贫瘠、蛮荒的土地，才感到理想不过是一束骗人的玫瑰花，这束花只能生活在想象里，一离开大脑，不用别人采摘自己就凋敝了”。但即使在意识到理想不可靠、遭受了各种残酷对待之后，贺兴也没有改变自己冒进冲动的性格，终至在派系争斗中被打成重伤，脑子坏掉。而弟弟贺强，虽然有着相同的家庭背景，经历着相同的社会环境，却在近十年的知青生涯中，“每天面对沉寂的大山，不相信会有好事情出现”，“已向大山这位无声的老师学会了耐住寂寞的品性，血液不再喧嚣”，少年血气得以收敛。正因如此沉静的节制，才让他最后渡过劫波，过上了部分由自己决定的生活。同样是被理想的牵引，马沙丽因为哥哥对长官谢乃常的称颂，迷上了他，并为其生了孩子。得到这个孩子后，虽然谢乃常愿意负起责任，但马沙丽并不与其过多纠缠，即使在最倒霉的时刻，也独自承担此事的后果，凭借“人，尤其是我们女人，只有自己内心强大，才能挺住外来的打击”这一决断，挣扎着走过了最艰难的历史时期，安然回到了自己的画室。这只是小说中的两个小例子，举凡作品中的大小人物，凡有涉及，必有其独特样貌，并与其一生的命运牢牢结合在一起。

提到“性格就是命运”的时候，往往会有一种奇怪的误解，仿佛性格是注定的，命运也将由此而定。但性格向来不是铸就的死东西，而是活生生的存在，是一个人不同于其他人的生活方式，因此在古典西方语境里，这句话的意思应该确切地表达为，“人的生活方式就是人的命运”。这个生活方式，跟长养一个人的政治环境、社会礼俗，以及人的道德行为有关。最终，是这个独特的生活方式，生成了一个人的独特命运。贺百丁从战场上归来，进了将官培训班，领会了古代的用兵方式，以之用于实际战争，取胜的机率大大提升，心情开朗起来，也更为怜惜官兵生命，“把每一场战争的细节想透，设计好，尽量减少伤亡”，晋升之路由此开启。谢乃常在新中国成立后，受到谢华的私下嘱咐，“小谢，有些人爱说怪话，说参事室是洗脑的地方，还有的说是养老院。你别乱说话，学习发言时，会有记录的”。他由此明白了自己的处境，果断地对说谢华说，“我不会给您添麻烦”，从此省心省力，过起了无所用心的生活，方才得以度过劫难。《黄埔四期》铺展开来的各种人的命运，我们差不多就看到了这种生活方式和命运相生的关系，“你怎样生活，你的命运就是怎样。或者，你的生活就是你的命。没有另外的命运，只有你的生活方式。如果生活方式能改变的话，命运也就能改变”。

正是这种性格和命运共生的关系，让《黄埔四期》中的人物，用自己的生活方式构造了他们各自的命运路线，也界定了属于他们自己的时间坐标，而当小说里的人物各自活跃起来时，他们也共同构成了丰富的社会样态。小说没有过于专注某方面的主题，或者着意提炼某方面的典型，而是像流水一样，“流过的地方，凡有什么汊港湾曲总得灌注泼洄一番，有什么岩石水草，总要披拂抚弄一下子，才再往前去，这都不是它的行程的主脑，但除去了这些也就别无行程了”。

即使小说里的人最后被时代的巨流里冲倒了，冲垮了，也用其性格的稳定性，与他共生的时代对抗、争斗、妥协，最终把时代写进自己身上，生成了精致微妙的样式。张新颖在《沈从文与二十世纪中国》中说，个人跟社会发生什么样的关系，“不仅对个体生命更有价值，而且对社会、时代更有意义，却也不只是社会、时代单方面所能决定的，虽然在20世纪中国，这个方面的力量过于强大，个人的力量过于弱小。不过，弱小的力量也是力量，而且隔段时间去看，你可能会发现，力量之间的对比关系发生了变化，强大的潮流在力量耗尽之后消退了，而弱小的个人从历史中站立起来，走到今天和将来”。何顿这部小说里的人物，就是以弱者的样子从历史的幽暗之处走了出来，以其各自的生活方式，创造出了属于自己的世界——没错，我说的是创造——而不再只是时代苦难的判词，或者是受难者提供的证据。

三、品性差序

一首12世纪的非洲诗歌这样写道：“可能吗，我，雅可布—阿尔曼苏尔的一个臣民，会像玫瑰和亚里士多德一样死去？”据说，这是一首关于平等的诗，诗作者羡慕玫瑰的美不可及和亚里士多德的深湛渊博，期待死亡后可以幸福地与玫瑰和亚里士多德平等。不过在我看来，这恰恰是一首明确承认差序的诗，因为即使相同的死亡，也并未取消活着时那些无法抹掉的品性差序。

近百年来，中国从西方移植了诸多“理想型”（ideal type）信念，期望这些信念对“任何人或社会，不管其文化传统、宗教背景、政治秩序或道德结构的特殊性质，都是同样有效，同样具有约束力”，“平等”就是其中的一个。我不知道作为政治概念的平等现在推行得如何了，但现代中国的普遍人性论者早已昭告天下，人人（在各个方面，包括品性）生而平等，几乎不容有丝毫讨论余地。不小心提到品性的自然差序，几乎就等于赞同古旧的三纲五常，长幼尊卑，迂腐到让人发指。但品性的平等真的是一件可以欲求的事情吗？《黄埔四期》中，前戏子、高官姨太太杨凤月，新中国成立后嫁给了工人丈夫，“她想在他身上撒娇，坐到他腿上，他却推开她，说她骚；晚上，她搂着他睡，他说她贱；她穿着好看的衣服给他看，他说她到底是女戏子出身，不懂得自重”。杨凤月和丈夫是不同的灵魂类型，有完全不同的品性，勉强生活在一起，难免对同一事情的理解南辕北辙。受丈夫虐待之后，杨凤月与谢乃常偷情：“坐到镜子前，开始往自己的脸上涂脂抹粉，画眉毛、描眼睛、涂口红，接着她穿上戏服，站到床上，开始唱戏。台下就他一个观众，但她唱得很投入。”即使对与谢乃常这样私密的交往，她也守不住秘密，一高兴就告诉了别人。我们很容易把杨凤月的种种表现归因于她的戏班生活，但同样戏班出身的肖师姐，不但“师傅拿棍子打我，师姐用身体护着，替我挨师傅的棍子”，还含辛茹苦地养大了她和谢乃常的孩子，并在孩子成长过程中一直对谢乃常保密。

肖师姐的这些品性，不是社会教育培养出来的，而是她身上自然而然禀有的。相较于品性中等的杨凤月，她显然处于更为卓越的人性品级，善良，勇敢，懂得保密，分得清是非。《黄埔四期》写到的抗战时期，品性差序还有所保持，人们也会辨识这种差序。谢乃常遇到贺百丁等人时，发现他们“衣着整洁，相貌堂堂，脸上没有行乞者的可怜”，并从中看出他们志气非凡，是品性差序中显然的高贵者。品性高贵者得到社会的普遍承认，灵魂的次序就跟人的社会地位相对一致，拥有次级品性的人会承认——起码无法反抗这种高贵，社会就拥有了较为合理的秩序。贺百丁和谢乃常这些战争中的将领，有他们的威严，手下的官兵对他们敬服，愿意为之奋勇杀敌——就像上面那首非洲诗歌的作者，虽然他认识到自己跟亚里士多德品级不同，但用自己的钦佩之情，表达了自己向上的意愿。即使像贺怀国这样低级品性的人，在做逃兵被抓回后，也知道恐惧。他“见贺百丁的目光像玻璃一样尖利，没有半点怜悯，扑通一声跪下道：‘三哥，饶了我吧，啊？’”。把对高贵品性的承认内化为一种行为选择标准，正是社会秩序良好的保证。

战争结束之后，对平等的强调突出起来，人们开始觉得，“每一个人作为‘不朽的灵魂’都处在相同的等级”，甚至以人的社会身份来扭曲这种天然的品性差序，比如说农民，“尽管他们手是黑的，脚上有牛屎，还是比资产阶级和小资产阶级知识分子都干净”。如此一来，对品性差序的默认被取消，代之以平等品性，“人与人之间的所有敬畏感和距离感”消失了，“思想的优良政制论（Arstokratismus der Gesinnung）被灵魂平等的谎言（die Seelen-Gleichheits-L ü ge）深深埋葬在尘俗之下（am unterirdischen）”，因而社会便不免凶德泛起，恶人当道，好人无告。

倔强的贺百丁觉得自己在新中国成立后受到了不公正待遇，因而在“大鸣大放”时口无遮拦：“我当年起义，就是被贵党提出的‘民主、自由、平等’的统一战线所迷惑……结果呢？都是贵党说了算！”说完之后，他随即后悔，不让秘书记录：“鄙人再次声明，鄙人说的话是放屁，请你不要记录我放屁。”后来，因他的国民党身份，影响了贺强的升学，贺强给省教育厅招生办写了封信，透射出对社会的不满，贺百丁知道后，“扑通一声，在儿子身前跪下”。一个自然品性上尊贵威严的人，在权力的威势下被迫做出了与自己性情不符的选择，向低端的卑劣品性靠拢，让人心寒。谢乃常品性里有英武的一面，“他跟着杨凤月上楼。那几户人见杨凤月竟敢带个男人回来，都用生硬和挑衅的目光瞪着。谢乃常不怕，这些人在他眼里都属鼠辈，他连老虎的目光都见识过——与他当年养的凶猛的孟加拉虎面对面地对视过，连老虎都会避开他的目光，何况这些蛇鼠之辈”。但一个在战场上让敌人闻风丧胆，甚至可以教化一方的将才，只能在偷情场合展示自己的威势，不能不让人觉得凄凉。

“当趋向最好的东西的意见凭靠理性引领和掌权时，这种权力的名称就叫节制；若欲望毫无理性地拖拽我们追求种种快乐，并在我们身上施行统治，这种统治就被叫作肆心。”取消了品性差序的社会，节制不再是美德，品性高端者不受欢迎，失去控制的欲望得到鼓励，肆心的“恶人如阴沟里的臭水样一个个涌了出来，凶凶地揪人、斗人”。马沙丽所在的文化艺术馆新馆长“一肚子坏水，很无耻”，“全身上下没有一根好骨头，害起人来不择手段”。但就是他，斗掉了原先的馆长，并觊觎马沙丽的美貌，索爱不成，便把她打成“黑画家”。长着双鼓眼睛的赵（民兵）营长，天生恶德，却自视根正苗好，对知青态度蛮横、恶言相向，还动辄使用私刑。后来，在赵营长抓住贺兴批斗时，贺兴“被一枪托搡得栽倒在二米高的台下，头砸在台下的麻石上”，脑子就此坏掉。

小说里更为惊人的笔墨，是关于贺山的。因为贺百丁的历史问题，他的儿子和侄女被迫下乡，不得不托给这个贺怀国的遗腹子照料。贺山品性低劣，却因敢于造反成了当地霸主。他并未真的照料贺兴和贺强，甚至还作践脑子坏掉的贺兴。当贺娣也来到他的属地时，他不但霸占了她，还在贺娣怀孕后为掩盖自己的行径，让她跟贺兴结婚，闹出了堂兄妹之间的乱伦丑剧。比照同样天生恶德的贺怀国和贺山，便不难发现，因为此前有对品性差序的认识，社会层面自然会隐恶扬善，品性高端的贺百丁是形势的主导方，贺怀国无法左右局势；而当品性的差序结构解除，天生恶德的人掌握了权力，贺山成了决定性的力量，坏事当然接连不断。追求平等的诉求最终变成了更为恶劣的不平等，通往平等的天堂之路，竟全是用如此不平等的地狱砖石铺就。

这种对品性差序的不同认识，在前后两段的情爱故事里也表现出来。前一阶段，因为没有设定心性平等的前提，即使偷情，人都是按各自的性情对待一段关系，贺百丁与吴姬和秦云，谢乃常与自己的三个老婆以及陆琳、杨凤月和马沙丽的关系，如胶似漆也好，露水恩爱也好，吵闹动怒也罢，都是性情的自然流露，情事就真切干净，足以动人。但后一阶段的情爱，则因为品性差序的取消，低端部分统驭了情爱关系，里面有极多污浊的成分。贺娣生性善良，但面善心软，不擅拒绝。一个不以自然品性，而是以阶级成分划分高低的社会，不会教导她如何保护自己，因此她才会被贺山玩弄于股掌，成了被侮辱与被损害者。等她学会拒绝的时候，拒绝的却是亲人对自己的帮助，“她可不愿毁灭她用身体换来的一切，她现在三十四块五一月，比起她当公社广播员时拿工分，已经是天堂了”。一种污浊不堪的感觉，始终笼罩着这段关系。当文雅清秀的贺娣因服药变成一个胖而粗俗的妇女时，你会觉得，一个美好的瓷器被粗暴的手摔成了碎片，且碎片还被吐上痰踩脏了。小说里的杨凤月与丈夫的关系、谢文清与官员后代的婚姻，都笼罩在相似的污浊之中，情爱里没有了干干净净的真，只剩下权力统驭下赤裸裸的欲望，不免让人生厌。

公共空间既然不保护高级品性，压抑过久的愤懑就会有一个总爆发，像《亨利四世》中叛乱的约克主教说的那样 :“我曾经仔细衡量过我们的武力所能造成的损害和我们自己所深受的损害，发现我们的怨忿比我们的过失更严重。我们看见时势的潮流奔赴着哪一个方向，在环境的强力的挟持之下，我们不得不适应大势，离开我们平静安谧的本位。”报复在压抑过久之后，以私人惩罚的方式出现。杨凤月“在酒里放安眠药，致使丈夫失去知觉，将丈夫捆在床上，在丈夫的颈脖上连砍数刀，致使丈夫流血而亡”；贺兴以极其残暴的方式杀死了贺山和赵营长，他砍下贺山的头，“一地的脑髓和血肉，连一块像样的骨头都没有，颅骨被锤子敲碎，肉被砍刀剁成了肉泥，颅骨被锤子敲碎，肉被砍刀剁成了肉泥”。这些行为，就是他们长期受低端品性者压抑而施行的私人惩罚。一个讲究平等的社会，竟让品性高端的人做出了品性低端者才做的事，并逼出人身上的各类杀心和凶心，真堪叹息。或者可以这样说，只有承认品性的差序，意识到一些人确实比另外一些人高贵，平等这件事才真的有了可能。否则，对平等的追求不光不能达至理想意义上的平等，人们的行为方式反而会基于最低的本能，凶德将成为社会的主导力量。让人惊惧的是，这个被调动起来的凶德，并没有在小说结束后消失，那些泛起的粗鄙、污浊、败坏、凶残，早就一点一点渗透进了我们现在置身的世界，而何顿的这本《黄埔四期》，也就这样雄浑地走到了现在这活着的世界，并向未来投下深深的一瞥。

利玛窦的礼单，或万历二十九年
——李敬泽《青鸟故事集》

一

每一样事物都有它的开端，比如，《青鸟故事集》的开端，我觉得应该是下面这段话："历史的机微难测正在于此，真正重要的事件可能发生在已被遗忘的时间和地点，发生在那些被漠视、被蔑视的人之间。就如那位聆听者，在他的时代，这是个声名狼藉、遭人唾弃的家伙，但直到今天，我们还笼罩在他长长的身影之中……"或者也可以是这一段："所以我寻找他们，那些隐没在历史的背面和角落里的人，在重重阴影中辨认他的踪迹，倾听他含混不清、断断续续的声音……"

就是这样对吧——历史的某个角落，发生过一些什么事，时间的尘埃很快便把这一切掩埋起来，遗忘饕餮般吞噬了它们。可是有一天，那个角落复苏了，发芽抽枝，我们身上长出了那被掩埋者的肉，流着他们当年流的血，苍老的饕餮忽然惊觉，它吞噬的那些已在某个时刻全面复活。

1601年1月25日，一个普通得不能再普通的日子。已经苦候了半年多的利玛窦终于等来好消息，仿佛已经消失在深宫中的万历皇帝忽然心血来潮，决定让他这个洋人（估计明朝还不会有人称他为意大利人）进京。尽管是洋人，不太懂大明的朝贡规矩，但既然已经决定进京面圣，礼物总归要带的吧？果然，利玛窦有备而来，他的礼物清单如下——

> 天主像一幅、天主母像二幅、天主经一本、珍珠镶嵌十字架一座、自鸣报时钟二座、《万国图志》一册、西琴一张。

这真是一份（送礼者可能并未意识到的）意味深长的礼单，深长到几乎预言了今后大半的中国历史。万历皇帝的反应，至少不比这礼单缺乏兴味。先是皇帝跟往常拒绝上朝一样，拒不接见利玛窦，却略显好奇地要知道洋人的样子。遣去画像的人尽管画得并不像，却也没有被妄杀的毛延寿，万历表现出了足够的机敏，“皇上看了画，不禁叫道：‘这不就是回民吗？’”。至于利玛窦带来的天主像，对早已三教合一的明代来说，也算不得什么新鲜事物，把异教判入自教，原本就是当时人谙熟的手段，那受难的耶稣，皇帝就直接指认为“这是活菩萨呀！”。可见经筵不是白开的，奄有四海的皇帝，早就为一切将来的新鲜事物准备好了大大小小的口袋，只要在合适的时候装进去就行。“所以，尽管利玛窦不曾承认，他真正带给这座皇宫的就只有那两座钟，自动鸣响的钟。”

经过传教士忙碌的调试，自鸣钟终于开始报时。接下来是《青鸟故事集》常用的写作（思维）方式，想象渗透进记载的间隙，一次次尝试（essai）回到历史的当下：“像一个得到新玩具的孩子，皇上惊喜地听到其中一座钟准时发出鸣响，这其实也是现代计时器在中国大地上最初的、决定性的鸣响。它发自大地的中心、庄严的御座背后，声波一圈一圈无边无际地扩散出去，直到两三百年之后，钟表的滴滴答答声将响彻人们的生活。”很可惜，这时间的滴答声不是福音，而是邪灵的魔笛，连带这份礼单上的所有物品在内，都只是一个庞大不祥隐喻的不同细节。

利玛窦献上的大自鸣钟，是那时“世界最新科技成果”，表征着其时西方正日新月异的科学技术。即便是再不敏锐的头脑，也会记得我们近代史课本上反复提到的“船坚炮利”，那背后晃动的，就是这科技的影子。那张携带着近代地理新知的《万国图志》，看起来陈述的是中立的知识，却在经过了连绵的岁月后，化身为魏源御敌图强的《海国图志》，含藏着无量无边的愤恨和有棱有角的大志。那张西洋琴不知后来归于何处，或许始终都不曾被人弹响过，而那与古琴不类的音声，却静默而激越地穿透了中国完善自足的艺术整体，让业艺文者不得不开始新内容和新形式的尝试——即如这本《青鸟故事集》，你能想象它会产生于较早期的中国？礼单的前四样是宗教用品，是一教的创始者（及其母亲）、经典和象征物，饱读诗书的万历皇帝当年没有看出这礼物的异质性，当然也不会知道近四百年后有人提出的“文明冲突论”。那么，把这意思换成那个受类风湿侵扰的皇帝能懂的语言吧——这几样物品，其实是企图更换一国的宗庙，耶稣会替代菩萨，素王孔子和道德真君当然也难以高枕无忧。如果连宗庙都变掉了，起码当时的人们会充满疑惑——他们将到哪里“以其成功告于神明”呢？遇到危难的时候，人又将如何“涣奔其机”？

那个时代，“知识的扩散相当缓慢”，即使人们的热情再高，高到像利玛窦那样，需要“抑制住剧烈的心跳，一步一步，走向他的梦想：中国的皇帝将皈依天主，然后……”，新事物的冲击仍然没看出加速的趋势，然而，似乎就在这迟缓的1601年，也就是万历二十九年之后，在中国，物和人已不再能像过去一样处于和谐共生关系，而是携带着西洋人异样的体味，变成了某种“不相配的东西”，等待人们（尤其是中国人）的，将是惊人的误解和骇人的灾变。

二

万历二十九年往前推十四年，就是著名的万历十五年。在黄仁宇笔下，那看起来平平淡淡的1587年，提示了中国此后历史的重点，也彰显出有明一代，甚至是整个古代世界的重大的问题："中国二千年来，以道德代替法制，至明代而极，这就是一切问题的症结。"对我们来说，或者（我猜）对《青鸟故事集》的作者来说，这样的结论太宏大也太斩截了，即使正确，也大面积忽视了历史中那除不尽的余数，盛不了大大小小的其他人生状况，容不下被隐藏在历史角落里的各类人，比如大大小小的"通事"——翻译。

钱锺书《林纾的翻译》中写过——《说文解字》卷六《口》部第二十六字："囮，译也。从'口'，'化'声。率鸟者系生鸟以来之，名曰'囮'，读若'譌'。"南唐以来，小学家都申说"译"就是"传四夷及鸟兽之语"，好比"鸟媒"对"禽鸟"的引"诱"，"譌""讹""化"和"囮"是同一个字。"译""诱""譌""媒""讹""化"这些一脉相连、彼此呼应的意义，组成了研究诗歌语言的人所谓的"虚涵数意"（polysemy，manifold meaning），把翻译能起的作用（"诱"）、难以避免的毛病（"讹"）、所向往的最高境界（"化"），仿佛一一透示出来了。——《青鸟故事集》侧重的是翻译的"媒"与"讹"："两边传话，化不通为通。""一种语言和另一种语言的每次相遇都是深不可测的陷阱，匪夷所思的差错、误解、幻觉和欺骗在其中翻滚沸腾。'译'即是'讹'，中国古人的话虽然扫兴，但真是没错。"

1823年，《华英字典》（*Dictionary of Chinese Language*）完整出版，编纂者马礼逊博士给朋友写信说："这是对世界的一次编纂。"一语道破天机，作为"媒"与"讹"的翻译，从来就不只是纸上的来去，一开始就携带着巨大的权力，会从根本上改变人们对世界和世界观的认识。一个人在书房角落里的笔耕，最终会像《盗梦空间》里在意识深处置入的念头，其更为深入的本质是对世界的重新编写。或许，这就是为什么清朝的法律会严防"番鬼"学习汉语，中国人帮洋人翻出的译稿，必须由外国人自己誊抄一遍，"然后把原件当着他的面撕得粉碎"。

需要强调的或许是，从开端起，《青鸟故事集》就不是要抒发感叹，它要表达的，是"那些隐没在历史的背面和角落里的人"埋下了干燥的种子，然后"根须和枝叶在历史中不为人知地暗自生长"——当然，其间经过了重重的艰难，无尽的折磨。那些看起来的"媒"与"讹"，或许在开始时并非故意，而只是因为不可译，某些东西"表述的意义在中文中无法找到对称的词语——英国人的'人类世界'在中文里会成为'普天之下'，而'普天之下'隐含的下文是'莫非王臣'……即使你是最忠实的翻译，你的译本也必然在有意无意之间偏离原文，生成另外一套意义"。新的语言携带着特定的知识背景、特定的世界模型，离开这一整套的新图景，翻译只能是殊途异归或者南辕北辙。因了这送来的美丽新世界，我们不得不被迫跟此后将君临天下的某些价值生活在一起，所有的承续和更新，必须在这几乎不可消除的隔膜中进行。

即便再怎样腾挪，人们似乎也只能望着那座巍峨的巴别塔，感叹人类的渺小和无能是吗？也不全是。伽达默尔在《哲学生涯》中说道："在苏格拉底这位西方哲学传统的决定性人物之外，还有耶稣、佛陀和孔子与其并驾齐驱。一个人在不掌握那种思想所依赖的母语的情况下，能摸到这种思想的哲学轮廓，他一定具有某种特殊的天赋。我把这种天赋称为相貌学（physiognomie，physiognomy）思想。正因为这种思想不是来自语词，而是懂得从轮廓处读出东西。无疑，这种释读方式无法掌握细节上独到的东西，但他能推断和描述出大概的线条，而这个线条蕴藏在所有人的思想运动中。这是一种不能在任何关系定位中理解的泛神论式的理性，它游走于时空之上，追随着内在的本源，因此它以对伟大者所有至诚的尊敬赢得了某种裁决者的尊严。存在回答存在。"沿着相貌学的方向，面对着不得不面对的新知识、新世界观、新生活方式，人们或许可以像当年翻译佛经一样，一点点格义，在不停变化的旧语言里妥善安置那个新世界，从而慢慢摸索出一条告别巴别塔的小径？

就像上面提到的《海国图志》，就像"1917年，一位名叫胡适的美国哥伦比亚大学博士发起了'白话文运动'，这棵（翻译的）谱系之树蓦然间变得遮天蔽日。这场运动从来不像它所宣称的那样，是要人们按照自己的所说去书写，它隐秘的目的是使汉语彻底地成为一种可以翻译和被翻译的语言，直到我们能准确无误地听清来自世界的声音和意义”。现在，那场被谈论得太多的运动也已经过去了整整一百年，我们的语言已经发展到能够兑换误解、消除讹误，抚平人心参差不齐的起伏，准确无误进行听说对话了吗？是耶，非耶，《青鸟故事集》给出的，始终是个大大的问号。

三

沿着万历十五年再往前推五年，1582年，是几乎已经被人忘记了的万历十年。这一年，利玛窦带着他礼单上的礼物到达澳门，中西交流将会遇到的重重误会和寸寸进展，其实在这时已经全面登陆。也是在这一年，那两座自鸣钟背后的科技，检测出此前恺撒历的问题，经罗马教皇之手完成了历法变革，是为著名的格里高利改历。自此，这个更接近太阳运行规律、误差较小的历法慢慢在全世界通行起来。其实也是在这一年，大明权倾一时的首辅张居正去世，随着这位强势人物的离开和被清算，万历十五年描述的政制危机开始全面爆发，而“在大规模走私贸易中急剧膨胀的民间利益”，也渐渐冲垮了帝国的海防。

万历十年的改历，现在看起来似乎也没什么了不起，不过，它当年带着新事物的贼光乍临世界的时候，可并非现在这样灰扑扑的。为了抵制新历法，抵制这更新之后的时间感觉，新教国家展开了持久的斗争，如开普勒所说："新教徒宁愿不与太阳协调，也不愿同教皇保持一致。"直到一个世纪之后，在瑞士的一些村庄，还要用罚款和武力来推行格里高利历。这个改历故事的后续也出现在《青鸟故事集》中——1935年1月3日，瑞典探险家斯文·赫定抵达甘州，发现那里的人们正处于节庆之中，原来"中国通过了一项法令，废止中国的旧历年（春节），改成与西方国家一样的时间庆祝新年"。其实中国采用这个历法，要比斯文·赫定的观察早了二十三年，那一年，中华民国成立，先期付出的代价是"无量头颅无量血"。

似乎就是这样，"自其变者而观之，则天地曾不能以一瞬；自其不变者而观之，则物与我皆无尽也"。从变的角度来看，那个让人吃惊的中国，仍然还有更让人吃惊的地方。当年，有个国家被认为是"一个神奇的国度，它的名字叫——'契丹'（Cathay）"。对明代来说，契丹不过是个统称，只是，对更早一些的人，比如生活在北宋的邵雍来说，那可是一个实实在在的威胁，因而《皇极经世》自邵雍出生开始的每一年，都写下了契丹纪年。如果把时间从万历十年往后再推一年，那时候，努尔哈赤的父祖被李成梁的部队误杀（此前，其外祖父因叛明被李成梁诛杀），他正当二十五岁的壮年——然后，是我们都知道的结局，努尔哈赤成了清太祖。

就是这个意思，清朝的崛起跟西方文化的大举涌入，正好处在差不多同一时期。只是对那时的明朝来说，利玛窦还是历史暗角里的人物，迫在眉睫的危险将是清军的入关，后面是翻译为“冲冠一怒为红颜”，或另外一些奇特借口的故事。有意味的是，入关的有清一代，要面对大明王朝早就该面对的利玛窦礼单。这份礼单的潘多拉效应显示出来，没有妥善处理这不祥礼物的大清朝因此为千夫所指，并终于就此走到了自己王朝的尽头。其实，如同从《青鸟故事集》可以看到的，那个让晚清士人感叹的“三千年未有之大变局”，在万历二十九年已经初露端倪，包括社会各个层面的参差错落状况，包括那即将到来的铺天盖地的“翻译”和“翻译”带来的误解。

对事实来说，所有的言说和想象都难免显得像浮词，如《青鸟故事集》的结论之一：“对中国历史来说，一艘商船上的无名商人把玉米、番薯的种子带入中国，无数农民在漫长的时间里把它们撒遍大地，这沉默的过程使任何帝王将相、才子佳人都显得卑微，因为它所带动的生存条件的变化、人口数量的增长构成了中国历史演进的基本力量。”是这样没错吧？我们都在心里暗暗赞同。而这本书里的另外一个结论，或许恰好构成了极为不同的认识向度——

> 把一个盲目的历史转化为意识，使每个人的属于神的那一部分浮现出来。

“凭借艺术，凭借大胆的、肆无忌惮的、厚颜无耻的编造，我经历着我的‘历史’，我是自由的，历史不能把我怎么样，相反的，你们所说的历史将越来越像我的书。你们把这叫作‘吹牛’？也许是吧，但在我的词汇表中，我更喜欢选择另一个词，‘行动’……”包括切切实实的行动，也包括意识的行动，远在世界被全面惊扰之前，就实验了一种独特的文字炼金术，“使每个人的属于神的那一部分浮现出来”，在纸上写下了清晰可见的未来——“几者，动之微，吉之先见者也。”

第二章

一次隐秘的成长
——格非《隐身衣》

一

有段时间，我只要坐上远行的火车，心里就有一种隐隐的期盼。也不是具体地期盼什么，只无端向往，在一列满是陌生人的车上，会有那么一个特殊的人，为自己寂寞逼仄的旅程带来些新鲜的东西。当然，这样的向往总是以失望收尾，这个世界已经很难有什么让人觉得特别的东西，在一列火车上，我们又能期盼什么呢？不过，这个期盼的念头始终不灭，有时候拿起一本小说的时候，就会想，这会是一次特别点的旅行吗，会不会遇到些特别的人，特别的事，帮我们缓解一下人生的寂寞和逼仄？

乍读格非《隐身衣》的时候，就有种预感，仿佛踏上了一次稍微有点特别的旅程。小说起头的地方，现实世界的吵吵嚷嚷还在回响——或许有必要说明，这个现实世界的吵嚷，一直在小说里，从未消失，就像在一列火车上不会有真正安静的时刻——姐姐向“我”诉苦，督促“我”搬出占用的他们的房子，这个诉苦后来换成了逼迫，亲人相残，以致“我”失去了栖身之地。这只是“我”不如意的人生的一部分，在此之前，妻子跟了别人，在此之后，朋友冷漠。“我”遇到的客户呢，不是自以为是的知识分子——“仿佛世界的命运，都被紧紧掌握在他们手中”，就是灵魂空虚的大腹贾——“怎么也无法和纯正的古典音乐沾上边儿”，他们有的不过是牢骚和无知。这样的生活，这样的人们，让“我”觉得，“这世界一定出了什么问题”，人只能凄怆地活着。

抵消这世界带来的凄怆的，是“我”对古典音乐的热爱。对“我”来说，倾听古典音乐是抵挡芜杂生活的最好方式，并可由此获得内心的安慰：“当那些奇妙的音乐从夜色中浮现出来的时候，整个世界突然安静下来，变得异常神秘。就连养在搪瓷盆里的那两条小金鱼，居然也会欢快地跃出水面，摇头甩尾，发出‘啵啵’的声音。每当那个时候，你就会产生某种幻觉，误以为自己就处于这个世界最隐秘的核心。”

用这种在幻觉里养成的眼光看待世界，“我”居然发现，可以用对古典音乐的热爱划分出一个秘密共同体，这个共同体是变坏的世界里可敬的人们。他们，才是“我”虽惨淡经营，却依旧乐此不疲，坚持做一个工作的原因：“不管怎么说，发烧友的圈子，还算得上是一块纯净之地。按照我不太成熟的观点，我把这一切，归因于发烧友群体高出一般人的道德修养，归因于古典音乐所带给人的陶冶作用。事情是明摆着的，在残酷的竞争把人弄得以邻为壑的今天，正是古典音乐这一特殊媒介，将那些志趣相投的人挑选出来，结成一个惺惺相惜、联系紧密的圈子，久而久之，自然形成了一个信誉良好的发烧友同盟。你如果愿意把它称之为什么‘共同体’或‘乌托邦’，我也不会反对。不管怎么说，多年来，我一直为自己有幸成为这个群体的一员而感到自豪。”

这样好坏高下的对照在现实和小说中都太常见了，算不上什么了不起的发现。所有对世界心怀不满且有一定思考能力的人，差不多都会在自己想象的世界里营造一个这样的乌托邦不是吗。这个对理想之境的想象是人对自己渴求不能得到满足的心理补偿，并借此区分自己和大部分人，因而获得隐秘的骄傲。我不知道如此的骄傲是普通人的隐身衣还是他们的铠甲，但凭幻觉构造的秘密共同体肯定靠不住，不过是失意者的自我安慰。在小说里，白律师喝破了这一层："你在发烧友这个群体中，从未遇到欺骗一类的事情，这根本不能证明这个群体的素质或所谓的修养有多么高，更不能表明他们道德上有任何优越之处，只能说，你的运气比较好罢了。在一个肮脏、平庸的世界上，运气就是唯一的宗教。你把发烧友这个群体，想象成一个秘密的大同世界，这是你的自由。可你既然要做生意，我劝你还是谨慎一点，小心为妙。指不定哪一天，厄运就会自己找上门来……”

到这里为止，《隐身衣》还是一个普通小说的样子，有不错的构思，不错的结构，不错的情节，可因为这种显而易见的对比，作品仍然算不上特别。我前面甚至忘记提了，“我”做的是制作胆机的生意。解释这工作有点费事，对阅读小说来说，不妨这样理解，胆机是听音乐的设备的一部分，制作胆机的工作需要跟不固定的人联系。制作胆机者不用每天在办公室里看熟面孔，在长长的工作时间里，“我”会碰到一些不一样的人、不一样的事吗？或者如白律师预言的那样，会碰到什么厄运？

《隐身衣》没有让人失望，螺丝越拧越紧，情节推进的强度甚至出乎意料。小说进行到三分之一左右的时候，刚刚出现跟主题相关的“隐身衣”，此前不久才出现了一个影响小说发展的人物，而在小说临结尾的时候，居然又出现了一个改变情节走向的神秘女人。这样的人物推出方式，越发让人觉得像是在一趟远行的火车上，踏上旅途的人慢慢倒水，休息，放眼四顾，然后开始跟周围聊天说话，听到些有趣的事，心里有些兴奋。临近终点的时候，高潮来了，一个特殊的人出现，这个旅程的意义竟至于完全改变。

二

或许是为了照应题目，除了较为详细地写了姐姐、姐夫逼我搬家，我跟蒋颂平关系由好到差的过程，小说里很多事情都仿佛穿上了隐身衣，交代得一鳞半爪，有那么点漫不经心的样子。小说里显而易见可以详细展开却没有细写的，有当年姐姐和蒋颂平之间到底发生了什么，丁采臣无论真假的自杀是什么使然，神秘女人的毁容究竟是什么原因。这些未曾展开的事情里面包含着现代小说的某种秘密，格非却在这些地方留置了空白，让习惯探幽寻微的阅读者觉得《隐身衣》有那么点不尽人意。熟悉现代小说写作路数的格非显然是故意如此，那么，他意欲何为?

在作品中留置空白，对有些事略而不谈甚至视而不见，根本没什么好值得大惊小怪的。里尔克在《罗丹论》里写过："一件艺术品的完整不一定要和物的完整相符合。它是可以离开实物而独立，在形象的内部成立新的单位，新的具体，新的形势和新的均衡的……艺术家的任务就在于用许多物造成一件新的、唯一的，或从物的一部分造成一个世界。"当然，写作者不能以此作为趁手的借口，把自己虚构世界里的缺陷当作骄傲。上面这番话看起来是辩护，却含着对艺术构造的世界严厉而特殊的要求，要求这世界的内部必须构成新的、自足的空间。《隐身衣》既然有这么多留白，要让人相信不是缺陷而是艺术构造的世界的样式，就要用小说本身回应这个质疑。

或许是弗洛伊德的理论出现之后，或许是更早一些时候，很多小说开始把主要力量用在对所谓人生和人性的深度和幽微，尤其是黑暗一面的深度和幽微的探赜索隐上，偏重对人非理性、非逻辑、纵欲作乐的黑暗面的书写，甚之者以此作为衡量作品是否优秀的唯一标准。即使处理的问题不如此极端，现代小说天生的任务似乎也是："询问什么是个人的奇遇，探究心灵的内在事件，解释隐秘而又说不清楚的情感，解除社会的历史禁锢，触摸鲜为人知的日常生活角落的泥土，捕捉无法捕捉的过去时刻或现在时刻，缠绵于生活中的非理性情状，等等等等。"仿佛谁若不专注于这些深邃和幽暗，谁的作品就配不上称为小说。

《隐身衣》里有这种对人生和人性黑暗面的提示，上述自杀和毁容这样极端的事情里，就藏着人性里最大的黑暗。不过，对人生和人性黑暗一面的探索，显然不是这个作品的重点，格非在这个问题上有意适可而止。"不论是人还是事情，最好的东西往往只有表面薄薄的一层，这是我们的安身立命之所。任何东西都有它的底子，但你最好不要去碰它。只要你捅破了这层脆弱的窗户纸，里面的内容，一多半根本经不起推敲。"读到这句话的时候，我们差不多可以知道，《隐身衣》不是要挖掘黑暗的深处，对人性的弱点，格非或许既不想因其卑劣而敌视，也不愿自欺欺人地纵容，而是采取了极其慎重的对待方式。

轻易谈论人生和人性黑暗的人，或许并未经体味过黑暗一面带给人的毁灭性力量。T.S.艾略特在《四个四重奏》里借鸟儿之口说，"人类/不能忍受太多的真实"。我不太相信，人会有足够的力量承受真实的人性黑暗。许多小说对人性黑暗面的探察，我很怀疑是一种置身事外的游戏，只不过是一种深思熟虑的思维冒险，并非切身的疼痛。深谙人生和人性的黑暗，甚至经历过黑暗给人带来的创伤的人，差不多会学着让作品来抵挡黑暗的惊人能量，说出的话也更为朴实："文学能够让我们明白，像一个人一样活着并非易事。"不妨仔细体味一下姜夔的《扬州慢·淮左名都》："自胡马窥江去后，废池乔木，犹厌言兵。"废池乔木犹且厌倦战乱的苦楚，连谈及都不愿，人从哪里来的强大的自信，动辄直视战争与毁灭，甚至直视较战争与毁灭更为残酷的人生和人性的黑暗？

大概是因为意识到了以上的问题，格非笔下的叙事者"我"，对人和人性的观察采取了一种较为特别的方式——不是以自己的固定视角看待或猜测别人，而是根据不同人的不同性情状况采用不同的观看方式。对待沉溺于世俗的姐姐、姐夫，"我"有毫不留情的鄙视，因为他们有自己的世俗原则，也就该忍受世俗方式给予的反击；对蒋颂平，"我"有依赖，有决绝，因为他有自己的交友之道和商业逻辑，也就应该承受这两重标准对他提出的要求；对高谈阔论的教授，"我"充满嘲讽，这是他们无端的自负应得的回应。对世事洞明却对人世饱含爱意的母亲，"我"从她身上感受暖意，也表达自己的愧疚；对有复杂社会背景的丁采臣，一个因为小争执即把手枪拍在桌上的人，"我"小心翼翼地控制着自己的好奇心；对自己身世讳莫如深的神秘女人，即使后来与其共同生活并育有一女，"我"没有蛮横地打开她施予自己的禁锢。这种根据不同人的实际情况观察人和人性的方式，不妨称之为“等距式观看”——即观察者与被观察对象的距离是相等的，观察者不轻易越过这个底线。这种方式不把任何人作为人性解剖的标本，而是把自己的探视距离控制在被观察者能接受的幅度内，仿佛眼前是个真实的人，外来者不能轻易对他们造成他们无法接受的打扰。这方式牵制了叙事者和作者深入人性的脚步，却也在某种意义上为小说赢得节制的称赞。

接下来的问题是：这种等距式观察人和人性的方式，如何能被证明是作者有意为之的写作尝试，而不是乡愿的世故，浅尝辄止者的敷衍？

三

有一种关于文学的看法，认为文学是“按各种人类事物的恰切秩序（即高是高，低是低）表达或解释人对这些事物的经验”，并“把纯粹的理论式智慧和人类处境交织为一体”，“通过自我认识使完全理论式的智慧变得完整”。我们不妨把后面两句话的意思用来质问前面一句——高是高、低是低的人类事物的秩序，如何能够交织为一体而变得完整呢？把这个质疑放回前面关于人性黑暗面的讨论上，问题或许可以改成：高是高、低是低的人性，在何种意义上才可能避免如第一部分提到的那样截然两分，而成为交织在一起的整体？

虽然小说一再强调“我”的卑俗地位，但从行文中不难看出，叙事者是一个高超脱俗的人，或者不妨称为某种意义上的智者。不用说前面提到的对古典音乐的高超品位，即使从他对社会上形形色色人物的判断来看，也不难辨识出叙事者卑微的身份之下埋藏着超迈世俗的品质。这个超迈世俗的品质，很容易在小说中发展成一种过于苛刻的对世俗生活的“完美”或“绝对”要求，从而引向自我毁灭。作为不完美的人，或许认识到如下问题是必要的：我们不可能始终生活在完美和绝对之中，过于渴求完美和绝对相当于自寻困扰。如果说“我”在小说的前半阶段还处于这样一种将自己引向“绝对”困境的状态，那么，从丁采臣和神秘女人出现之后，“我”走向的，就是一条与追逐绝对和完美相异的路，从而也把小说从单纯的好坏高下对比中解脱了出来——这，就是本次小说旅程意义改变的要点。

对“我”这样一个智者来说，所有的高超和脱俗并不意味着他有权利声明，“日常的生存日子都是无可救药地平庸，要发明另一种生存状态来代替”，而是必须经过世俗这个关口。或许这是所有智者必须面临的境遇，“少数智者的体力太弱，无法强制多数不智者，而且他们也无法彻底说服多数不智者。智慧必须经过同意（consent）的限制，必须被同意稀释，即被不智者的同意稀释”。不过，智者要经过世俗的关口，也并不表明他有理由或必然要与世俗同流合污，他需要学会的是让日常生活

“从内在发出光彩，要学会使它更加明亮又充实紧凑”。为了避免在一个如此重要的问题上语焉不详，或许有必要进一步说明，对一个高超脱俗的智者来说，容忍甚至容纳日常生活和世俗之人的平淡甚至平庸，是对他的基本要求；让日常生活焕发出内在的光彩，才是他真正的卓越之处——“他来到世间不是为了收集现成的美，而是为了创造它。”

不管一个人有怎样卓绝不凡的内心世界，他一旦在日常中出现，就必须，也只能接受这世界的不完美和不绝对，停留在世俗生活之中。如果把世俗与自己的内心世界对立起来，所谓的智者就与自己反对的一方站在一起，从智者跌落成了平庸者。从这个方向来看，《隐身衣》中的“事若求全何所乐”就不是一种乡愿的世界观，而是对绝对和完美不可抵达的体察；而前面所引“不论是人还是事情，最好的东西往往只有表面薄薄的一层，这是我们的安身立命之所”，也就不同于后世理解的庸俗的犬儒主义，而是一种对人生和人性的同情之理解。

虽然一直以来，“我对别人的隐私毫无兴趣，凡事也没有刨根问底的好奇心”，但这只是“我”的性情本然，未经检验，而未经检验的本性是不值得信赖的。要到“我”经历了诸多世事，尤其是遇到丁采臣和神秘女人之后，清楚检验并理解了自己这个审慎的好奇心，停留在世俗生活的决定才不是本能的选择，而是清澈明朗的决断，不会退转。不妨把这个决断的形成过程看成“我”一次隐秘的成长，正因为这隐秘的成长，“我”才终于可以在世俗中安身立命，而不是被生活摧毁，或者在抱怨和无助的洪流之中随波逐浪。

以上的分析，当然不只是建立在对格非的信任基础上，小说对人生和人性的温和态度，并未损害作品对社会问题的尖锐观察。教授们陈腐迂远的夸夸其谈，丁采臣为了一个烟灰缸放在桌上的手枪，神秘女人刀疤纵横的脸，以及她对丁采臣自杀的评述："这只能说明，这个社会中还有比黑社会更强大、更恐怖的力量。丁采臣根本就不是对手。"都是小说冷峻的一面，为作品最终表达的决断提供了切实而具体的背景。只有在这样的冷峻背景之下，在世俗的污浊始终裹挟着的情形下，作为叙事者的"我"回到日常的举措才因难能而显得可贵。也因此，小说结尾处"我"仍然做胆机生意，就不是单纯地回到开头，而是一次经历成长后的重新开始；"我"最后对教授的反驳，也就不是冬烘的滥调，而是一个智者对抱怨者充满反讽的告诫："如果你不是特别爱吹毛求疵，凡事都要去刨根问底的话，如果你能学会睁一只眼闭一只眼，改掉怨天尤人的老毛病，你会突然发现，其实生活还是他妈的挺美好的。不是吗？"

风暴中的第二次成长
——红柯《喀拉布风暴》

红柯说，“我是个反应迟钝的人”，他要在离开生活了十年的新疆之后，才能写那里的故事——或许，这正是他能写一种非常罕见的小说的原因。这类小说中，红柯既不对灯红酒绿津津乐道，也不再对抗和拆解日常生活，他积聚心力，把自己的笔指向黑暗、光明、大地，以及与此相关的人性中纵深的一面。在最优秀的一批作品里，即使叙事不够章法谨严，对话不是口角毕肖，红柯也能让两者一直处于高峰状态，营造出一种完成度极高的、似真似幻的氛围。那些经过内心涵咏的文字，舒展从容，大气磅礴，仿佛从大地深处喷涌出来的，带着独特的热、稠与力量，充满魅惑。照这样的方式，《喀拉布风暴》差不多在第一章的中间就应该结束了，爱情犹如神启，已经到达了顶点。可在一部长篇里，这个已达高峰的传奇故事只能是个开头。

但即便阅读这个开头，也会有一种轻微的不适应感。按说，这本新小说仍然写作者熟悉的新疆和西安，也依旧是大地、生命、爱情这些主题，对熟悉红柯小说的人来说，应该满是旧雨重逢的喜悦，怎么会有轻微的不适应？

这种不适应感是如此强烈，以致读到红柯最擅长的关于大漠瀚海的文字时，都会觉得有点干枯，仿佛笔端流走了点什么，原先附着在文字上的魔力，没有情由地消失了。失去了文字魔力的守护，红柯不长于情节的特点显露无遗——这个传奇没有丝毫悬念，看了开头，就不难猜到结尾。当校园里出现头发蓬乱、衣如飘带的张子鱼，出现他那张被风沙打磨得毫无血色的脸时，拿着望远镜、幸福地跟女朋友叶海亚在一起的小伙子孟凯，注定被夺走爱人，因为女孩将被某种东西击中。

叶海亚不是例外，红柯小说里的人物，几乎总是会不期然被什么东西击中，尔后有近乎顿悟的瞬间，在这个瞬间，人懂得了生命，体悟了自然，明白了爱情。《奔马》中，男人珍爱自己的汽车，把车打磨得漂亮、壮观，期望凭借它与草原的骏马一试高低。失败了一次，他不死心，依靠阴谋，终于战胜了奔马，但也在精神上被奔马打败，从此整个人软塌塌的。后来，当他的妻子在草原上骑上红儿马，男人被马的神骏唤醒，才恢复了原先的神采。《美丽奴羊》中的屠夫心肠冷硬，在群羊面前运刀如风，毫不手软，甚至羊的跪地求饶也不能引起他的怜悯。美丽奴羊出现了，用“清纯的泉水般的目光凝注牧草和屠夫”，“他的身体里响了一下”，安恬的神性融化了他的心。

击中叶海亚的，是张子鱼用沙哑粗粝嗓音唱的《燕子》：

“燕子啊/不要忘了你的诺言，别变心/我是你的，你是我的/燕子啊！”这首歌“是哈萨克人转场时唱的，他们从阿尔泰山转到天山，又从天山转到阿尔泰，从喀纳斯湖转到艾比湖赛里木湖，他们就唱《燕子》，有燕子就有女人，有女人就有家”。我们很难体会这首新疆人人会唱的歌对长于斯土的叶海亚的魅力，但就是因为这首歌，叶海亚毅然离开了跟自己相处了十数年的孟凯，与张子鱼奔向大漠。

即使在如此的情势下，我们也不要期望在红柯的小说里看到张子鱼的解释，叶海亚的内心独白，或者作者对孟凯的怜惜。大概在准备写有关西部的小说时，红柯就心意已决，不在生命、劳作之上附加任何伦理或道德内容，更不会对爱情的失败者给予同情。在红柯讲述的爱情故事里，很难找到娇嗔，佯怒，半推半就或相拥而泣，里面的人物必须承受得起巨大的幸福，也要经得住残酷的考验。失意人要学会用自己的剽悍和勇猛舔舐伤口，克服面对的困窘，走出人生的低谷，否则，作者就会将之弃置一旁。当然，孟凯是被红柯选中的，他不会就此消失。中亚腹地常见的黑沙暴，喀拉布风暴，在孟凯最困难的时候出现了：

喀拉布风暴冬带冰雪夏带沙石，所到之处，大地成为雅丹，人陷入爱情，鸟儿折翅而亡，幸存者衔泥垒窝，胡杨和雅丹成为行走的骆驼。

雅丹，维吾尔语意为陡峭的土丘，风吹蚀而成。这是惨烈的喀拉布风暴，爱情是别人的，沙石是孟凯的，没有折翅而亡的他，必须学着衔泥垒窝。不过孟凯没有像红柯以往小说中的人物那样，很快找到神启的那个点，从而在风暴中站立起来。遇到这个爱情事故之后，孟凯的行为更近于哈姆雷特式的延宕，他悲伤，犹疑，甚至略显卑琐。因为无法面对叶海亚的幸福，从学校辞职经商后，他也没有忘记去西安调查张子鱼的过去。与张子鱼的大学同学武明生结为伙伴后，他得知张子鱼在大学时有个意中人，可直到毕业也没向人家表白。返回新疆，面对张子鱼，他觉得自己有了很大的心理优势："向心爱的姑娘表白就那么困难吗？"张子鱼答："有时候很困难，比在沙尘暴里吸口气都要难几十倍几百倍。"

至此，在张子鱼和孟凯的关系中，后者完全被笼罩在前者的光芒之中。少年时期，他们同时发现了斯文·赫定的《亚洲腹地旅行记》，都投入了阅读的燃烧状态，做起了英雄梦，人也变得桀骜不驯。但现实的教训很快让张子鱼收敛起自己的高傲，把一切深藏内心。而家境良好的城镇少年孟凯持续着他的骄横跋扈。高中时，终于没有学校再愿意接受这个顽劣的孩子，父亲只好把他送给异地的舅舅代为管教，并在那里上高中。在学校里，孟凯认识了美丽女孩叶海亚，由凶暴一转而为温顺，学习成绩也直线上升，终于考上了大学。二者相比，张子鱼的勇毅和坚韧，映衬出孟凯的安逸和顺遂。

德国剧作家弗里德里希·黑贝尔说过:“在一部好的戏中,每一个人都是对的。”红柯大概懂得这句话,他欣赏《伊利亚特》里所有的人都是英雄,不分敌我。在备受赞誉的长篇《西去的骑手》中,红柯也这么做了,不管是十七岁带兵打仗、骁勇善战的马仲英,还是与之对阵枭雄盛世才、大将吉鸿昌,作者都极力把他们写得元气淋漓,难分轩轾。如果爱情的对手之间也可以看成一种敌我关系,我们不禁会问,难道在写作时,红柯忘记了自己崇敬的荷马,不经意地偏向了那个更像自己的乡村少年张子鱼?

叶海亚曾对孟凯说,“碰到他我才知道我需要的是这种好,不是你那种好,不是说你不好,你要保持你那种好”。但在此前的故事中,我们很难发现孟凯的好。要随着故事的展开,孟凯金子般的质地才渐渐显露。在和张子鱼上面的对话之前,孟凯就对他说过:“新疆不光光是荒漠还有绿洲还有花园还有森林草原湖泊,你个大男人你应该带上妻子去美好的地方,叶海亚是你妻子。”对话之后,孟凯向老榆树连踢几脚,“张子鱼你这王八蛋,你把荒漠当心灵安慰叶海亚可要跟着你这王八蛋吃苦受累呀。”这大概是作者一个醒目的提示,孟凯此后对张子鱼的调查,就不再是为了揭开对方的伤疤,而是为了叶海亚的幸福。他要弄明白,这个“从情窦初开那天起就开始不断地埋葬自己的情感”的张子鱼,“咋是这个球样子?”。小说进行到这里,将近全书的三分之一,深受打击的孟凯渐渐浴火重生,而红柯埋藏在这部小说里的秘密，也缓缓展现了出来。

张子鱼的秘密还没有破解，孟凯的爱情先来了，他不可救药地爱上了陶亚玲——一个红柯小说中典型的女性，奔走在实业家商人与官员间，周旋在各色男人中，却保持着过人的安静和善良。看到她的时候，孟凯被击中了，“眼前豁然一亮，心房忽扇一下打开了，孟凯眼睁睁看着自己那颗活蹦乱跳的心拉长变大，长出叶子，一点一点长高”。或许直到这时，孟凯才真正明白他为什么失去了叶海亚，因为，“男人爱女人的一个重要标志就是疯狂”。他跟叶海亚的爱情太过顺利，就缺少了这场风暴，现在，这个延迟的神启时刻降临了：

喀拉布风暴冬带冰雪夏带沙石，所到之处，大地成为雅丹，人陷入爱情，多少爱情有始无终，就像消失在大漠里的河流，只有阿拉山口的喀拉布风暴在冰雪之后在沙石之后会带来暴雨般的燕子……

这是化惨烈为美好的喀拉布风暴，自小养尊处优、争勇斗狠的孟凯经历了这场风暴的洗礼，补足了他生命中不善体察苦难的一面，完成了自己的第二次成长。那些经历了风暴的燕子和人，不光为自己，也会为同伴，向着温暖与光明之地飞翔。复活的孟凯继续勘探张子鱼“极其隐秘的内心活动”，要帮着他完成第二次成长。对这种帮助，新疆长大的孟凯说：“大漠绝域，别人的篝火也能温暖自己。”

骄纵的孟凯需要第二次成长，为什么坚毅果敢的张子鱼也需要呢？或许因为我们太习惯于信任或赏识身历苦难的人了，太愿意相信坎坷经历对人的良好塑造，从而忽略了穷困和苦难也会对人造成伤害，在心灵深处投上阴影，让人本能地拒斥美好。随着孟凯调查的深入，张子鱼的往昔逐渐浮现，他内心的幽微部分显露出来，我们这才发现，此前伴随张子鱼的苦难和他的坚韧，在这部小说中，并不是作为赞颂对象出现的。红柯不是一个喜欢重述习见伦理的人，《喀拉布风暴》也不是一个“艰难困苦，玉汝于成”的励志故事，作者始终关注的，是人心很难说清楚的那一点。

小说里有一段孟凯对卡夫卡的议论，很能彰显张子鱼面对的问题：“给他一生带来最大伤害的是大学时代与一位女店员的经历，女店员显然是一位成熟女性，卡夫卡青春年少什么都不懂，就完成了自己”，“女性的美好形象从开始就弄得肮脏不堪”。与此相似，张子鱼也是在情感上完成太早，在面对人生的第一次感情选择时，他就因为深深的自卑而给自己戴上了沉重的枷锁。

张子鱼成长的地方，城乡间有着森严的界限，即使同为农村人，长于城郊也会对偏远地区的农民流露出极大的优越感。在这种环境中长大的张子鱼，时时提醒自己不要忘记身份，也不敢轻易相信来自城市的幸福邀约。初中时，一个美丽的女同学为张子鱼画像，彼此产生了好感。但在女孩邀请他去家中做客后，张子鱼迅速放弃了这段感情，因为他发现，自己的家跟城里女孩的家“是两个世界”。这种由长期的自卑转化而来的过度自尊，让张子鱼在他们之间挖出一道无法逾越的鸿沟，心理上，张子鱼也给自己初开的情窦加盖了永不开启的封印。

锁闭在内心深处的隐秘渴望不能现实，就会乔装改扮，以另外的面目出现。张子鱼既然无法在现实中敞开心扉，不敢奢望与心仪的城市女孩携手同行，就在心里悄悄把她们幻化。高中时与张子鱼交往的县城女生，就一语道破天机：“我可不想罩在神圣的光环里。”张子鱼后来才明白，他把自己认识的女性全都进行了虚光处理，永远无法成为生活中的人。但当时张子鱼并不知道自己的问题，这让他大学时又错过了李芸。当李芸邀请他到家中做客时，面对美好的少女，张子鱼心理的硬壳受到了震动，“他没想到生活这么美好，故乡这么美好，他没想到世界上美好的东西是他生命的一部分”，内心沉睡的张子鱼几乎被唤醒。功亏一篑，在后来可以拥抱李芸的时候，张子鱼还是倒下了，“拥抱的姿势变成了保护自己的姿势，双手护脸，好像在风暴中”。面对毕业前夕的这场爱情喀拉布风暴，张子鱼没有勇敢地迎接，而是本能地做出了保护动作。毕业之后，张子鱼到大漠寻求治疗，才有了他跟叶海亚的传奇。

从此回看，才发现红柯一直关注着张子鱼的这个问题，只是被我们粗心的阅读忽略了。结婚不久，叶海亚就对张子鱼说：

"你唱《燕子》的时候我看见你心里的阴影，让人不寒而栗的阴影。"高中女同学也说："你真是个铁人，你的脸也跟铁铸的一样，你的鼻梁你的嘴角，太硬朗、太锋利。"穷人的孩子早当家，懂事太早的张子鱼因为对身份和地位的敏感，在自己的心灵和身体上都加了保护层，也因此几乎失去爱一个现实的人的能力。直到经孟凯提醒，叶海亚和张子鱼一起回他的故乡时，提到了他跟那个初中女生的事，并告诉他，"爱不是罪过"，张子鱼心的硬壳才趋于脱落。对张子鱼往事的回顾，解开了阻碍他第二次成长的一个个死结，这个逆向展开的成长故事，至此接近完成，小说也即将来到尾声：

> 喀拉布风暴再次降临，飞沙走石全成了有生命的燕子，风暴的轰鸣全成了歌声，古歌《燕子》与风暴融为一体。

喀拉布风暴从摧毁万物变成了孕育生命，象征美好生活的燕子，与风暴一起，见证了张子鱼的第二次成长，他的心将变得柔软，眼神将变得柔和。

每个人都会有一次伴随生理的成长，而有第二次成长机会的人，即使（必须）在残酷的喀拉布风暴中，也是幸运的。获得了好运的张子鱼和孟凯，有机会把自己因懵懂或早熟而生的硬痂清洗一遍，以更开放的心灵来迎接未来的生活。但好运从来不仅是凑巧，而是一种品质，对张子鱼和孟凯如此，对红柯也如此。完成这部小说，红柯或许也经历了自己风暴中的第二次成长，他不再迷恋于如《阿斗》那样对历史的解构，也不再逗留于如《好人难做》那样对现实的贴身描摹。尤为难得的是，红柯把酣畅到略显枝蔓的笔墨投向以往高峰状态的之前和之后，开始触摸人心灵中最细微的变化，从而在那类罕见的小说之外，又开拓了一条新路。上面提到的阅读不适感，大概就是在探索新路的过程中留下的，见证红柯的试验和劳作的路标。

红柯说，他愿意“把生命之光聚在一处”，“让充沛的精气从笔端喷薄而出，不要让它从下边流掉”。一茎美丽的小小树枝，感受了世界的光风霁月，霜雪雷电，然后凝聚所有的力量，记下其中最让人震撼的部分和最隐秘的变化，小说这棵大树的年轮日历上，会悄悄刻写下这一切吧？

驯养生活
——田耳《天体悬浮》

一

《天体悬浮》，甚至田耳的几乎所有小说，即便写悲剧，也给人一种活力四射的感觉。这种活力，在当代小说里，我似乎只在1980年代初中期的一些作品里感受过。不过，那时候的活力，跟一个时期的上升势头有关，人人都抱着一种奔赴新时代的热情，当然就有活力。进入1980年代末期，人们对新时期的欢欣鼓舞遇到了阻碍，兴头慢慢降下来，人逐渐变得恹恹的。小说也难免感染了这种病废的气息，加之创作上现代派小说携带的阴郁成分日益加重，那种曾经非常鼓舞人的活力在小说里就逐渐减少了，甚至于除了一些对时代状况免疫的作品，连爽朗的笑声都在小说里消失不见。

田耳的《天体悬浮》里，却充满了一种肆意的笑意。这种笑意不是为了表现"心灵的光辉与智慧的丰富"的文人式幽默，而是因生活的委婉曲折而来，跟人的迂执、笨拙、狭隘甚至卑贱有关，却不是嘲笑，没有讽刺，所以情真意切，有上好的腔调："是老式蹲坑厕所，据说里面经年的陈粪，干结板滞，一层层淤积起来，枪都打不穿。我刚来时，是伍能升带我熟悉环境，厕所也是环境的一部分，他跟我就这么介绍。我当时收不住嘴，问他：'哦，那一枪是谁打的？'伍能升说他也不知道，是别人告诉他的。说完，他才有所反应，看着我呵呵地笑起来……那以后，所里的人再跟新人介绍起那个厕所，说到打枪，便会连带地说，小丁还问是谁打的枪哩！"在《天体悬浮》里感受到的活力，跟这笑意相似，不高亢，不卑琐，不刻意，不衫不履，切切实实，是人的活力在日常生活里铺展开来的样子。

钱锺书在《管锥编》中隐括柏拉图《理想国》："人性中有狮，有多头怪物，亦复有人，教化乃所以培养'人性中之人'（the man in man）。"柏拉图真是古典情怀，他笔下的苏格拉底主张让"人性中的人""管好那个多头怪兽"，"把狮子变成自己的盟友"，"一视同仁地照顾好大家的利益，使各个成分之间和睦相处"。而现代小说（甚至现代一切文字？）却大体走了一条相反的路，他们放纵着人性中的多头怪兽和狮子，"让人忍饥受渴，直到人变得十分虚弱，以致那两个可以对人为所欲为而无须顾忌"，或者"任其相互吞并残杀而同归于尽"。

我们从不少严肃的现代小说中感受到的气息奄奄，甚至阳亢的反抗挣扎，差不多都可以看成对两个精怪的屈从或放纵。

另一面的情况大概更不乐观，很多人自以为写出了“人性中的人”，却不料只是写出了抽去精怪的人，平面刻板，不过是一副人的躯壳，一丝儿精气神也无。不妨这样比方，人性中的人与其中的两个精怪，一起构成了生命的活力。这个活力必须表现在生活之中，表现在桩桩件件具体的事上，一旦提取出来，在虚构的世界里重新塑造，活力就没来由地消失了，仿佛一个人被提走了魂。不过这话有点矛盾，小说不都是虚构的吗，田耳小说的活力何来？

《天体悬浮》保持的动人活力，或许是因为田耳即便在虚构的世界里，也没有把活力单独提取，他写进小说里的，就是人性中的人和两个精怪，它们各自保持着自己的生命力，一起穿行在纷繁芜杂的世界里。为什么很多小说不是这样的呢？因为很多人自信地以为，他们有能力提升或过滤生活，把活生生的世界加工成一个删繁就简的艺术品。不止写作者，普通人也充满加工生活的热情。田耳曾遇到过这样的事情："以前朋友知道我写小说，但不知道会发出来，就瞎扯，我能得到很多，他们给的都是原始材料；现在，他们经常给我加过工的产品。最痛苦的是，有年纪较大的人找到我，要跟我讲故事：'我的一生就是一本大书'——但听了半天我什么也得不到。说这话的人通常会加工他们的经历，一旦加工，大都是舍去有用的东西，留下残渣。"

不难看出，田耳也不是把生活直接写进了小说，他有自己的选择方式，有自己对生活的观看之道。只是这个观看之道，远离了意识形态，弃绝了各类大词，没有哲学、抽象、形而上，是一种朴素的观看。这种观看，不抱成见，不师成心，脑子空白，不提前带上自己的观点，然后贴着人物，走进他们的生活，把他们因适意或艰难而来的欢乐，幸福，烦恼，委屈，一点点写进小说。这些人心的微澜，尘世的琐细，因为未经成见的提炼，不虚浮，不张致，细细密密地显现在人物的行为之中，自然地流淌于整个生活不绝的长流，因而有一种与生活本身的活力相生相长的郁勃之气，小说便显得生气灌注，元气淋漓。

二

田耳曾在派出所闲待过一阵，观察到了“辅警”这类人。他们是临时工，在所里没有地位，吃苦受累的活却都是他们干，因而拥有派出所的正式编制成了他们梦寐以求的事。为此，田耳构思了一个作品，写两个能力很强的辅警争夺唯一的转正指标，写着写着，却发现，“现实生活中，获得一个编制对具体某个人可能有意义；但如果把它写成文章印杂志上，就显出格局小，所以自己写起来也没劲，没写完扔电脑里了”。这个扔在电脑里的中篇后来蓬蓬勃勃地长成了《天体悬浮》，争夺转正指标只成了小说的一个组成部分，小说的格局呢，不再是小的，甚至有那么点，嗯，宏阔。

小说仍然开始于一个小城里的派出所。符启明和丁一腾是辅警，一起抓嫖、抓赌、抓粉客，一起偷鸡杀狗，无所事事，一起恋爱，一起失恋。在这个过程中，他们见到了人性晦暗的角落，自己也不免在这晦暗里挣扎。被一巴掌揭掉半张脸皮的粉哥，心安理得吃软饭的光哥，无暇顾及羞耻之心的皮条客，为了甩掉苏妹子而污蔑她有杨梅疮的符启明，都是这种晦暗的表现，标示着人性向下的堕落。最为集中地表现出这种向下堕落的，在小说里是符启明掌握全市的皮条生意、买卖凶宅，改变了符启明生命走向的小末、沈颂芬和安志勇三人嗑药后的性爱游戏，以及马桑被安志勇招妓后的自杀骗局。在卖淫、凶杀、放纵和招妓里面，本就有人性晦暗一角的释放，人却还在这其中加入了金钱交易、情感背叛和密谋欺骗，使本来就晦暗的人性角落，更加显出不堪。

写这种人性的晦暗角落，写作者会有“发现的惊喜”，也让作品在探索人性的长路上走得很远。这差不多是现代小说的惯技，或者用前面提到的《理想国》里的区分，大部分现代小说，都把心力集中在对人性中多头怪兽和狮子的探索上，往往忽视了人性中的人，或者把人性中的人当成了孱弱的、无法抵挡人性暗角的部分，写作者自己也容易沉溺在黑暗的泥沼里。不过，或许这不只是现代小说的特征，倒是大部分文学作品的惯例，自古希腊肇端“诗与哲学之争”时已然如此。柏拉图要把诗人赶出理想国，很可能就是因为“诗（按或者广义的文学）迎合快乐的需要或煽动人放纵的自由，诗必然导致欲望，尤其是性欲望的统治”。《天体悬浮》里那些人性中晦暗的部分，大约就是人不知节制的欲望唆使的，带着未经清洗的欲望所有的丑陋和肮脏。

亚里士多德在《尼各马可伦理学》中说，“每种技艺和探究……都以某种好为目的”，小说当然也不应例外。《天体悬浮》的宏阔之感，正是在写人性向下的晦暗角落之外，还写出了一种对更好和更美的渴求，写出了人向上的冲动。这个冲动，最明确地表现在与标题相关的“观星”中。观星自小说较为靠前的部分出现之后，就一直贯穿其中。女主角小末和沈颂芬喜欢观星，男主角符启明喜欢观星，后来“我”的妻子王宝琴也加入观星的行列，符启明甚至有一个以观星为号召组织起来的“杞人俱乐部”。田耳开始觉得，“小说将派出所的生活写得过于沉重压抑，这也是写作中小小的失控；将观星写进去，就是一种补救措施”，后来却发现，观星“对人物性格的塑造也特别有帮助”。不管这个不经意冒出的念头如何偶然，在小说里，观星代表着人对无限和辽阔的向往，几乎成了人向上冲动的隐喻。女主角之一沈颂芬有一段对观星的说法：

> 只有两件事能让我一直心旷神怡，那就是——头上的星空和心中的道德法则……人都是脚踩大地，头顶天空，要是这一辈子只和大地发生关系，忽略了天空，你至少就失去应有的一半，甚至是更为重要的一半……从我个人的

经验看，观星的爱好不光让人变得充实，也让生活变得轻盈。仅仅和脚踩的大地，每天的生活发生联系，人会有一种甩不开的沉重……要想排遣压力，观星的爱好无疑是最佳选择……慢慢地，你发现人类的总和也不过是一个尘埃……你会沮丧、失落，但经过一阵的适应，你会在生活中得来一种从未体验的轻盈。有一天，你会以全新的眼光审视你生活的全部，身边的一切，这里面有难以言说的快感。

这段对观星的总结陈词因为沈颂芬稍显虚荣的性格，有些夸张和虚浮的成分，但观星隐喻的人向上冲动非常明显。人不甘心囿于脚下的土地，以直立的姿态向往更辽远的世界，自有一种顶天立地的气概。这个向上之心，是人异于禽兽的几微之差，也是人自身有意无意的内在需求，是那个“人性中的人”对尘世中的人发出的召唤信号。

与观星隐喻的向上冲动直接相关的，是小说中关于“道士命”的说法:“乡村里某些奇人、异人、能人、怪人，他们的才能没法用当官、经商、考学、搞女人之类的常见选项加以归类。说起这些有着怪异秉赋的人，大概是让乡亲们有了表述的困难，于是有人想出这个词加以概括……‘道士命’某种程度上也就是不认命，和自己命运相抗争。他们通常都会离开家乡，凭着自身古怪才能、百折不挠的韧性以及天马行空般的想象力到处折腾。有了这命，一辈子都不会甘于平静，要么外出打拼混成一号人物，要么待在家乡活成一个怪物。”不难看出，所谓“道士命”，就是不甘心囿于人生的一隅，聚拢起向更高更远处去的心劲，做向上觉醒的努力。符启明就是“道士命”的典型，他凭借内心的不甘，从派出所的小小辅警，最终混成了佴城举足轻重的人物。

人很容易忘记自己曾有过向上的冲动，但这个冲动与人的其他愿望相同，不会凭空消失，而是以复杂的变形方式表现出来，“道士命”还是其中较为容易辨认的部分。在《天体悬浮》里，除了观星和符启明混成个人物这样明显的行为，连符启明陷入恋爱状态时的顾身惜命，“我”想娶一个读大学的妹子当老婆，陈二的时时以正直自居，甚至连徐放辽对粉妹夏新漪的爱，“我”父亲把棺材本投入融资系统，都是这个向上冲动的曲折表现。一个人要珍惜自身和他者，要与更好的人为伴，要变得正义，要获得爱，要过上更宽裕的生活，不都是向上的渴望吗？只是这些渴望因为与不净的世俗有关，未免会沾染上世俗的各类芜杂，又或在世俗的尘埃里埋得很深，变形得面目全非，很难爬梳出来罢了。

田耳大概是用心做了这个辨识功夫，并如实看待人性中向上和向下的部分，把两端之间的张力拉得很开，虽然生活密密匝匝，却有人性高低之间的俯仰余地，因此作品便有了一种混沌苍茫的气息。《天体悬浮》的宏阔之感，或许正是来自这里。

三

在《天体悬浮》里，有一种对日常和人心的洞察。这种洞察有时是通过绝顶聪明的符启明之口，有时是通过老于世故的春姐之口，也有时从各种角色的口中零星流露出来，但更多的，是小说叙述者“我”——丁一腾的叙述连带出来的，应该是他的观察所得。这洞察因为隐含在小说的叙事之中，很容易被人忽略。这很像丁一腾在小说里的表现，相比符启明的风生水起，丁一腾看起来不显山不露水，直到小说结束，依然不过是一个相对底层的角色。他自己也觉得，符启明“已经在很远的地方，过自己渴望已久的生活，而我一直有生活在泥淖里的感觉”。这样一个人物，仿佛只是符启明风光生活的天然配角。

随着小说的逐渐展开，丁一腾的戏份却越来越重，作用也越来越明显，甚至在结尾的时候，有驾符启明而上，成为第一男主角之势。从这个方向回看丁一腾在小说中的作用，像田耳自己说的，“符启明像一只风筝，可以飞得很高很自由，丁一腾则像拽住风筝的那根线。所以符启明对丁一腾有一种内在的需要，有一种不易觉察的依赖”。丁一腾是这样一个人，他有自己的无能、无奈甚至不堪，却并不因此自卑，懂得该把人心向上的冲动和向下的堕落节制在这个纷纷扰扰、普普通通的尘世，不卑不亢地看待着这个并不美好的世界。他看到了生活的苦况，体察了其中的悲哀，却能在艰辛里微笑。

《小王子》中讲到“驯养”（apprivoiser）——建立感情联系。狐狸对小王子说：“现在你对我来说，只不过是个小男孩，跟成千上万别的小男孩毫无两样。我不需要你。你也不需要我。我对你来说，也只不过是个狐狸，跟成千上万别的狐狸毫无两样。但是，你要是驯养了我，我俩就彼此都需要对方了。你对我来说是世界上独一无二的。我对你来说，也是世界上独一无二的……”在外界流浪了很长时间的小王子由此知道，地球花园里无数的玫瑰，跟他自己星球上的那棵是不一样的，花园里的玫瑰“很美，但是空虚的”，而他的这一棵玫瑰，就比花园里的全体都重要得多。“因为我浇过水的是她，我盖过罩子的是她，我遮过风障的是她，我除过毛虫的（只把两三条要变成蝴蝶的留下）也是她。我听她抱怨和自诩，有时也和她默默相对。她，是我的玫瑰。”不难想象，《天体悬浮》里那些麇集在人性两端，却远离了最切身的日常的人们，其实没有驯养过他们的生活。

丁一腾跟自己的生活，应该是这种驯养关系。乍见热络亲切的符启明，丁一腾就想，“他只不过是自来熟的性情，果子催熟得太快硬着心，人熟得太快也只是一种客套”，却也并不因此拒符于千里之外，甚至他们还成了最好的朋友。与沈颂芬热恋之时，因为沈要教他看星，丁一腾就警惕地问：“每个人都有不同的爱好，为什么一定要把你的爱好强加给我？”即便如此，他们的恋爱关系还是按照通常的方式延续了很长时间。派出所旧同事伍能升误伤人命，担心自己被判死刑，眼神惶惑无助，作为律师的“我”仿佛掌握着他的生杀大权，却没有一点自负和得意，因为“一个人无权指责别人对死亡的恐惧”。符启明准备把一台高端望远镜送给王宝琴，丁一腾并未拿回家，“我清楚，王宝琴只能是半吊子货，低倍率望远镜就够她用一辈子的了，我可不想她被这台望远镜激发起探测宇宙的万丈雄心”。不妨说，这个与生活建立了感情联系的丁一腾，是这个世界上罕见的有心人。他把生活的点点滴滴和人心的沟沟坎坎看在眼里，洞察其中的隐秘，却并不张扬这些发现，懂得该怎样用自己的宽厚护卫它们。

小说倒数第二章结尾，丁一腾和王宝琴闹了矛盾，在她离家的一段时间，“我”想明白了，“老婆不但是一个女人，更是一个亲人，具有唯一性。她身上的一切优点和缺点，其实都是用来和芸芸众生加以区分的特点”。从这个角度不难发现，这个看起来平平常常的丁一腾，真是一个以往小说里罕见的形象。他对生活不激烈地对抗，也不一味地屈从，而是携带着自己所有的优点和缺点，以最为普通的样貌，健朗地走进了小说熙熙攘攘的人世里，耐心地与生活里的幸福、欢欣、麻烦甚至困苦相处，也让自己在生活里长成为一个独一无二的人。

等深的反省
——弋舟《刘晓东》

弋舟的《刘晓东》收有三个中篇，依次为《等深》《而黑夜已至》《所有路的尽头》。三个题目稍微颠倒一下次序，大致能看出弋舟思考的核心——现代社会的黑夜已至，不少人已经走到了所有路的尽头，别有怀抱的未死者要担负起与自己所历时代等深的反思。“等深”来于海洋科技术语“等深流”，小说是这样写的：“等深流是由地球自转引起的，在大陆坡下方平行于大陆边缘等深线的水流。是一种牵引流，沿大陆坡的走向流动，其流速较低，一般15～20厘米／秒，搬运量很大，沉积速率很高，是大陆坡的重要地质营力。有人认为等深流亦属一种底流。”看完有点理解，却还是不太明白“等深”的意思，但这个不太明白却很好，起码要比把这个意思直接讲为“相同的深度”好，因为后者不知为何流失了一点力量，把这个词所含的沉雄回环之力解消了，小说委婉曲折的能量场也会因此走失不少。大致理会了这个词的意思，或许可以说，弋舟在用小说的方式，努力对自己所历的时代和自己这代人应尽的责任进行“等深”的反省。

三篇小说，事情都发生在当下，叙事者却通过对事件的追查、参与或询问，把现今已是中年人的他们成长的1980年代也编织在里面，展示了整个一代人从青年跨入中年的心理历程。从小说的叙述来看，1980年代有一种奇异的光彩，那是属于年轻人的时代，他们普遍羞涩，单纯，眼睛里“闪耀着理想主义的光芒”，诗人享有无与伦比的待遇。现在呢，理想消退了，琐碎代替了崇高，时代的聚焦点从理想变成了世俗，原先光芒四射的人物也颓废在尘世里。单看这些对比，会觉得弋舟的小说是青春祭奠的套路，有可能把自己曾经的少年情怀做了美化，让它变成了不可企及的梦，以此安慰自己，也向更年轻的一代显示自己曾经的完美。这套路很可能源于误解，因为年轻人身上自带一种青春的光辉，即便在艰苦里也不会湮灭，很多时候，人们对一个逝去时代的回忆，差不多只是对自己青春光辉的留恋，却往往用随后社会的变迁对比来夸张这份留恋，彰显自己青春的独一无二。这一点，我们在以往的知青小说中看得多了。

迎着青春的诱人光辉，如实地看取人生中的一段时光，大概是反省的基础。为了让小说避免出现单纯青春怀念的苗头，《刘晓东》甚至没有用语言再造一代人熠熠生辉的青春，而只是在晦暗的人生叙事中偶尔提及。因为面对的是真实的人生，自觉的反省者不会因此坚信自己有置身事外的特权，而是确认自己面对的问题，以及可能开始的另一个时代的艰难。在“文革”中谈到自己从崇尚革命的理想主义到注重“娜拉出走以后怎样”的经验主义的转变时，顾准说:“当我愈来愈走向经验主义的时候，我面对的是，把理想主义庸俗化了的教条主义。我面对它所需的勇气，说得再少，也不亚于我年轻时候走上革命道路所需的勇气。”面对自己梦想所系的1980年代，面对令人失望的新时代，弋舟对时代和自我的反省，所需的勇气大概未必亚于顾准当年。或许因为对时代的反省并不是一条笔直的坦途，凭借一个高端的思想或信仰就可以全部解决，《刘晓东》里的反省委婉曲折，与小说的巧妙构思有精微的对应关系——叙事者虽是小说的主角，推动情节的却主要是别的人和事，而导致情节翻转的，又往往是原本看来不太重要的人物。弋舟大概要用这种抽丝剥茧的功夫，把时代交替之际可能的复杂和隐微提示出来。

社会氛围和思想的变迁本是正常现象，不管是因为一次单纯的事件，还是因为某些难以意料的原因，社会突然转进了不同的方向，经济资源与精神资源重新配置，人的思想和道德状况会在代际之间发生巨大的变化。历史上有很多这样的时刻，陈寅恪在《读莺莺传》里说:“当其（社会）新旧蜕擅之际，常呈一纷纭错综之情态，即新道德标准与旧道德标准，新社会风气与旧社会风气并存杂用。各是其是，而互非其非也。斯诚亦事实之无可如何者。虽然，值此道德标准社会风习纷乱变易之时，此转移升降之士大夫阶级之人，有贤不肖拙巧之别，而其贤者拙者，常感受苦痛，终于消灭而后已。其不贤者巧者，则多享受欢乐，往往富贵荣显，身泰名遂。”1980年代至今的社会变化，人在其中的深沉起伏，差不多也是历史的这样一轮循环。

在时代交替里，人们最为普遍的心理，就是默认时代的选择，把责任推给时代和别人，自己显得无奈又无辜。1980年代至今的社会转折，却有一点特殊，因为在1980年代末期曾有一场非常特殊的暴风骤雨。《刘晓东》里经历过那个时代、现已步入中年的人们，往往把此后人生的不得意推给那场风雨，“那年夏天似乎可以成为我们这代人任何行止的理由”。莫莉与老板关系暧昧，并用这暧昧换取了自己的身份和地位，即使因此先后导致了丈夫周又坚和儿子周翔的离家出走，却仍然在沮丧里振振有词：“我们毕业前那个夏天发生的一切，已经从骨子里粉碎了周又坚……你该理解我的困境，周又坚毫无生活的能力，这个家只能由我来承担所有的责任。”或者更方便地，笼统地归罪于现在社会“以金钱来衡量一切”，庸人当道，败坏了人的品质。1980年代诗人尹彧的情人丁瞳，后来嫁给了同是尹彧崇拜者的富裕书商邢志平，却“无法自控地越来越鄙视他，在一次盛怒中，高声骂他是一个麻木、庸俗的家伙，是一头在泥泞中快活地打着滚的猪，正是因为他这些猪的存在，挤占了这个世界，才使得诗意的栖居成了泡影”。仿佛现今的社会状况不是包括他们在内的所有人造成的，而是一个由他们之外的庸众独立制造的世界。如此归因的人，就有了极力理想化自己经历的1980年代的理由，并可以自负地认为，有些事，他们追求过了，奋斗过了，虽然夭折在半路，自己却清白无辜，即使颓唐，也是理想破灭后的无奈，如需忏悔，也当然是用来要求别人的。

消去了青春光环而变得平庸的人，在每个时代都占大多数，无需去责怪这些推脱者，或者期望他们承担反省的责任。因时代的不妙状况应该被追问的，是那些本该承担起责任的人。在《刘晓东》里，应该承担责任的人，显然是周又坚或尹彧，因为他们或者是“唯一有权利谴责这时代的”人，或者在一定意义上规划了一代人的选择，其他人则“降服在他们所代表着的那个时代的权柄里”。周又坚因妻子与老板有染离家出走，儿子周翔认为，只有“这样的行为，才是和生活等深的”。在“我”心目中，周又坚往往“令人猝不及防地从沉默中拍案而起，对生活中的一切不义进行激烈的斥责，不宽恕，一个也不宽恕”。在那场夏天的暴风骤雨中，“这个以呐喊为己任的人，更是站在了风口浪尖里，他不断昏厥在街头”。小说结尾，周又坚却成了与妻子有染的老板的手下，并对“我”说，老板“比我们更配爱莫莉”，继而咆哮：“世界变了，你知道吗？”咆哮还在，只是方向已经转变了。现在的周又坚，已经适应了这世界。

笼罩在诗歌光环里的尹彧是邢志平的偶像与禁忌，不但影响了他的爱情和婚姻，甚至还左右了他不幸的命运。对邢志平来说，尹彧“代表着一个时代和一种价值观”，可以囚禁他的独孤和发抖。最终，尹彧娶走了他的妻子，享受了他的财产，连自己的儿子也是他的。但让邢志平绝望的，却不是这些，而是在他得知尹彧的诗不足以在文学史上留下一点痕迹后。“偶像和禁忌都已坍塌”，能给他带来安慰的一切都已消失，他也就走到了所有路的尽头。“我”见到真实的尹彧的时候，他虽依旧体形壮硕，却“更像是一个被气吹起来的草包。从前的一切，都消失了，精，气，神”。他生活得不算幸福，甚至有些颓丧。1980年代理想主义的代表，笼在诗歌光环里的英雄，那些承载了无数人希望的偶像倒掉了，他们不管是在历史上还是在现实中，根本没有负起自己该负的责任。因为他们已好好地“活在一个没有规矩的世界里”，只偶尔会因想起从前的自己而伤感，其实也已不必担负反思时代的责任——他们是青春期的英雄，不必在成年后仍然充当这个角色。

谁都不用责备，但那些被丢弃的责任和反省还在，它们最终会落到一些奇怪的人头上。比如富商宋朗。他跟“我”一样罹患抑郁症，因为他觉得，“十几年来，我几乎全程参与了这座城市的改造，把它变成了今天这副样子，立交桥，一个个新区，但也让它如今一个早上就能发生46起车祸。这很可笑，我自己也觉得。可我这两年总是会想这些事儿。不，还不是你们所说的那种什么原罪，我觉得要比那个模糊得多，也深重得多”。比如自己结束了生命的邢志平，“这个无辜而软弱的人，这个‘弱阳性’的人，这个多余的人，替一个时代背负着谴责”。但对这个蒙着油脂般的污垢，满是煤烟与粉尘，充斥着玩笑与恶作剧的世界，宋朗们只要感受到深重的罪感就够了，他们会用财富在这之外垒出一个属于自己的清净世界；邢志平呢，用自己的无力感结束了自己的生命，“走到尽头的时候一无所欠”。如此，那些未曾清洗的责任和反省，携带着所有肮脏的能量，笼罩着这个世界，甚至蔓延到下一代的头上。当周翔准备报复亵渎了母亲的老板时，当徐果为了老师买房和男友出国决定敲诈富翁的时候，“我觉得此刻我面对着的，就是一个时代对另一个时代的亏欠。我们这一代人溃败了，才有这个孩子怀抱短刃上路的今天”。

把这些罪恶和反省的责任承担起来的，是刘晓东。他在三个作品里形象连贯，“中年男人，知识分子，教授，画家，他是自我诊断的抑郁症患者，他失声，他酗酒，他有罪，他从今天起，以几乎令人心碎的憔悴首先开始自我的审判”。没错，就是这样一个看起来柔弱无力的人，主动承担起了反省的责任。以上对时代和人物的分析，都可以算成这自省的一部分。对弋舟来说，他设置的这个名字普通到带有普世意味的男性主角，还要顽强地完成对自我的审判。

这个自我审判的刘晓东，有自己卑下的心思，复杂的爱恨，挣扎于绝望和虚无之间，矛盾重重，犹疑不定，看起来并不像坚毅果决的担当者。他是与莫莉有染的诸多人中的一个，他在母亲去世的当天躺在儿子小提琴老师的床上，他聊以自慰的、未被现时代污染的干净纯粹的“直觉”——赖以与下一代交流的唯一通道，也在跟周翔对话之后发现已肮脏油腻，沾染了现时代的卑污。对他来说，人生差不多是在疑悔之间。那个夏天之后的逃离，留下的不过是一路的恐惧。他甚至有些懊悔自己的反抗。“在飞机上，我也曾对自己的行为后悔莫及，甚至宁愿没有那么豪情万丈地反抗过什么，甚至觉得过去的一切也没有那么令人厌恶，‘被揪一下小鸡鸡又如何呢？’如果可以让一切都像没发生过一样，我也甚至宁愿回去被再揪一辈子”。可是，这样的惊惧和懊悔换来的是什么呢？“当我落地异国的时刻，世界迎接我的，也不是那种我所期待的安慰，毋宁说，迎接我们的，都是一顿疾风骤雨般的痛打……”或许对自愿深层自我审判的人来说，一切对外的逃离和求助都不是该有的选择，他们迟早会意识到，只有一个该为之尽力的世界，如果没有照料好这个世界，他们就会“陷在自罪的泥沼里，认为自己不可饶恕，一切都是我们的错，这个倒霉的世界都是被我们搞坏的”。

到最后，我们看到，这个看起来柔弱且矛盾重重的自我审判者形象，几乎是小说中唯一能够担当起反省这个时代的人，却也是唯一真正需要责备的人，因为只有他明白，世界的败坏与自己有关。这个看起来弱不禁风的反省者在两个时代的交迭中审判着自己，并艰难地调适自己与社会的关系，检省着自己对眼下这个糟糕的世界的责任，不置身事外，不借故推诿，不自我美化。他动用了自己全部的力量，努力打开他经历的时代，见证它的起伏，体会时代变动中人的委屈，在小说里洗净荒芜的世界留在一代人心里的伤口。然后，他把自己经历和见证的所有蹉跎，所有无奈，所有欢乐，复合成小说世界里人世的一点微弱改动，凿开漫天的雾霾，从中透出一点微微的亮光。这小小的改动和亮光对世界来说太小了，却几乎是一个自觉的反省者能为这个世界所做的一切。或许这点小小的改动，就是刘晓东所谓的对世界欠下的“一个巨大的交代”，虽然不过杯水车薪，却实实在在，不做张做致。这样卑微的反省，或许也只有这样卑微的反省，从某种意义说，才是与这代人的命运等深的。

这种自罪或许是这本小说最动人的部分，却可能并不是弋舟设想的制高点。对弋舟来说，他更关心的大概是一种超越具体时代和人的更为抽象的东西。他曾引过本雅明的话：“小说诞生于离群索居的个人……囿于生活之繁复丰盈而又要呈现这丰盈，小说显示了生命深刻的困惑。”《刘晓东》在对时代的反省之外，潜藏着一种显示“生命深刻的困惑”的冲动。这个困惑在两端之间徘徊，一是对下一代的期许，一是对孤独感的传达。

对下一代的期许，表现在周翔和徐果身上。周翔敢作敢为，准备对老板的报复行为都在设定在自己十四岁之后，如此便可以承担相应的刑事责任，“我不想让我做的事在你们看来只是一场不用负责的儿戏”。孩子响亮、郑重，在他的比照下，认定他要在十四岁之前完成报复行为“我”，倒显得像个永远拒绝责任、永远乖巧与轻浮的劣童。徐果呢，“父母早亡，被居委会监护着成人，她在南方流浪，得过‘真的很疼’的带状疱疹，差点死在那里，她小时候性格孤僻，长大后经历了一些烂事，但并没因此变得畏怯，她想给自己的老师买一套房子，想送自己的男朋友去日本，她像个跨栏运动员一样矫健和十拿九稳”。这样一个女孩，这样一个或许将成长为女王的女孩，会为了相亲相爱的人，荒唐地把自己投入敲诈者的行列，担负起自己的责任。这或许是弋舟反思自己一代的匮乏时产生的美好期望，这期望甚至热烈到了不管下一代人是不是真的会比他们这代好，那些勇于负责的品质是不是出于自己的虚构。

《刘晓东》有一种现代小说的气息。这种气息很难用一个具体的词来形容，笼统说，就是不管他处理的主题，叙事的方式，还是在虚构上的用心，都笼罩着抑郁的气氛，有一种深切却朦胧的感觉，读来如对梦寐。从这朦胧中最容易感受到的，是小说里传达的孤独之感。大概是这种孤独感，让小说显现出一种拒绝的气质，叙事语言细密，情感起伏多于动作变化，对话带着一种独语式的诗性。这个孤独感也笼罩着作品里的人物，他们仿佛人人都把自己隔绝在一个寂寞的心的世界里，沟通为难，交流不畅，包括最亲密的身体接触也不能缓解这种孤独。这些属人的孤独大概也是现时代的问题之一，人人无法摆脱，应该属于弋舟对时代反省的内容之一。

大概为了把孤独提升为更深刻的生命困惑，这孤独感偶尔会显出先天的样子，“那个家伙长久以来柔韧地蛰伏在他的心里，确凿无疑，不以人的主观意志为转移，它觊觎着，无时无刻不在伺机荼毒他的生活——那就是，一个人一无所有的，孤独”。这种先天的孤独因为脱离了与时代的关系，上升到了纯粹的高度，仿佛变成了一种普遍的人类心理状况，似乎与世界有了一种更为普遍的对照关系。但这个纯粹化的孤独，却也会因此脱离了与时代和生活的深层关系，把内心生活与外部世界完全对立起来，显得失掉了生活的根基。不妨把问题说得更明确一些：弋舟这一整本小说就是一种类型的孤独写照，这孤独就含在对时代的反省之中，用不着再单独处理纯粹的孤独。企图把日常生活上升到所谓哲理或先天高度的努力，说不定恰恰是一种写作上的时代病，会把人困在孤独的概念里不能自拔。大概只有像弋舟对时代的反省那样，动用自己所有的力量，甚至把自己也投入其中，才可能把孤独的形状一点点从生活中清洗出来，完成对它等深的反省，禊除其中的不祥。

火中栽莲
——计文君的小说

一

“我写小说的第一年都用来建造世界：在一个中世纪的图书馆里所能找到的所有图书的长长的目录；众多人物的名单和他们的身份，这其中许多人被排除出故事。谁说过叙事要与身份登记机关竞争？也许它还要与城市规划部竞争。为此，我翻遍建筑百科全书，长时间研究其中的建筑图片和设计图，以便为我的修道院画出设计图，确定其间的距离，直到螺旋梯的台阶数。”尽管现代小说越来越看轻这个完整构造世界的传统，甚至不惜代价将之撕裂开来，但我仍然固执地认为，愿意且能够在小说中虚构一个如埃科以上所言的完整世界，是写作这门手艺值得珍重的原因之一。

读计文君的小说，能明显感觉到她对虚构完整世界的耐心，只是这世界并非埃科式的可以画出设计图，而是渗透在每一个角落，携带在每个人身上。沧桑的风云，代际的递嬗，花木的生长，房间的格局，器物的陈放，只要在小说中出现了，就一定有着特殊的气息和温度，氤氲出一派别样景致。人物一经出现，也不会行囊空空，匹马单枪，必然随身携带着时代、地域和家庭合力灌注在身上的小世界。这些小世界与周遭另外一些小世界相摩相荡，又生成为另外一个略经变化的世界，看起来风光依旧，却已经是流年暗换，非复昔日景致。或者也可以这么说，计文君虚构的世界，并非一座在风雨剥蚀中顽强挺立的城堡，倒似一个伸缩如意的阳羡鹅笼，不断移步换形，临机而变。

仔细推究起来，这个一直变化的虚构世界，乍看与现实世界酷似，却并不真的是我们日常置身的这个——虽然使用的材料无疑来自这里。怎么说呢？相比这个虚构世界的干净整洁，日常世界太尘土飞扬了；相比这个虚构世界的风致宛然，日常世界太直白无隐了；相比这个虚构世界的明暗错落，日常世界太混沌无序了；相比这个虚构世界的典雅古朴，日常世界太粗陋浅显了；相比这个虚构世界的小心翼翼，日常世界太大大咧咧了……自然，这个不同并非虚假，是写作者个性在作品中的必然渗透，就仿佛任何世界都是我们眼中的世界一样，并没有一个统一的世界在眼前。特殊的只是，日常的任何东西，只要进入计文君的小说，就有了一种追光营造出的效果，显而易见地郑重起来，连平板呆滞的神情都因为笼上了虚构的色彩而有了光泽。

我很怀疑，这个虚构世界的光泽，很大一部分来自计文君对物的注视或精微观察。在她的小说里，有各式各样的物，衣饰，陈设，清玩，是虚构世界里真实的那一部分，与人物妥帖地伴生。它们在小说里随时出没，一经出现，就带着与之相关的人的神采、气度、经历。或许正是因为有了这些物，人就不是晃荡的影子，行走在经不起推敲的背景里，而是可以心安理得地走进无论怎样复杂的现实。“一阵带有洋甘菊甜美香气的细雨落下来，被润泽了的蓬乱鬈发跟着梳子恢复了妩媚细密的波纹”，走出来的一定是带着文艺腔残留的谈芳；“一头秀发结结实实地扎着辫子，连根鲜艳点的头绳都不用，她只用黑毛线缠过的皮筋”，这是老实本分的秋小兰即将出门；“从地铺上坐起来，大吼了声‘滚’，就又躺下了。深蓝格子的粗布单子，把她裹得严严实实，什么也没露”，接下来，“帅旦”赵菊书就要起身对着生活排兵布阵了。

有时候，这些虚构世界的物不只是人的一部分，它们几乎从人情的世界里独立出来，有了自己明艳无比的风姿，给荒寒无根的尘世以安慰，给孤独寂寥的人生以希望，甚至启发人对自身的心性加以调理。一家老人有囤积衣料的癖好，去世时，“家里还有她十几年前从杭州买回来的成匹的织锦缎、香云纱、重磅真丝，颜色老，花色也旧，没人稀罕”，但这“可笑的癖好里，藏着对日子天长地久的大信”。殷彤经历了人生的深痛隐衷，偶然听到了瓷器“开片”的声音：“就在耳畔，啪的好像一根细细的枯枝折断了……声音遥遥地传来……许久又是如此轻微的一声，落进充满紧张感的寂静中去了，我闭上了眼睛，在下一声开片落下之前，有时间和空间，来想些什么……”林小娴把剔红工艺的漆盒送秋染，那些富丽的装饰，需要繁复的心力，“拿刻刀在石头、木头这样的硬东西上刻叫雕，这东西是在胎上的漆半干柔软的状态下动刀的，所以叫作剔”——什么样的心性，产生了这样的工艺？

二

上面引到的部分，远不是计文君小说中最华彩的部分，尤其是对那些明艳无比的器物来说。可是那华彩是所有文字组合成的，需要总体来看，无法句摘，比如得意识到说话人身上的陈腐气息——“开片之声，却如深潭龙吟，声清而静，能涤人邪思”，比如得认识到自语者刚从痛苦中挣扎出来——“破碎是我们的命运，但破碎未必就是悲剧，妈妈，知道吗？这世界上有一种美丽完整的破碎，叫开片”，比如得明白人物经过了一次切切实实的成长——比如殷彤听到了开片声。这些与人物复合在一起的文字，连同那些韵味别具的篇名，“开片”“剔红”“窑变”，形成了一个个独特的意象，几乎要从现实中独立出来，却又牵连着冷冷暖暖的人世——“一器一物的高下，关键在会心处，再好的瓷器如果遇不上懂它的人，遇不上能悟出它好处的人，那它也是瓶子罐子……”

计文君小说中的高光人物，多有一份对自己和人世的清醒认知——如果不是过于清醒的话，对世间和人心都看得深细。这看得深细的人呢，偏又是多愁善感的心性，冰清玉洁的神情，迫不得已踏入尘世，对污浊的感受就比别人深，却又没个知冷知热的贴心人在身边，只好自己担待所有的难堪——敏感的心性仿佛吃饭时随身带了显微镜，不小心就放大了食物上的脏污和霉变，却不得不强忍着吞食下去。可这强忍呢，也大部分时候只在嘴上，那双眼睛难免风刀霜剑，锐利得要把人经营日久的画皮全剥下来的样子：“江天的目光扯过来扯过去，总忍不住要往小娴身上落。余萍在一边吃干醋，崔琳眼尖，笑着暗示秋染快看……余萍一腔心思都在江天身上，崔琳使坏要逗她，秋染就兴致盎然地在一边看她们眉毛眼睛打架……”

“偶开天眼觑红尘，可怜身是眼中人”，那个自知的人，很可惜不能置身事外，不小心自己就进了藏垢纳污的剧中，“这边秋染要吐，崔琳歪在椅子上动不得，小娴只得丢了余萍照顾秋染……秋染出酒后一直出虚汗，脸色惨白”。这种明里暗里的冷眼热心，冷心热眼，看起来把世界管带得风生水起，热闹非凡，却改变不了骨子里的计较和荒凉。甚至，我很怀疑，这世界骨子里的计较和荒凉，就跟这密密匝匝的心思有关，跟这过于自知和知人导致的凉薄有关。冰清玉洁的高光者映照出来的世界，竟是一个自缠自缚的脆弱人世，里面的心思太微妙精细了，脆弱得经不起太大的风浪，人也无法在里面踏踏实实生活，即便把自己所有的精力都赔上去，也未必能够全身而退。

或者，当我们把多数的心力都用在这些心思上面，还剩下什么力量来面对人生中最为艰难的独处时刻呢？“这一刻，天地间只剩下她自己——谈芳哭了，孩子似的在深夜哭着找不见的妈妈。这种无助和孤单，似乎和丈夫的深夜未归有关，但终究又无关——它缥缈而浩大，是一个人面对匝天星斗，是一个人迎着海雨天风，是一个夜行于磷火幽微的荒原，无所依附无所交托……”这个因具体的由头引起的无所依附无所交托的感觉，跟由头本身并非直线关系，而是有朽的人类必然面对的困局，即便身边是挨挨挤挤的人，即便你在亲密的人身边：“说着话，我们之间会突然出现瞬间的沉默，在那沉默中，我耳边会响起细微的断裂声，像我小时候独自在那张漆黑的大床上，听到窗外寒枝被积雪压断，整个世界满是孤寂和忧伤……”

计文君当然识得这无可抵御的孤寂和忧伤，也知道即便是怎样不堪的人，骨子里也得面对这必然的困局——甚至人不堪一击的脆弱，就是为了抵抗这孤寂和忧伤而采取的奇特手段，因而越写越小心，于是就有了真正的体恤：“小心是因为越来越能体会生命个体的艰难，不肯轻易对任何人任何事下断语，于是暧昧，于是欲语还休，于是叙事的时候，机关重重地保卫着每个人物的各种可能性……‘情不情’，说穿了不过是‘体恤’

二字。然而体恤不是件容易的事，不仅要深情，更要智慧。”

深情是对人世的善意，只是缺了点节制；智慧是对人世的理解，明白事实而不自视优越——谈芳去医院探访周老先生的过程，就有了对生病和死亡的新理解：“谈芳理解的病与死时刻盘旋其上的人生，悲哀一如天鹅绝唱，蛩虫鸣霜，这不过是带着文艺腔的肤浅想象。站在这里她才知道，人会用最庸常的生活状态来和疾病死亡对抗。”而周老先生跟子女玩弄制衡的帝王心术，背后也不过是因老病而来的无助和恐惧的悲凉心境而已。看清楚了这些，人也就来到了现实的身旁。只是，在如此简陋到有些残酷的事实面前，就像《白头吟》里谈芳和丈夫困惑的那样，什么能给人带来真正的安慰呢？

三

除了显见不断更新着的世界和复杂的人心，计文君小说里有一个隐含的内核，就是人物的成长。如果再仔细辨认一下，那差不多可以说，计文君写的是两次成长，而重点落在第二次上。小说中的人物甫一亮相，就差不多已经完成了自己的第一次成长，那些密密匝匝的心思，各式各样的心机，都是第一次成长的结果。而相比第二次成长，此前所说的种种样样的世界和人心，不过是尽职尽责的铺垫和基础，再繁复和充满诱惑的事物，与后面一次成长相比，都显而易见地黯然失色了。

第一次成长，是在姥姥的拧掐，祖母的打骂，姑姑的脸色和父母的压力下形成的，上一代要把自己经历世界获得的经验用强力原封不动地灌输给下一代和下下一代——“（我和母亲）灶就用大姨家的，我住校，而母亲要跑好几家做工，早出晚归的，做不了几顿饭，但母亲不错日子地给大姨用灶火的钱。姥姥的话，这叫明白事理，不然亲戚是处不长的。”“秋依兰看不惯小兰的娇气样，怎么着了就那么些眼泪？……秋依兰从不当着人挑剔小兰的戏，她在背地里下狠劲，弄得小兰成天眼泪汪汪看见她像个避猫鼠似的畏畏缩缩，秋依兰恨她不大方，通身没气派，更生气。”

所有上代的教育如果不是根据下代人的性情变化，弄不好都要造成障碍，最后就弄僵了一个人，如康昆仑学琵琶，因为此前的好本领，反而成了学习更高技艺的障碍，得“不近乐器十余年，使忘其本领，然后可教”。不加第二番的淘洗，人不是让自己的心和处世方式跟现实的复杂世界同质同构，生成如上面所说的计较荒凉的人世；就是像秋小兰那样只在模仿里存在，停止了自我的生长：“秋小兰一直是那个小姑娘，她还在那堵叶影斑驳的墙前面踢着腿，想着舞台，而这些年扮装上台的，不过是秋依兰的影子，一个没有生命的影子。”

古典时代人物的成长，人们面对世界，“一切既令人感到新奇，又让人觉得熟悉；既险象环生，却又为他们所掌握。世界虽然广阔无垠，却是他们自己的家园，因为心理深处燃烧的火焰和头上璀璨的星辰拥有共同的本性”，人只要在这个稳定的时空中展开自我，完成对世界的认识并与之平和共处，成长的过程即告完成，因而作为与世界和解的成长“闪烁着的不灭的生命喜悦”。而到了现在，“任何有谱系有背景有限制的知识，经由现代传媒这个粉碎机，都成了无拘无束零星破碎的信息，这些漫天飞舞的信息，往往带来的不是了解，而是遮蔽和污染”。一个从上代那里学会了处世的人，得把上代人教会的那一套忘掉才能出门，否则难免会碰得头破血流。

也果然是艰难的成长，人得用出在一棵大树下长成另外一棵大树的力气，才能在这破碎、偶然甚至残酷无比世上，完成一点点真正属于自己的第二次成长。《开片》里的殷彤，《剔红》里的秋染（和并非作为配角的林小娴），《白头吟》里的谈芳，都付出了巨大的代价才认识了一点自己，成长了可怜巴巴的一点点，而略一转头，复杂的生活仍然幕天席地。最为典型的是《天河》里的秋小兰，她残酷地认识到，“她的婚姻是假的，空的，她的戏也是假的，空的，秋小兰虚度韶华吃苦受罪维持的不过是两份假，两份空……”姑姑秋依兰拼尽余力为她争取的舞台机会，也随着她的去世终止，秋小兰失去了所有的依持，被孤零零地困在世上——或许没人会期望这样的时机：“一个‘卧鱼’倒下，长长的水袖抛向空中，泪水和汗水在脸上纵横。无人看到，一个风华绝代弥散王者之香的秋小兰在这一刻破茧成蝶！”

不怕有人说成比附，我想说，虽然小说里人物的经历只是虚构，但计文君小说里的成长，就是她自己的内在成长过程，是她对生命的反身自识。仔细看，这个属于人物也属于作者自己的成长，其自省的时间是从童年到青春期结束，开出了充满青春性光的夺目之花，而此后生命中经受的那一切，似乎还只是他者的故事，没有能够融进新的成长中去。这原因，或许是现实的变化越来越快，“使得小说家们遭遇到前所未有的挑战，他们不断修改着虚构的方式，努力消除自己笔下的世界与读者身处的世界之间的隔阂”；或许更直接的原因，是写作者容易忘记，人类始终处在不停的变化之中，“问题不在改变，而在认识”。人只有先于世界的变化反身自识，完成自己的成长，才有可能提前抵达现实，在变动不居的世界之火里栽出不变的永恒莲花。如果把人生看成一个不断绵延的过程，计文君此前写作中的花朵就必然再次变成此时广袤的根和亭亭的叶，或许，从《化城》开始，那朵莲花即将有更为浩大的盛放。

暧昧的成长清单
——李蕾《藏地情人》

一、公约数或公倍数的语言

巴颜喀拉山、雪莲、雪豹、羚羊、岩羊、老鹰、高山栎、沙棘树、高山茶花、大丽花、冬虫夏草、康巴、结古、青稞酒、奶茶、藏刀……

莲花生、六字真言、度母、仁波切、堪布、喇嘛、结夏、种子字、唐卡、金刚杵、舍利、经幡、菩提树、酥油灯、沉香、哈达、嘎乌盒、莲籽……

黑格尔、车尔尼雪夫斯基、萨特、巴赫、《费加罗的婚礼》、鲍勃·迪伦、约翰·列侬、冰岛女王、布洛克·洛维特、弗里达、Mark Bryan、卡帕、玛丽莲·梦露……

海滩、贝壳、芦苇、小艨艟、露水、篝火、白桦树、棕榈树、梅树、雪松、忘忧草、杜鹃、鸡蛋花、蒲公英、天鹅、孔雀、朱鹮、海豚、蜻蜓……

上面是从李蕾小说《藏地情人》中提取的一份清单，假如没有读过小说，只看上面清单的第一部分，会不会猜测这是一卷西藏风情画，或者类似詹姆斯·希尔顿《失落的地平线》那样的小说，现代人忍受不了城市生活的沉闷乏味，遁往遥远的西藏避世绝俗，高山遐思？进入这份清单的第二部分，又不免生疑，这难道是本讲修行的书，一个人在西藏经历了宗教的洗礼，完成了自己的精神成长？清单的第三部分似乎是个转折，差不多可以通过这部分揣想，一个拥有西方知识素养的现代人，在西藏经历了一系列精神洗涤，最终做出了自己的思想决断？不过，把这份清单的第四部分看完，前面的结论又变得不够坚实了，这不是典型的文艺青年喜欢使用的修饰词汇吗，里面盛装的是浮恨闲愁还是轻淡的感悟？

无论怎么猜测，不读小说，只看这份清单，会有一点凌乱的感觉。这四组相关或不相关的词语是怎么混搭在一起的？在叙事营造的世界里，会不会有些词语屈身俯就了什么？抑或有些词语越过了自身的壁垒，言说着一些它不具备的东西？语言本来是人对世间万事万物的命名和描述，有与万物和事件的恰切对应关系，甚至可以想象，当一个词语横空出世之时，人们满怀的惊喜。但等这命名和描述流传得足够久、使用得足够多，它就不可避免地与具体事物脱离了关系，成为独立于具体世界的存在，与事物相关的涵义或增或减，随时代变化完成各种变形。尽管索绪尔不怎么同意追究语言的起源，但也不妨设想，他提出的能指和所指，或许是对以上历时性语言变形现象的描绘。业文学的聪明人早就很极端地玩过能指和所指分离的游戏，在这个游戏之后的小说，再怪异的词语拼装也不该让人吃惊是吧？

不吃惊，但或许可以稍微质疑一下。不管经历怎样的变形，语言有其固有的意义秩序，在文本中出现的词语仍然携带着其自身在命名时的信息，会牵连出一个完整的文化系统。这些携带的信息有时会溢出作者设想的范围，甚至会因为阅读者语言背后的文化系统不同而产生相异或相反的联想。我们看到上面的清单时产生的关于本书内容的不同想象，正是这意义溢出现象的表现之一种。面对这些溢出的内容，不同的写作者会有不同的对待方式：一种是自觉地尝试把词语背后的文化系统整合进小说的序列，语言携带的信息没有（起码部分没有）走失，从而展示出作品中人物以至作者自身的复杂性；一种是对词语的溢出部分视而不见，利用语言的符号属性把词语修整得单纯一律，进而使一部作品成为整饬的有机体。为了便于说明以上的情况，不妨借用一对数学术语，把前一种方式称为公倍数语言，因其方式是伸展的、扩张的；而把后一种方式称为公约数语言，因其方式是收束的、蜷缩的。两种语言方式均有其道理，也必须面对与其本身相关的风险。

公倍数语言野心勃勃地准备抢救意义被消磨得单一的词语，甚至要在词语的符号属性之外抢救千变万化的世界。这真是一个过于庞大的野心，不用说世界自身的复杂深邃特质很难追摹，语言本身的局限也几乎预先否定了这一可能，否则也不会有庄子的“得意忘言”，柏拉图也就不会声称，“没有任何理性的人敢于把那些殚精竭虑获得的认识托付给这些不可靠的语言工具”。不过，人的性情千差万别，偏偏就有人要用有限的语言表达自己对这过于深芜的世界的认识，那些溢出的意义仿佛变为一种能量，促使写作者致力于认识语言背后的世界。这样的作品，当然难免会有时毛毛糙糙、断断续续、不够精美，却也因为与世界的牵牵连连而保持着开放与未完成的状态，把世界不那么工整的一面展示给人看。如果要在小说的序列里举例子，或许可以提到陀思妥耶夫斯基或福克纳？

公约数语言与此相反，它小心翼翼地控制着词语的意义溢出，尽量把语言收束到一个统一的语义场中，管自在语言的迷宫里造出自己的阿里阿德涅线团，不管这线团是理智的、情感的还是意味的。这种迷宫里的文字自有它的美，因为回绝了世界复杂性的召唤，这样的作品可以对文字精雕细刻，把每一块来路不同的文字都打磨平整，让它们优雅、纯粹、精致地出现在小说之中，显得仪态从容、语调平稳，风格鲜明。由此而来的问题是，这个文字营造的世界往往太过矜持，容易把作品里的人物和作者自己封闭在一个固定的场域，与真实世界的关系若即若离，漠不关心的样子。

《藏地情人》可以说是一本典型的公约数语言小说。我们上面列举的那份看起来凌乱的清单，以及由此引起的诸多联想，作者在完成小说的时候，已把里面的词语用情绪、气氛和感受打磨平整：关于西藏和藏传佛教的一切，作者去掉了其信仰层面，作为一种自然和异域的成分使用；那些西方知识人和艺术家的名单，并不带着他们时代的气息，而是化身为一个个现代文化符号，是人物身上的装饰，如一枚枚设计精心的纽扣；而文艺范的海滩和贝壳，作者则在青春的惆怅感觉里融进了成年的无奈，与小说的主题结合成整体，并不让人觉得芜杂和纷乱。也因如此，这份清单里的一切，以及我们未及开列的书中的其他词语，都纷纷化身为小说个性的一部分，有点恬淡、有点傲慢地看着这个世界。

二、属于女性的“情感教育”

香水、胭脂、口红、画眉、指甲油、纽扣、超短裙、吊带睡裙、光脚、锁骨、耳轮、酒吧、伏特加、龙舌兰、探戈、茴香酒、黑暗、别墅、浴室、美人榻……

> 她跟了他五年，什么都没有，不爱哭，不抱怨，不怀疑，在他手指上吃一粒糖果就欢天喜地。你看清楚这里面，我不是你的影子，不是你的小乖。我的怨气不见了，我可以充满弱点地活下去，一丝一毫都不抱怨。他全部的教授就是带领我一步一步走向自己。

为了避免更为刺激的文字联想，我已经删除了上面一组词语中的部分形容词。即便如此，沿着文字提供的方向想象，差不多会想到一个性感冶艳的女性顾盼自怜，进一步想象下去，或者会想到婚外情或一夜情之类也未可知。随着社会欲望禁忌的松动，女性对自己身体的爱恋和体察，甚至放纵自己身体的感觉，早已不再是文学作品中惊世骇俗的内容，甚至已经蜕变为低俗小说中的情色元素，满足着阅读者的偷窥欲望。那么，如何辨识小说里的这些部分，不是法制报八卦中的桃色元素，不是传奇故事中的粉色添头，而是严肃认真的部分呢？或者可以换一个说法，同样写到女性的身体和欲望，同样牵扯婚外情，如何确认一本小说不是男性的猎艳展览或女性的滥情声明？

在《藏地情人》里，作为主人公的李明妙在几乎面对所有事情时，不对作为群体的男人依赖、依靠、撒泼，也不轻视、敌视甚至无视他们，而是在生活中自己决断、自己承担，不逃避，不畏葸，不诉苦，不抱怨，不依附于他们任何一个。上面列出的一组句子表明，她经受的一切，都是为了一步一步走向自己。可以说，正是上面一系列句子对全书的带动，让小说从单纯的情色猜想中挣脱出来，有了自己独特的风致，一种属己的风致。对李明妙来说，这所历的一切是一个炼金的过程，“那过程漫长而隐秘，而使命是加诸一切命运之上的动力，它反复试炼我，知道从一个凡人的身体里显现出佛陀”。对李明妙，甚至对作者来说，她们通过这个作品，完成了属于女性的“情感教育”。

这里的“情感教育”，不是现今通常在教育术语中使用的意思——关注人的态度、情绪、情感以及信念，而是用了福楼拜意义上的称谓，是一种属于文学的“情感教育”。福楼拜《情感教育》的主人公莫罗，几乎把全部的心智集中在爱的实验上，在他的情感经历中，有温柔贤淑的人妻玛丽，有妖冶艳丽的交际花萝莎奈特，有他爱恋的乡下姑娘路易丝，有傲慢自私的当布勒兹夫人。到此为止，几乎是典型的西方成长小说路线，只是福楼拜小说中的成长是以情感为主线的，用“情感教育”标示更为惬恰。在以男性为主人公的情感成长小说中，女人不外两类，一类是卡吉娅，“肌体丰盈而柔软，脸上涂涂抹抹”；一类是阿蕾特，“身上装饰纯净，眼神谦和，仪态端庄”。前者是邪恶、淫荡的代名词，后者是美德、美好的象征，前者是主人公需要克服的情感陷阱，后者是“永恒的女性，引领我们飞升”。在大部分这些作品中，无论哪一类女性，差不多都是男性成长道路上的一道风景，一个关隘，一次助力，其功能只在于帮助男性完成自身的成长。在李蕾的这部长篇里，以上的情形完成了反转，女性成了情感教育历程的主角，男性退为原先作品中女性的地位，小说的核心是属“她”的“情感教育”，一个女性在其中完成了自我的成长。

或许需要强调一下，这个所谓的女性情感教育作品，在使用上不是创造意义的，而是一种确认。也就是说，如果从发生的角度看，这不是第一本写到女性情感教育的小说，而是说，这“也”是一本女性情感教育作品。如果把情感教育的范围稍微拓展得开阔一点，夏洛蒂·勃朗特的《简·爱》，乔治·艾略特的《米德尔马契》，简·奥斯汀的《傲慢与偏见》《艾玛》，乃至陈染的《与往事干杯》，林白的《一个人的战争》，或者棉棉的《糖》，都可以归入情感教育的行列。那么，这个后出的故事，有什么特殊的东西？

以往以女性为主角的小说，很容易选择在女性的经济独立上做文章。或许是因为两性在工作上的对等关系正变得越来越普遍，女性对男性的经济依附在现今已几乎不再是特别重要的问题。《藏地情人》中女性相对于男性的独立，一开始就不是在经济独立层次上的，而是除爱情之外在精神上的不倚不靠。同时，小说中的女性情感，也不再如过去一样，用女性体验的性和欲望标示女性与男性的不同，而只是把身体欲望作为整个情感经历的一部分，更多的笔墨则投入了李明妙心灵和精神的各种细节里。如此淡化经济和欲望，对女性心灵和精神的关照，是女性对自我情感成长更为自信的标志，也确保了一个情感教育故事自身的复杂性。

三、成长小说的古今之别

> 相机、音乐、吉他、电影院、书、诗人、旅游杂志、抽烟、喝酒、咖啡、鹅毛笔、蜡烛、派对、孤独、泪水、忧郁……

> 如果你感到孤独，一定是在人群中，因为每个人都是自己最大的秘密，无法与人分享。身为一个人的尊严，是要证明给神看：所谓命运，只是我的光芒所到之处。如同太阳养育花朵，这太阳只能是我。一个人可以得到勇气，可以得到自由，只要你相信，并付诸行动，人就配得上想要的一切。那些听从内心的人，既不是傲慢，也不是疯狂，他们只是更加诚实，不惜付出一切代价来完成自己想要的命运，直到骨灰四散飘零。

在福楼拜的《情感教育》中，莫罗没有得到他心目中的女神玛丽，跟萝莎奈特不过是一晌贪欢，路易丝嫁作人妇，与当布勒兹夫人冷淡分手，他没有因为这些经历获得幸福，只落了个茕茕孑立、形影相吊的下场。与典型的成长小说相比，福楼拜的作品已经是现代意义上的了。此前的成长小说，“主人公的成长，是内在天性的展露与外在环境影响相互作用的结果。外在影响作用于主人公的内心世界，促使他不断思考和反思。错误和迷茫是主人公成长道路上不可缺少的因素，是其走向成熟的必由之路”。在福楼拜那里，主人公走向成熟的维度已经取消，成长小说题中应有的人格塑造、人的发展之义已经丢失，剩下了只是无奈与不堪。福楼拜早已放弃了此前成长小说中对人的成长的乐观，也不会去虚拟其中“闪烁着的不灭的生命喜悦”，而是如实地看到，古典意义上干净纯粹的世界同近代是合不来的，对他来说，“人类就是这样，问题不在改变，而在认识”。

古典幸福时代，如卢卡奇所言，“一切既令人感到新奇，又让人觉得熟悉；既险象环生，却又为他们所掌握。世界虽然广阔无垠，却是他们自己的家园，因为心理深处燃烧的火焰和头上璀璨的星辰拥有共同的本性”。人只要在这个稳定的时空中展开自我，完成对世界的认识并与之平和共处，成长的过程即告完成。福楼拜的小说还有点古典时代的遗韵——无论《情感教育》还是《包法利夫人》——虽然人已不再是向着完善不断发展，人物置身的世界也不再神圣，毕竟生活还有点残存的秩序，依稀分辨得出其间尚可依赖的风习。而在其后的小说里，人固然无法按部就班地成长，与人的成长相对的社会，也已经失去古典时代的完整性，变成破碎、偶然甚至残酷无比的存在。当世界已经失去了可以依靠的性质，一个人与世界和解的成长又从何谈起呢？正因如此，20世纪之后与成长相关的小说，不管是穆齐尔《没有个性的人》、格拉斯的《铁皮鼓》还是戈尔丁的《蝇王》，成长和成长的路线都已不再，与其说是它们是古典意义上的成长小说，不如合理地称为“反成长的成长小说”。

从这个方向看，会意外地发现，不管是古典的幸福世界，还是现代的破碎时空，《藏地情人》都没有，小说把属于世界的一切平面化了，只剩下少数几个与主人公有关的人。这剩余的少数几个人，都有自己的个性，顾真年文雅而怯懦，云榕天真而无能，桑青勇敢而自由，夏安热情而体贴，“他”执着而残酷，小姑随性而倔强，黄凉若放浪而率真……李明妙呢？上面列出的一组名词差不多可以概括她的性格了。这个平面世界里的个性存在，单看个性分明，放在一起却觉得有些雷同。这是一种奇怪的感觉，却正是一类小说的特征。在这些小说里，个性已经失去了与人和世界的关系，它们独立存在，构成一个“有很多个性但没有人”“有很多经历，但没有了经历的人”的文本空间。在这个空间里，人的经历和成长只是平行移动，并不具有成为完善的人的可能。在这个空间里活动的人物，拒斥着这平面的世界，也因此拥有一种决绝的气质。我们不妨读读上面列出的那组句子，大概很容易发现，她们真正在意的，只是那个未经检验也不愿打开的“内心”。

这样的内心会用许多外在的形象和各种大词装饰，比如上面的一组词，和下面一组句子中的孤独、秘密、尊严、命运、勇气、诚实，如此等等。这内心并不像书中说的那样，“敞开你的心，没有抗拒，没有分别”，也不真的“不让任何概念局限”，只是“真实存在”，而是封闭在强顽的自我系统之内，自我具足，却具足在一个坚实的硬壳里，拒斥着来自时间和空间的几乎所有非同质元素。考虑到第一部分谈论的语言问题，大约不难明白，小说使用封闭、整饬的公约数语言，几乎是注定的。

不管属性上是古典还是现代的成长小说，世界是复杂多变的，人物形象也不是静态的，而是动态的统一体，“时间进入了人的内部，进入了人物形象本身，极大地改变了人物命运及生活中一切因素所具有的意义”。在我们上面提到的大部分成长小说中，即使自福楼拜开始的现代意义上的反成长的成长小说，只是社会和人的形象发生了变化，而时间依然进入了人物内部，世界和人仍处在互动关系之中，写作者也借此检验着社会和自己的人生，丰富着阅读者对世界和人的认识。《藏地情人》显得比现代成长小说更为决绝，世界几乎成了人物予取予求的饰品，时间也不能穿透人物坚硬的内心外壳，只无奈地从人物身旁经过。正因如此，或许可以把这本小说看作停止成长的成长小说，它几乎与古今所有的成长小说异质，坚决地放弃了成长的责任。这个异质把小说从无数作品中标志出来，我们可以称赞其独一无二，当然也可以质疑它是否在某种意义上降低或削弱了成长的品质。

参看世间悲喜
——《离弦之箭》及霍艳的小说

他是铁匠师傅的徒弟
年轻的肺鼓动着风箱
他呼吸，火焰也随之抖动
待师傅用火钳钳住他的心
放在了膝盖的铁石上

“还是一块废铁，
看不出未来的形状。”
徒弟离开风箱，提起大锤
师傅的小锤也从不离手
轻点在大锤将要落下的地方

——韩东《铁匠》

一

二十岁的霍艳，是个出版了七八本小说集、前途无量的青春小说写作者，仿佛沿着这条路，一位广受欢迎的小说家的前途就在前面。不知该庆幸还是感叹，霍艳并没有沿着这个看起来的坦途一路高歌，在类似回忆录的《兔八七的小时代》之后，不只是小说，霍艳几乎停止了写作，一晃就是四五年。再次动笔，霍艳已经决绝地离开青春小说这块领地，而当时的她，虽然只有二十五岁，却是T.S.艾略特说到的，对一个写作者来说很关键的年龄了。

对青春小说，当然包括霍艳的在内，不少批评似乎有一种不当的严苛，挑剔其中各种各样的问题。这些批评归结起来，不过是说这类小说没有历史纵深感，没有社会复杂性，没有对人心微妙的认识。其实，青春小说概念本身，已经预先回应了这些批评。所谓青春阶段，就是涉世未深的，对青春阶段的写作要求深刻和复杂，无异于缘木求鱼。青春小说里，不管虚构了怎样的不实空间，出现怎样奇怪的时间设置，只要写出小小少年真实的小小烦恼，小小欢笑，就算得上完满。对这类小说，里面“我”切切实实的心情故事，切切实实的青春气息，才是虚幻花园里真实的癞蛤蟆，是不可替代的真实事物感。霍艳，包括所有青春阶段的写作者，因为具备了属己的青春气息，便有其自身的意义。

以上并不是说，青春小说的写作者可以一直在这个不受挑剔眼光检验的领域里随意驰骋，维持自己的即使已经畸变的偶像地位。青春期过完之后，很多青春文学的写作者或者销声匿迹，或者小心翼翼地模仿自己曾经的样子——恨不得把文字里偶然浮现的鱼尾纹彻底灭绝。与此同时，对曾经哄传一时的青春小说写作者，读者也会要求他们按照自己想象的样子成长，中途改道将被认为不忠，会被果断放弃。就像歌德在跟爱克曼谈话时说的："在发表《葛兹》和《维特》之后不久，从前一位哲人的一句话就在我身上应验了：'如果你做点什么事来讨好世人，世人就会当心不让你做第二次。" 要从这自我和读者施加的魔咒里挣脱出来，需要不小的勇气，一种跟曾经成功的自我脱离的勇气。不妨说，重新回到小说写作的霍艳，就具备了这样的勇气。

不过，勇气向来不是装饰，暴虎冯河也称不上勇气。一个写作者表达自己的勇气时，应该同时具备与勇气相配的写作能力。脱离了青春写作，像霍艳这样准备进入另外的竞争领域，就需要把自己置于小说写作的长河之中。艾略特在《传统与个人才能》里说："（历史意识）对于任何人想在二十五岁以上还要继续做诗人差不多是不可缺少的；历史的意识又含有一种领悟，不但要理解过去的过去性，而且还要理解过去的现在性，历史的意识不但使人写作时有他自己那一代的背景，而且还要赶到从荷马以来欧洲整个的文学极其本国整个的文学有一个同时的存在，组成一个同时的局面。”暂且不说艾略特这段话中包含的作家需对传统自觉当下化的要求，即从历史意识最浅显的意思上来说，所有以上对青春写作来说不当的要求，现在都成了题中应有之义，排斥将被看成逃避。

重新开始写作的霍艳没有逃避，她开始写的第一个作品《秘密》，就直接展现了社会、人性的复杂和微妙。在这篇小说里，作为前台的“我”利用一个购物网站的程序漏洞，看到了公司成员之间错综复杂的关系，以及他们光鲜表面下的压抑、心机甚至歹毒。其中的各色人物，都有着秘而不宣的心事，这些心事受浅层欲望控制，并被这浅层的欲望拖进滥俗或卑劣的深渊。此后不管是《管制》《失败者之歌》《最低温》《李约翰》《无人之境》，还是眼下的这篇《离弦之箭》，在复杂和微妙的基础上，更有了对历史纵深感的把握，不同年龄阶层、对世界有不同感受的各类人，开始慢慢走进霍艳小说的世界，并用自己的方式调整着作者本人的世界。

对一个写作者来说，最初的冲动大多源于表达的需要，她要把自己对世界的想法说给人听，寻求分享和认同。而在更深的意义上，写作，其实是一次次朝向自我的努力。一个写作的人，对自己苛刻，对自己不满，有时处于挣扎之中，通过写作，她接近了一点自己苛刻的标准，对自己的不满得到了弥补，同时部分缓解了不得不面对的挣扎，甚至因为写作而看到了更广阔的世界，磨砺出一个更新过的自我。因为人心和人生的丰富深邃，这样的写作才始终锐利，避免仅限于形式的花样翻新，不会有陈腐老套的模仿和化装变形的重复，从而在更为本质的意义上彰显写作这件事的意义。

霍艳及其小说的意义，或许就在她对自我不断更新的要求中。

二

霍艳的小说里有一种淡漠的气质，这个淡漠蔓延在小说的角角落落，不经意就会瞥见。淡漠的原因，是叙事者或作品中人物的主观视角，始终有一种对人性的挑剔眼光，即使对叙事者或人物心仪的人，这个挑剔也如长明的透视之灯，不眠不休地烛照着人性的腐烂之处。不用说《秘密》中对各色人等显然的蔑视，像《管制》《李约翰》和《无人之境》这样较为克制的作品里，叙事者对其中的人物，也都对带着较为明显的不满。而在《最低温》里，即使那个女学生（甚至叙事者）喜欢的、见识不凡、风度翩翩的大学教授朱同，也在人性的天平上被称出了灵魂之轻。

不难看出，这淡漠的气质出于霍艳对人性一贯的苛刻，骨子里或许是一种期望远离世俗的高傲使然。可对这个盼着躲开世俗的作者小说里的世界，你会不自觉地希望离远一点，因为里面有太多比普通世俗更不堪的肮脏。拿《最低温》的一个情节来说，一贯孤高自负的朱同，暗地指示跟自己关系暧昧女学生报考竞争对手的博士，以便抓住对方抄袭的把柄，在跟对方的所长之争中获得优势，而这个私心，又用整顿学术风气的冠冕借口遮掩。为了隐藏自私某些不堪的侧面，表里不一差不多是世俗的常情，不妨以宽容待之。可朱同的表里不一，不只是消极地自私，还是积极地攻击；攻击呢，又用对学术的公心来掩盖；这个攻击和掩盖动用的力量，不折不扣是自己心爱的人的命运。这样不断用一层机心掩盖另一层机心的情节，在霍艳的小说里屡见不鲜。凭借这些，作品展示了人性的多个层面，而这些层面又几乎毫无例外地指向人心的低处和更低处，普通世俗在这人性的更低之处显现为远甚于卑琐的肮脏。

按照某种理论，霍艳的这类作品已经为小说世界贡献了某种特殊的东西，事实也确实如此。但我一直对这种发现式贡献，包括对任意一种发现式创新的天然好评，抱持极深的怀疑态度，因为这发现往往以对作者本身的某种损害为代价。具体到霍艳的作品，她在小说里流露的苛刻态度，非常可能是对人性观察的失衡造成的。对一个人，即便是小说中的人来说，如果不能维持感受到的各种伤痛或爱意、看到的不堪或闪光之间的平衡，只强调其中的某个侧面，容易造成习惯性的判断偏差。“凝视深渊过久，深渊将回以凝视”，对人性的低端凝视过久，人性的低端也将回以凝视，写作者自身的思维和感受系统会被这凝视影响，造成进一步的判断偏差。陷入这恶性循环中的人，将不得不面对一个悖论——那些你最蔑视的人性低端部分，会变着花样涌进你用高傲垒出的清净世界。甚至可以说，蔑视某种意义上表明了自己置身蔑视之物中的愿望，虽然是不自觉的。

这个可能的观察失衡，在《失败者之歌》里得到了部分弥补。《失败者之歌》里，女儿张小雯眼中的父亲张功利和母亲沈蓉蓉，无奈而卑微地生活在社会中，在家里则表现出失败者的沉默或尖刻，但在他们的失败者形态里，没有甚于卑琐的肮脏，而是时不时流露出纯净的爱意。几乎可以说，在父亲对张小雯的爱意表达和她的回应里，含着一种中国式的父女之爱在里面："记忆中父亲从来没抱过她，连肌肤相触的机会都少有，唯一就是她发烧时，张功利那双布满老茧的手才肯在她额头上短暂停留一下感受温度，所以张小雯并不是因为可以请假而盼着发烧，她甚至愿意顶着40度的高温，去学校坐上一整天，这样她会得到父亲最多的关怀。"这种含蓄到甚至有些冷漠的父爱，是一种奇特的父爱表达传统，说不上好坏，但对这种爱意的领会需要学习。经过努力懂得理解这个爱的人，也就学会了用对方的方式来接受对方的爱，同时也会学着如其所是地爱对方。《失败者之歌》因为这种对如其所是的爱的理解，有效纠正了因作者过于严苛的眼光造成的淡漠之感，让人感到一丝明亮的暖意。这个暖意，是人性中的闪光部分在尘世最真实的显露。

《失败者之歌》大概有一些霍艳本人家庭生活的影子，这种偶然流露的暖意或许出于她对父爱的切身感受。而在《离弦之箭》的谋杀故事里，霍艳已经没有较近的情感来源可以借鉴凭靠，她必须试着放开自己，摸索进一个全新的世界，在芸芸众生的复杂形态里去感受宽广的人性事实。霍艳的确这样做了，在这个小说里，人物的悲恸里有真实的伤心，盲目的筹划里有真实的义气，回心转意里有真实的懊悔。随着杀人的原因不断明了，故事一直在翻转，人性的高端和低端在这翻转当中不断交替。按说，“谋杀最能体现人的消极潜能”，在一个谋杀故事里，人性的低端部分会显现得极为明确。但在《离弦之箭》里，人性的高端和低端差不多是互相促进的，其高端将低端从自身驱逐出去，低端也同样把高端从自身驱逐出去，并各自因为对方的激励而变得更为显著。在这里，霍艳显示了更加成熟的人性观察角度，她在一定意义上等视了作品中人性的高端和低端，尝试着如其所是地了解人物的爱，也如其所是地了解他们的恨，从而把人性的两端提炼出来，并在小说的世界里净化。

仔细观察《离弦之箭》里的人性变动，会发现人性的明暗在小说里交织成一条色彩不断变幻的绳索，在世俗之间闪烁，无法从他们置身其中的生活中拆解出来。这条明暗交织的绳索，甚至把对生活冷漠的叙事者“我”也打捞了起来，让她对原本以为与己无关的世界产生了部分热情，甚至在某些时候表现出一种深婉的体谅：“我从未见过哭得这么伤心的女人，让我觉得安慰都是一种打扰。”或许正因为作者尝试着去理解多层次的人性表现，这个与谋杀有关的小说，反而成为霍艳小说中最远离淡漠的一篇。

三

霍艳非常讲究小说的结构，有的是明的，有的是暗的。明的，如她每篇小说的开头都会精心设计，注意设置悬念或导开局面，引而不发；结尾都注意力度，有的收拢如并掌握拳，有的散开如银瓶乍裂；小说的进程也有明显的节奏，起伏如丘山连绵。暗的，如有些小说会在显在的故事内部，嵌套欲望或情感的悄悄萌动和慢慢熄灭。拿《李约翰》来说，在一个明显的故事结构之外，李约翰因为与开《庄子》讲座的教授谈得投契，冷如死灰的心复燃，欲望恢复，欲望的对象也随之出现。接下来，不妨看成一个欲望被点燃又熄灭的过程，其间发生了许多其他的事情，作者却始终牢牢把控着李约翰欲望的伸伸缩缩。

这种对结构的把控能力，显示了小说写作者技艺的娴熟——在现今的小说创作中，这不算很低的要求——却并非最高的境界。霍艳的结构设置，有时会让小说直奔某个确定的终结之地，在结尾处高潮或翻转。1944年，胡兰成结识张爱玲："我给爱玲看我的论文，她却说这样体系严密，不如解散的好，我亦果然把来解散了，驱使万物如军队，原来不如让万物解甲归田，一路有言笑。"对小说结构的严密控制，正像一篇体系严密的论文，最容易出现的问题，是故事会按某种固定的流向前进，缺少宽阔的人世之光；作者笔下的人物也会束手束脚，没有人生途路上的言笑晏晏。霍艳此前的小说，大概就因为缺少了这种对故事撒手的胆气，虽驱使人物如军队，里面总缺少一点从容的韵致。在这个意义上，《离弦之箭》是个例外，或者我更希望说是个——开端。

因为写的是一起谋杀案，《离弦之箭》牵扯起各式各样的人物，故事的发展，几乎可以说用鬼使神差来形容，有很多巧合和离奇的部分。最终的谋杀局面，从田淑贞提议，到玉茹响应，再到周林和黄贤二人承接，一开始就被命运拖上了一条不停奔跑的轨道。运行其中的每个人几乎都有过延宕，也在某些局部减缓它的发展速度，最终却无法让它停止下来。在这个小说里，我们似乎能够听到来自命运的某种回声。在这命运的回声里，故事自己活动起来，拉扯着人物离开作者的控制，作者只能跟随故事，仿佛一个孩子牵着大人的衣角，竟慢慢走进了纷繁复杂的成人世界。这个小说也得以用自己的方式，让作者的小说完成了从结构整饬到自在发展的转变。

在以往的小说理论里，故事差不多只是小说的基本面，算不得什么高妙的东西。小说里的人物、思想或者其他什么，才是小说高企的部分，一个按照人物性格逻辑进展的小说，仿佛也拥有比按照故事逻辑展开更高的段位。如此谈论故事的时候，大概忽视了，严密的故事逻辑会在某种意义上变成事实的逻辑，而事实的逻辑因为勾连着真实的世界，会带着作者走进变动不居的生活之流，让她了解那些她此前不曾知道、不会知道的部分。对一个写作者来说，通过写作知道自己此前未知的部分，感知到此前未曾体味的情感，一方崭新的天空涌现出来，那才是真正喜悦的开端。

故事带着作者走出了结构的整饬，在人性的层面上也让作者扩大了对人性的复杂面的观察，因而《离弦之箭》里的人物，开始显现出他们各自的样子。那些曾经被作者细密心思和严苛眼光捆住手脚的人们，终于有了一次属于他们自己的舒服欠伸。有了这样的舒展从容，即便小说里的世界复杂如故，阴暗如故，也自有生机勃勃的跌宕自喜在里面。

《离弦之箭》对结构的部分解散和对人性观察的趋于宽厚，也把霍艳从置身事外者变成了置身其中的参与者。这次的置身其中，已不再是人性低端部分因作者蔑视而拼命涌进时的争斗情形，而是变成了一种——怎么说呢？关于历史，海德格尔有两个概念，一是Historie，是被记录下来的历史，是“显”出的历史；一是Geschichte，是本真的、真实发生的历史，亦显亦隐，和命运相关联。我们试着把“历史”换成“故事”，以上的说法可以转变为如下的陈述：有两种故事，一种是记录“他们”的故事，他们的悲欢与记录者无关，“我”只是个淡漠的旁观者；一种跟写作者自身的命运牵连，“我”的世界与故事中的人物置身其中的，是同一个世界，“我”与他们休戚相关。这一相关性消除了写作者和其虚构世界里的人们的敌意，不管是作者的高傲和严苛，抑或是人物的卑琐和无奈，在这里缔结了和解的盟约，共同走进绵长的生活之流。

或许仅仅，也恰恰从这里开始，霍艳将一改她此前小说中“他们的故事，我的小说”的模式，而变为“他们的故事，我们的世界”，写作者“我”和“他们”不再截然两分，“我”将和“他们”生长在一起。如霍艳自己所说，这个慢慢生长在一起的过程，会让她“从一个固执单调的叙事者，变得试着去参透世间的悲喜”。一个参看世间悲喜的写作者，要容忍别人的卑琐和无能，因为大多数人根本无法避免这一切。只有这样，写作者才会跟她小说世界里的人们生长在一起，避免过分凝视引起的人性低端能量的反噬，从而真正走进她内心那干净明亮的地方。

第三章

小说的末法时代或早期风格
——霍香结《灵的编年史》

一

或许是因为美学上“无利害性”（Disinterestedness）观念的推广，或许是由于“为艺术而艺术”（Art for Art’s Sake）的倡导渐成主流，或许是似是而非的规矩变成了厉禁，小说这一体裁变得越来越有洁癖——不能容纳太多知识，不能容忍太多思辨，不能心存教化，不能批评情欲，不许写高级或完美的人，不许对人物有道德评判，不许有作者跳出来的议论……如果把这些不能和不许列个表，现代小说似乎不再剩下些什么，或者，只剩下一样可怜的东西——“大家当可以看得出：文学是无用的东西。因为我们所说的文学，只是以表达出作者的思想感情为满足的，此外再无目的之可言。里面，没有多大鼓动的力量，也没有教训，只能令人聊以快意。不过，即这使人聊以快意一点，也可以算作一种用处的：它能使作者胸怀中的不平因写出而得以平息；读者虽得不到什么教训，却也不是没有益处。”

到最后，小说仿佛只残留了意味，洪荒开阔的世界几乎要在里面绝迹。其实从起源看，被各种清规戒律捆绑得高贵冷艳的小说，出身并不怎么遗世绝俗，甚至是跟教化与世俗结结实实长在一起的。公元2世纪希腊作家郎戈斯的《达夫尼斯和赫洛亚》是小说的源头之一，在“卷头语”中，郎戈斯表示，写这作品的目的是施教，教育人们认识灵魂与爱欲的关系。现代小说（novel）来源之一的传奇（Romance），也远不像人们臆想的那样遗世独立，餐风饮露，差不多是依傍贵人的骚客谀词，用来换取一点残羹冷炙。18世纪，小说的兴起，也离不开贵太太们汗津津的体臭，女仆们烟熏火燎的厨房，并非温室里的花朵、无菌房里的幼苗。因而，小说的起始阶段，在口味上完全不像现在这样苛刻挑剔——明目张胆的教化意图，经不起推敲的道德裁决，浅白无隐的禁忌情欲，怪模怪样的放肆议论，冗长烦闷的景物描写，悖于常理的情节设置……都理直气壮地在小说领地里昂首阔步。

一面在技艺探求上愈发精细入微，一面却因为对体裁的强调而胃口越来越差，于是小说变成了极其娇弱的物种，可容纳的东西越来越少，仿佛一个脑袋巨大而身形孱弱的畸形存在，早已显出日薄西山气息奄奄的样子来。沿着这样一条越规划越窄的航道，最终剩下的不是技艺小打小闹的钻研，就是故事编排的强自聒噪，小说写作者只能遗憾自己没有生在那个蛛丝马迹都如大象脚印的小说创生时代，用尽浑身解数只不过弥补了前人未曾留意的一点罅漏，筋疲力尽地维持着一点创新的样子。这表现让我们差不多可以断言，小说已经无可避免地进入了末法时代，那个诅咒一样的“小说已死”感叹，过段时间就会癫痫性地发作一次，并最终成为事实。

从这个背景看，霍香结《灵的编年史》同时具备了逆流而上的勇气和奔涌向前的锐气。

二

多年前，我听一个小说家说起，他以自己对小说的思考，跟哲学家谈，跟神学家谈，跟历史学家谈，甚至跟各种各样的专家交谈，从来不落下风。这恐怕不是一个小说家的无端自负，“说破源流万法通”，精神世界的所有事情都该有一个秘密通道，不同的知识序列可以在某种意义上对比甄别，深思有得的人当然该有能力跟任何方向的深入思考者交谈。正是在这个意义上，小说对人类精神成果的多重容纳，简直是它的题中应有之义。

霍香结为《灵的编年史》准备的三个指向不同的副标题，几乎已经明确地宣示，作品将尝试勘验那个精神的秘密通道，恢复小说肇造之初的良好胃口——“鲤鱼教团及其教法史”，跟主标题一起，提示这是一部历史或起码涉及历史的作品；“秘密知识的旅程”则是对作者称谓的秘密知识的探究，明确属于哲学（或宗教）;“一部开放性的百科全书小说”，无可置疑地强调出此书的小说属性。四个标题放在一起，是不是作者想要暗示，这个作品将试图打通现下早已分茅设蕝的文史哲界划?

《灵的编年史》果然涉及了方方面面的知识，儒家，墨家，道教，佛教，密教，印度教，琐罗亚斯德教，犹太教，基督教，伊斯兰教，诺斯替，新柏拉图主义，共济会，炼金术，量子力学，相对论，现代生物学，心理学，人类学，人工智能，外星文明……中西华梵，南海北海，往古来今，作者似乎有意把人类在探究、信靠、想象道路上取得的所有卓越精神成果，都有序地置放进书中。不妨试着把这本书看成沟通人类不同方向精神成果的一次尝试性写作，它将散落在不同地域和领域的卓越精神成果当作某个更为复杂完整体系不同形式的显现，然后用想象出的法穆知识体系容纳这千差万别，最终以略显古怪的小说形态集中表现出来。

庞大最容易带来的问题是杂乱，在一个作品中陈放如此多量的知识，就必须将之区别于一本选编的百科全书。霍香结对此有足够的警惕，出现在作品中的法穆典籍分类法——经、史、律、论、子，或道、法、德、律、义——就可以看成他对以上所列知识的整体认识。作者最终的说法更为确切 :“这次的写作始终遵循一个标准，不涉及第一经典体系，而是在全部所谓异端的思想范畴。也可以说在所谓第一经典删改形成之前的各种教宗以及经典形成后因需要发展而产生的异端思想那里。这些思想全部重新组合，形成一种新的知识，即法穆。法穆是一个全面的整体知识，是这些年的心路历程。”也就是说，书中看起来庞大的知识群落，其实是作者对各知识系统深思有得的那些部分（异端），甚至直探各系统的源头，最终形成了作品所称的法穆知识体系。

对一个企图在作品中构造完整世界甚至宇宙知识系统的人来说，如果霍香结无法迫使自己相信，他灵魂的命运取决于眼下的这个作品，他便同写作无缘了，“没有这种被所有局外人所嘲讽的独特的迷狂，没有这份热情，坚信‘你生之前悠悠千载已逝，未来还会有千年沉寂的期待’——他也不该再做下去了”。在一个被迫和经典生活在一起的时代，霍香结凭靠着某种独特的迷狂，摒弃了作为陈词滥调的知识，生成了对知识的特殊判断，完成了一次自我许可的经典拣择，用带有肉身色彩的文字免除了对知识必然枯燥的偏见，让既往的一切有可能成为现代的精神营养。

三

无论要处理多么庞大复杂的知识系统，写作的艰难首先在于逼使作家更深入地勘测自己的内心，检验自己未能留意的空白和涵拟之处，因而更加诚恳地回身认识自己和自己身经的时代，意识到自己此前并未意识到的问题。一个作家的任何作品，都不应该是对已知世界得意扬扬的传达，而是探索未知世界的一次尝试。新作品创造了进入一块从未踏足的空白之地的契机，这是写作者有效自我检讨的最佳可能，也是对以写作为志业者的基本要求。从这个方向上看，《灵的编年史》是一本自我之书。

在天赋和感觉被过分鼓吹的情形下，现下的多数小说写作已经丧失了对有效知识的兴趣并以此为荣，庞大的知识容量对现在的小说写作来说已经称得上是珍罕之物。但对霍香结来说，展览巨量的知识储备根本不是他的目的所在，他最为着力的是一种被称作想象学的陌生之物，并以此区分于此前作为小说核心的虚构："想象学首先强调想象知识是一种被体验过的知识，因此她既不是虚构，也不是非虚构。对主观而言她是真实的，对客观而言她又是虚构的。虚构学是从文本的角度划分的。想象学是从写作经验角度确指的。"如此，我们或许可以重新定义《灵的编年史》中的知识，即这是一种经过自我内在体验的知识，因为在心灵上完成了实证，便不再是虚构而出的主观臆想，而是生成为一种可以切实调理身心的客观。

如果不是修行这个词已经在使用中变得陈腐不堪，我想说，这样的写作其实是一种修行的过程——通过想象产生可被体验的知识，能够切实地整理一个人的身心，写作成为一种不断自我认知和自我调整的过程。也因如此，对霍香结而言的写作，就必然是“自我成长的一个缩影。在文本中成长，文本在想象中成长”。这也就难怪他会在关于本书的一则笔记中说：“严肃，庄严，刻板，通过这次的写作全部得以释放。这次写作在很多方面改变了自己。”无论作品的外形如何庞大繁复，写作最终是回身向内的旅程。我甚至想说，能够回身向内并对自己有些微改变（当然也由此带来了作品的改变），才是一次写作真正重要的成果——如果不是唯一重要的话。

内不离外，与内在成长相应的，必然是一个写作者对自己置身时代的认知。虽然《灵的编年史》涉及了古今中外众多的知识，重要的叙事年限放在13世纪和近现代，但只要稍加留心就能发现，作者关注的，始终是眼前的这个时代，“我生在自己的时代，并理解这个时代，才是我写作的资源”。对霍香结来说，我们置身其中的这个时代，“应该是那些能够站在人类各种文明源头具有俯瞰能力的人的最佳恩赐”。或许只有具备了如此苍茫的大志，所谓对时代的认知才不是跟随着时代的亦步亦趋，而是内在先一步抵达时代的核心，然后整个时代和世界在准确的想象里重新运行。

四

14、15世纪之交的能剧宗师世阿弥，在《风姿花传》中嘱咐后来者：“作为‘能’演员，虽然掌握十体很重要，但更重要的是不可忘记‘年年岁岁之花’。”“十体”指能剧的各项具体技艺，“年年岁岁之花”，则是“幼年时期的童姿，初学时期的技艺，盛年时期的做派，老年时期的姿态等，将这些在各时期自然掌握之技艺，都保存在自己的现艺之中”。一个有雄心的写作者，其拥有的技艺也不应只是单纯的当下技艺，不应只是试着恢复过往的某些技艺，而必然是复合了过往诸种技艺在内的“现艺”。

霍香结对世界各地的文学作品有自己的认识系统，在自己的写作中也有所吸收。他的各类随笔和笔记，既有对东西方小说传统的研判，又有对20世纪以来小说创作的梳理，有取有舍，由此形成了自己系统的小说观。这个小说观既要求作品有百科全书的汪洋恣肆，又需打破情节律，表现集体心理，让汉语小说有可能避免对欧洲和拉美的亦步亦趋，回到东方尤其是中国传统。在我看来，这个小说观的重点是："颠覆小说的基本元素：情节，人物，环境。给予小说更大的宽松和自由。"我不知道是这个小说观指导了《灵的编年史》的写作，还是《灵的编年史》促成了此一小说观的形成，反正这个作品试图恢复小说在开端时的好胃口，把各种不同序列的知识放进作品；又遵从内心的感受，企望用作品开启自我命名的想象学；复用九宫的结构方式，尝试打破小说固有的线性叙事而完成非线性叙事，最终成为一个繁复地包含诸多过往技艺的“现艺”作品。

根据作者自己的陈述，所谓非线性叙事，即“在众多的混乱当中击碎线性的框框，然后又找到合理性”。从小说使用的九宫结构来看，事情的发展不再有先后，“各宫是平等的，它是一个位置问题，不是卷次先后问题。写作时有时间先后，但不是线性发展”。这个非线性的叙事设想，牵扯到物理上世界观的转变，即从传统热力学的稳定连续时空转向现代量子力学和平行宇宙世界观，“其结果就必然导向了一种猜度和不确然的结束，实际上并没有结束，结束的仅仅是全部文字的边界”。应该是作者的这一努力方向决定了作品的开放性质，让文本具备了有边无限的特质，并勾画出了某种现代思维下的世界（宇宙）图景——流转，循环，叠加，复杂的织体，不确定的结局……

或许有必要提到“制作”这个词——对造物来说，他们制作了宇宙或世界；对立法者来说，他们制作了礼乐；对写作者来说，则是制作了想象的世界。因为共同分有了制作的特征，写作其实可以看成对造物和立法者制作的世界的模仿；又因为造物和立法者与写作者的位格不同，人在写作之初就表明了与造化和立法者争权的雄心——凭人为技艺创制的想象世界，与造物妙手天成的自然社会和立法者精心搭建的人类社会，形成特殊的竞争关系。只有在这个意义上，我们才可以有限度地承认，霍香结“我把自己的作品当作圣书来对待”的话是合理的，《灵的编年史》展示出的复杂世界观、庞大知识系统、向内的探求和庄重的语调，都可以让人明确意识到，这是一次有意的文字创世之举。

五

任何一个方向的中外小说家的写作试验，本质上几乎都是一种封路游戏，各种领域、各样类型、各色手法，几乎都树立着一些“到此一游”的路标，冷冷地观望着后来者。或者也可以这么说，自小说（或任何一种文体）诞生开始，就注定处于其末法时代。小说的探索领域被前辈精细开掘之后，影响的焦虑会严重困扰后来者，前代的文学造诣“不但是传给后人的产业，而在某种意义上也可以说向后人挑衅，挑他们来比赛，试试他们能不能后来居上、打破纪录，或者异曲同工、别开生面”。筚路蓝缕的创始者，永远不会面对一条现成的路，他只能靠自己从洪荒中开辟出来。走这条路的人，要有“先进于礼乐，野人也”的气魄——最先接近礼乐的人，是创始性的“野人”，前行的路上还没有依傍，在这样的“野人”脚下，新的路才会出现。

或许是出于对新的写作形式的犹疑，在笔记中，霍香结反复思考着这次写作的文体——“我本人并不认为有别的方式不可以是小说的。小说可以是学术，是诗歌，是历史研究，也可以完全是经学。”“诸教之争。文明的冲突。在此书之中可以穷尽。小说当经来写。这就是这部书的全部意义。”“在开放性百科全书写作这个范畴，该文本属于灵知类型的写作。小说可以当经来写。经史皆文的奥义所在。”不妨说,《灵的编年史》是一部企图用非线性方式陈述现代精神高度的拟经性叙事作品,作者的知识、才华、品位,乃至于性情、感受力和判断力,都通过这样一种形式表达出来,那些看起来庞杂的经验,在作品里形成了一个足供思考的整体。对这一文本的评价既借用不了小说传统现实主义的理论框架,也无法使用任何一种现代小说的理论尺度。甚而言之,在固有的小说评价坐标所及的每一个点上,作品都刻意与之保持了距离。

因为吞吐材料的庞杂和形式的新颖,《灵的编年史》显现出新事物特有的贼光,明亮得一时还很难看明白它所有的内涵和未来可能。与此同时,正因为是新事物,作品本身还显得不是足够成熟,过往知识未经完全提炼的残骸尚留在这一新的织体之中,想象而出的客观性知识还有很多未必经得起更为深入的内在检验,非线性技艺的转折之处还有些不够流转如意(甚至在三维世界中是否可以真的有非线性叙述这回事都需要怀疑),某种不够自信催迫出的大腔圣调还时常出现,满是沟纹疮痍的涩口、扎嘴之处所在多有……任何一个新事物的出现都难免会有一个牙牙学语的阶段,不够圆熟和从容,本来就是一个精神产品新出现时典型的“早期风格”。不应小看任何一个开始——虽然不必过于郑重——对小说而言,只有当某种生涩的早期风格出现之时,我们才隐约看到了一点末法时代倒转的可能性。

在写作《追寻逝去的时光》之前,普鲁斯特始终无法为新作品找到满意的形式。造成这一问题的原因，普鲁斯特认为，不是自己缺乏意志力，就是欠缺艺术直觉。他为此苦恼不已："我该写一本小说呢？还是一篇哲学论文？我真的是一个小说家吗？"差不多可以确信，当一个真诚而有天赋的写作者面对这个问题的时候，他就走到了某种新文体的边缘，再进一步，或许将是一个全新的世界。写作者应该清楚，为自己只千古而无对的体悟寻找独特的表达形式，本就是先进性写作的要义，也是一个人确认自己天赋的独特标志。对我来说，《灵的编年史》是否被称为小说不太重要，记得它是一个优秀的特殊文本就足够了。一如当《寻找失去的时间》出现的时候，怎样命名它的文体已不再重要，记得它是一本卓越的作品就够了。

不完美的启示
——与《天幕红尘》有关

在谈到一本影响了自己的书时，E.M.福斯特回顾了自己五十年的读书生涯，推举但丁《神曲》、吉本《罗马帝国兴亡史》和托尔斯泰《战争与和平》为最伟大的三部著作。他爽利地表示，虽然三部书如同三座雄伟的纪念碑，但他并未受过它们的影响，尽管他在阅读这些书的时候正是最容易受影响的年龄。在福斯特看来，“这三部书太雄伟巨大了，人们不容易受纪念碑的影响，他们只是略一注目，赞叹，然后还是我行我素”。沿着福斯特思考的方向，不妨可以这样设想，陈列在书架上的一本本经典太过精致、完美、无懈可击，甚至连书中明显的瑕疵在嗜好者看来都可能是作者的主观故意，我们偶尔因觉得作者疏忽而泛起的一丝内心浅笑，都不得不立刻收尽肚囊，免得说出来成为自己不学的口实。或许正因为经常遭遇这样泰山压顶式的完美作品阅读之苦，我们在接近另外一些还没有经文学史或评论者认信进入万神殿的作品时，心态会较为悠闲从容，有一点余裕对作者的败笔或纰漏小小地微笑。更重要的，这些明显的粗糙或破绽偶尔会带我们离开作品营造的艺术幻境，不时露出作者构思或写作时未能遮盖的针脚，刺激甚或引诱读者沿着这个方向联想到写作者的思路，不知不觉跟随他参与一次对小说进而是对人心和人生的探险旅程，而不只是像三心二意地对待经典那样只是眼睛参与，成了一次走马观花、浅尝辄止的随团旅行。

当然，我想讨论的有缺陷作品不是像福楼拜的《布瓦尔和佩居歇》那样因各种具体原因没能完成，或者像福克纳重要的小说那样为了一个绝难达到的目标而尝试各种小说技艺时显得混乱、无序以致中断，甚至也不像海明威的《过河入林》，以一种公认失败的方式完成了对自己更为深入的剖析，因赢得马尔克斯的称颂而成为别样的经典。即将提到的这本小说，作家本人不但还没有堪称伟大的作品为她撑腰，以便我们可以把为经典作家的失败之作准备的辩护词重申一遍；小说本身也有明显的漏洞，这些漏洞并不具备反过身来成为另外一种荣耀的可能性。这么说吧，这本小说很容易被铁口直断的评论者归类为因作家的故弄玄虚、色厉内荏、虚矫自负或趣味低下而导致的失败之作中。

即便不考虑现今的小说已经走进了一条因竞争惨烈而不断追求技术花样翻新的怪异路线，就算从传统小说要求的基本要素来看，豆豆的《天幕红尘》——甚至把她迄今为止的另外两部长篇《背叛》和《遥远的救世主》都算上——显然缺乏精雕细琢，决绝一点甚至可以说在大部分优秀作家锱铢必较的技术角力部分用心不够或有心无力。对熟读各类小说经典或熟悉小说理论的人来说，《天幕红尘》太像哗众取宠的商战小说，人物乍一出场已经成熟，高明者始终高明，世俗者一贯世俗，到结尾也几乎没有任何变化；情节呢，几乎是作者为了表现人物而另外设计的，跌宕和起伏都太过剧烈，有些随意或陡转的段落简直形同儿戏。男主人公叶子农是个高深的思想者，退可以反身而思修治内心，进可以运筹帷幄决战商场，除了乌合之众的盲目行为造成的影响或伤害，他几乎对任何属人的诱惑和缺点免疫；两位女性主角都像《虬髯客传》中的红拂女，一眼就从凡尘里识别出英雄，并死心塌地一意追随。习惯了现代小说路数的读者如果不是立刻对其弃之不顾，也说不定会在读完后产生一种时空错置的乖谬感觉，那些几乎只在传奇作品中存在过的古典人物，穿越般来到了小说所写的时代，堂吉诃德一样寂寞地面对着现代小说这座完美庞大风车。

现代人固然相信人性的曲木造不出任何笔直的东西，其实自《荷马史诗》以降，关注人性本然而不是应然的作品就后来居上，超拔世俗的人物不再是绝大部分作品的主角，作者们开始写不那么好或品格含糊的人——“虽是好人却有过错，或者有过错但并非坏人”。现代意义上的虚构作品，极力避免完美的人物转而写各种有缺陷的人几乎已成定谳，小说家早就明白，正如现实中不存在纯是罪恶、毫无半点美德的怪物一样，世界上也没有十全十美的人，因而小说里的人物也就不必纯善无恶。甚而言之，有的作家认为，小说的灵感和创作才能是从他们身上的最卑下、最污秽的部分中提炼来的，取自一切痛苦和卑污之物。不用说向喜自我沉思的小说了，即使以精于造梦著称的好莱坞，不是也得让超凡的蜘蛛侠在面临爱情时处境尴尬吗？不知道是不是可以说，写有缺陷甚至低端的人性，展示人的进退维谷、首鼠两端，把人放在现实世界中检视其卑劣和一点点闪光，几几乎是严肃小说写作的“虚构正确”。这个小说的“正确”前提建立在人性的均质基础上，违背了这个均质性的小说创作，标准苛刻的阅读者会恰当地目为海外奇谈或异想天开，并不会怎么认真对待——这或许就是豆豆的小说在以严肃著称的纯文学界名声寥落的原因。

《天幕红尘》无疑是违背了这个正确前提的作品，它要做的不是展示人性的均质，而是致力于塑造一个迥迈俗流的思想者形象。叶子农不出户知天下，像是躲在某个精灵会所里的高超隐士，知晓全部人间的秘密却在世事的喧嚣之前不动如山。或许指出这里所谓的高超与毫不自私自利的高大全人物不一致是必要的，叶子农完全不同于欧阳海们，我甚至私下揣想，在长于思考的叶子农看来，高大全人物的纯公无私，很可能只是一种未经反省的盲目激情。叶子农或豆豆小说的男性主角，不像西方戏剧或小说里的人物，非要经过对自身缺陷的洗炼，历千辛万苦才在某种意义上完成人格的成熟，如浮士德那样要拘谨到要先与魔鬼订立契约，或如拉斯柯尔尼科夫那样惨烈到要以罪行为代价完成自我成长。豆豆在作品中展示的心性品质不是现代小说要求的细微、复杂和微妙，而是要用思想把握整体层面社会和人心的运行脉络，也让人物在变动不居的时代中更好地认识自身，展现从俗世的捆缚中解脱的可能。叶子农是一种明显高于均质人性的人，其思考的深入度和对事情的判断，远远超过普通人甚至绝大部分以思考为业的人的水准。

与几乎已成定理的人的平等思路相异，豆豆小说中的人物思维和认识是高下立判的，她的人物给出的始终是判断而不是商略，有着高下分明的思想水准和认识层级，很像是《庄子》或《世说》的某种隔代传承，而不是对西方小说的有意借鉴。我无法简单指称这一传承的好坏，只对这种较为罕见的异质保持着善意。说得明确一点，或许是因为自己过于明确的高下立场，我对为了弄清是非和高低而努力的人有明显更高的热情。这样说我也给自己预设了一个过于艰难的前提，即我如何知道我说的热情不是未经检验的盲目信任而是认真思考后的选择？即使是思考后的结论，其中是否仍可能有盲目信任的因素？在思想和道德相对性发展得如日中天的现在，在一个喜爱丰饶的含混、人的正常心理和疯狂表现之间的界限日益模糊的时代，任何企图明确划分高下的做法都容易招致反对，不被人称作某种意义上的专制主义已属幸运。不过，我无法更改自己的心性倾向去故意不喜欢一个作品，却愿意顽强地把即使是偏见也表达出来经受认真者的质问。何况，建立在高下基础上的人物判断，在某种意义上也是对小说内涵的一种丰富，为未来的小说写作开拓了一条或许开阔或许问题猬集的新路，沿着这一道路的谨慎试验和思考，将有助于拓宽小说的前途而不是人人拥挤在技术的窄路上玩各自的封路游戏。

在小说里热衷思考当然不是什么太阳底下的新事物，我们早已在当代作品中见识了许多喜欢思考的大作。老实说，大部分此类作品并不具备思维上的启发性，甚至缺乏起码的诚恳，当然也就不能称为真正的深入思考，差不多只是西方某些并不精微的思想的改头换面变相袭取，或者是对传统思想歪曲之后的愤愤然指责，汩汩滔滔的长篇说辞背后不过是反复声明的思想常识，说不上发现，甚至连准确都做不到。一些喜好思辨的小说作者更喜欢用小巧的机智挑出某一庄重思想的逻辑死角，然后得意地转身而去并自以为是地宣布一个深沉的思考者已被自己击败——像白居易的《读〈老子〉》:“言者不知知者默，此语吾闻于老君；若道老君是智者，缘何自著《五千文》?”《天幕红尘》在思考上显得诚挚深厚，贯穿小说始终的对偈语般的“见路不走”的思辨、认知和实行，虽然多少有些理想成分，但随着小说的展开一层层深入，不少已成滥调的词如实事求是、客观规律等都在“见路不走”的驱动下更新，变得富有意味，很多地方让人豁然开朗。叶子农的思辨和说辞虽然偶有疏失，但总体上保持了较高的水准，他在小说中的作用与苏格拉底在柏拉图作品中的作用类似，主导，训诫，引领，只缺乏柏拉图笔下的苏格拉底那种机智委婉的反讽。小说中的抽象讨论最终指向对中国现实的判断，以身经的世事而言，我实在无法简单认同这个结论，但我愿意相信这判断是叶子农（作者？）的真实想法，并真诚地表达了出来。在我看来，这样的真诚表达远胜于一切口是心非者给出的模棱两可标准答案。我不想举出一些精彩的段落来印证这些思辨的精妙，也无法确证我认为的精妙是否每个人都能认同，因为说到底思想的是否出色是如人饮水冷暖自知的事情，谁也无法替代谁拿出结论。剩下的或许只是一个略显盲目的信念——如果读者愿意跟随叶子农（作者）一起思考，小说里有些乍看之下抽象的对话和刚硬的思辨段落就会显出生动的气息，有着洞穿世情和社会表层的力量，给人一种不同于其他小说中提供的“移情”或“共历”的别样欣喜之感。

虽然无法说服别人同意《天幕红尘》具备思想深度，但作品中思想者的问题却可从思想本身入手勘察。从豆豆发表的第一篇小说《死比活着容易》开始，主角或主角挚爱之人的死亡一直她偏爱的结尾选择，《天幕红尘》中叶子农最终也被极端组织枪杀。各种各样的流血结尾，是不是跟主人公或作者的某种极端的思想偏向有关？不管豆豆此前小说中人物的死亡是出于什么原因，起码叶子农的死，有他自己主动的选择在里面。甚至可以说，从叶子农出于对罗家明的义气承担起挽罗家于既倒的责任开始，他作为一个隐士样思想者的形象已经被置于疑问之中——叶子农出于义气主动担当了责任，但这种对责任的承负以及跟随其后游走在法律边缘的商业投机行为，对一个高明的思想者是否必要？叶子农利用政策漏洞完成上百人的移民之后，已经卷入了世俗的风暴眼中，这才有了后来奥布莱恩对他的陷害，也才有了他后来的被杀。没人会责怪叶子农出于义气承担责任，因为义气让人高贵，是人最可贵的德性之一。不过义气向来是双刃剑，一面是高贵，另一面是野蛮，对朋友的义薄云天不可避免地要损害另外一些人。对普通人，人们会赞赏他的义气，但对一个以思想为主要特征的人物，我们期待他有容纳和消化义气负面效应的能力，用更高级别的思想能量化解义气所含的戾气。这一点很不幸没有在《天幕红尘》中看到，不能不说是小说一个较高级别上的误差。不过我还是对自己这个判断有些隐隐的怀疑，豆豆是不是本来就没想把叶子农塑造成完美人物，他身上的不完美恰好是作者要提请读者注意的，小说在表层之下是否还蕴含更深的寓意呢？在这一点上，我没有在小说中看到明显的暗示，也就不能把自以为是的有任何倾向的结论加到豆豆身上，姑且存而不论罢。

考虑到现代长篇小说的世俗出身，豆豆塑造高超人物、表述高深思想的尝试看起来的确让人骇怪，难道她要离开小说已被经典规划好的道路另寻一种可能——一种在核心部分显示出人追求整全知识的热望，尝试着理解所有事物与人的利益之间一致性的努力？如果我们不把“小说”只当作对romance或novel的对位翻译，而是扩展为一种对人心和人生探究的叙事艺术，豆豆的小说就是在这个方向上往更高处探索的尝试。她的小说不处理低端或均质的人性，或是着迷于对人类心灵一隅的抚摸品咂，而是在虚构中致力于模仿好的和高尚的生活，展示人在更高向度而不是更低向度上的可能性。不过，正像探究人性的暧昧、复杂、委婉曲折的小说家必须参与对人性的多面暗角了解的竞争一样，这类准备把小说当作一种更高端的书写方式的写作者，也必然把自己逼上了一条更为艰难的路，他们必须对自己的人物思考的问题有把握，并在一定意义上能与某些卓越的思想者一起思考，让自己的思考与对方形成真正的对话甚至超越他们。在这个意义上，小说与爱智慧的哲学区分已经不是非常严格。抛开后世那些以论文形式出现的形而上学作品，西方古代的哲学文献很多不也是以叙事或对话的形式存在的吗？尼采在《悲剧的诞生》中不是斩钉截铁地说过吗：“柏拉图确实给世世代代留下了一种新艺术形式的原理，小说的原型。”怪不得研读古典的伯纳德特会声称，小说原本就是没有苏格拉底的柏拉图对话。

思辨的爱好也几乎决定了《天幕红尘》的写作是判断在先的，小说的情节、人物和走向作者早就想设定了，而不是像大部分小说创作强调的所谓作者跟着人物走。在现代小说写作中，判断在先差不多是个贬义词，甚至被悬为厉禁，这大概也算得上是古代跟现代创作的一个重要分野。贺拉斯曾在《诗艺》中强调，“要写作成功，判断力是开端和源泉”，一个写作者要能判断什么该写，什么不该写。公元2世纪的希腊作家郎戈斯在他（后世也称为小说的）《达夫尼斯和赫洛亚》的“卷头语”中表示，他写这作品的目的就是施教，教育人们认识灵魂与爱欲的关系。一本施教的书，当然要先判断什么是好的，什么是坏的。沿着这个方向的写作，最终呈现的形态差必然是一种寓意式的作品——崇尚古典传统的人甚至认为，小说的本质就是寓意，通过浅显的故事寄寓高深的道理。一本寓意小说，阅读者并不会因为其所含寓意值得敬佩就放松对作品艺术品质的要求，或者反过来说，寓意作品对作者的艺术要求更高而不是更低。传统里也早就有对这类作品的高度要求，贺拉斯在上面提到的书信中就反复强调了技艺的重要，亚里士多德在《诗学》中也说，“每种技艺和探究……都以某种好为目的”。如果一个小说准备进入寓意作品的品级，就必须意识到在这个领域里既有充满力量的完美荷马，又有与荷马针锋相对的精妙柏拉图，以及这两者身后无数有意的效仿者，在这个序列的群峰之巅，就有人们熟知的斯威夫特的《格列佛游记》、培根的《大西岛》、黑塞的《玻璃球游戏》。这些作品的精微技艺和其间无法弥合思想的矛盾，值得每个追随者认真思考。

即使对豆豆的小说相对偏爱，我也不像援引伏尔泰的话为她小说的败笔和不尽人意之处辩护："只有真正的天才，特别是那些打开新途径的先驱，才有权犯大错而免于责罚。"豆豆看似与现代小说不同的写作方法根本不是新鲜事物，只算是古典叙事传统的一个支流余裔，说不上戛戛独造，何况在显和隐的层面都存在着这样那样的问题。只是读多了技术上相对圆熟却不能启人思索的小说，豆豆的作品因难能而显得可贵。怎么说呢？那些精巧的作品太像思想平常却心细如发的皓首穷经者的大作，找不出一处瑕疵，却偏偏烦琐拖沓让人得不到一点收获，"尽管到处是水，能解渴的却连一滴都找不到"。沉在这类作品里大兜圈子，我宁愿读豆豆这样漏洞不断却孤帆独航的小说，因作者限于天赋或思考的深度而留下的罅隙，差不多正是那个小说背后认真的作者努力工作的痕迹，有意无意地提示了某种可能的写作路线或思维向度。当然，这样的说法仍然可能是我无心为之的自我辩解，因为没有一把公认的标尺可以真的量度出一本小说与另一本小说在品质上的差别，以上的文字最多能表明的或许只是我偏爱偏向着这一类型的小说而已。

一个时代的样貌在小说里
——徐皓峰的小说及其他

有人说，现代人的危机感来于如下的事实，人们“再也不知道他想要什么——他再也不相信自己能够知道什么是好的，什么是坏的；什么是对的，什么是错的”。当然，大部分人认为这根本不是什么了不起的危机，只是某些迂阔者的杞人忧天，反而自觉地倡导一种被称为“相对主义”的思维和伦理。在他们看来，古代的智慧“错误地试图发现一种客观幸福或一种至善或最终的善好，并以之作为存在的目标、条件和引导性极点；或者说它们错误地渴望为这些东西的允诺所引导”。现代智慧坚决拒绝上述的引导，它并不要“提供通向人类完美或幸福的路径；它只是提出远远更为有限、更为清醒的主张作为不可或缺的手段，以保护每个个体‘追求幸福’的个人自由或私人自由——无论那个幻影般的目标呈现为什么样子——随他或她所愿”。如果没有看错，这种放弃对客观幸福、至善或最终善好的探求，强调“人生的相对性和模糊性”，也正是现代主义小说致力的目标。在这里，独一无二的情感表达或无根的奇特想象是小说最高的价值标准，因为它们仿佛标示了个性，呈现了世界的复杂形态。昆德拉言，真正的小说“都对读者说，事情比你想的要复杂。这是小说的永恒真理”。在这种氛围里，一个不是按照“永恒真理”写作的人，会是个什么样子？

徐皓峰自1997年至2000年左右的一批小说，不妨被看成这个“永恒真理”的组成部分。在他这时期不多的几个小说里，故事具奇幻色彩的，人物行为古怪，叙事氛围还透着点诡异，但小说里没有活生生的人物，差不多只是故事的叠加，不过表明了某一类型的少年（青年？）心态。如果按照个性或复杂性的标准，这些作品或许也足以被称道。因为这些故事的传奇色彩，以及徐皓峰倾心的王小波对唐传奇的偏好，我们也可以轻易地找到“继承唐传奇”这顶合适的帽子，套在徐皓峰小说头上。不过唐传奇没有那么容易继承，不必说《枕中记》《南柯太守传》那样雄阔的时空自觉，《虬髯客传》那样具体时空中的明确决断，即使这些作品里寥寥几笔勾出的人物，其明媚和浩荡，又岂是徐皓峰作品中的苍白人物所能比拟的？话说得有些远了，我要说的意思不过是，徐皓峰这些看起来有些特点的小说，不妨老老实实地将其称为习作，他作为一个小说写作者的明确面目，还没有充分展示出来。不过，徐皓峰并未沿着这条习作之路继续走下去，他因故中断了小说写作，再开始写作，是在六七年之后了。

不过，早期作品的好处是可以让人看到作者的性情偏好，比如在这批作品里，出现了对此后的徐皓峰来说极其重要的因素，武术和围棋。二者在这批作品里不过是装饰性因素，是为了展示人物而设定的道具，却将在他中断后的写作里扮演极其重要的角色，并显现出非常不同的形态。在中断文学写作的六七年时间里，徐皓峰除读书外，还接触了不少佛道人物和武林前辈，其中一道一武两个人物的出现，让徐皓峰获益匪浅，也因此有诸多作品问世。道教部分的文章散见在报章杂志上，至今没有结集出版，武林前辈的口述，以《逝去的武林》为题结集，一时轰动。此后，徐皓峰写出长篇《道士下山》和《大日坛城》。与两本小说的写作时间略有交叉的，是徐皓峰及与他有关的两本口述记录《高术莫用》和《武林琴音》。把这些作品合起来看，会有一种别样的感受，作品里焕发出的，是一个迥异时流的特殊样貌。

在徐皓峰的创作里，《国术馆》是一部比较特殊的作品。这作品写于1997年，是徐皓峰最早创作的一批小说，却未获发表。后来断断续续，从一个两万字的短篇，写成一个四万字的中篇，又改成一个两万字的短篇。2001年，徐皓峰将其写成一个十八万字的长篇，仍未能出版。2008年，“十八万字保留了一万字，然后，重写”。一个历时如此之久的作品，难免混杂了作者不同时期的各类想法，在这本小说里，既有他采访人物的故事略加变化地置入其中，有他中断写作前那种面目不明的故事和人物，也有他后来小说中会充分展现的对武术和人世的特殊理解。这种混杂让小说偶尔闪现出亮色，却也因为混杂模糊了自身的特色，看起来有一种羼杂的混乱。徐皓峰面目清晰的作品，要从《道士下山》开始。

《道士下山》只在故事的奇幻性上还带有徐皓峰早期作品的痕迹，内核已然更新。虽然徐皓峰后来在修订本中说，这本与武有关的书写的是逃亡，“写人物命运，写出了各种逃亡方式；写人情世故，写出了追捕者不同的收手方式”。不管徐皓峰自我定义的逃亡主题是否确切，但这种人物一路逃亡或游荡的经历和目击，几乎是他后来小说的一贯方式。因了这种写法，他小说的结构就不是网络状的复杂构成，而是串珠式的。这个串珠，可以按徐皓峰自己的说法解释：“在中国文化里，‘串珠’一词不是简单的组合，还要把精华发挥出来。如‘《楞严经》串珠’，从数卷经文中拣出几百字，提炼了理论体系和实修程序。”这个串珠的方式用到小说上，是一着险棋，因为对习惯长篇小说复杂结构的人来说，如此结构显得简单。但这还不是主要的，对一本串珠结构的小说，人们会按照前面定义设定的那样，要求每一部分有其特殊的精彩。

《道士下山》写人情世故，确有出人意表之处。寺庙里有女子夜宿观音殿求子的风俗，丈夫在殿外搭床守候，防人进入，“做贼的却是庙中和尚，殿内地板有机关，可引女子入地下室……怀上的是和尚的孩子”。如松主持寺庙后，严禁此事，何安下赞为善举。如松却说："那些与女子偷情的前辈和尚，也许不是淫行，而是慈悲。""女人不育，往往原因在于男人，而世俗却归咎于女人。女人入观音殿一宿后仍不怀孕，她在家族中将永遭轻贱。"说法有点惊世骇俗，却有其入情入理之处，真的世情，大概都是有如此多的隐微吧。令人费参详的是，慈悲的和尚，事后内心承受的一切，是否也过于常人呢？

不过，这个作品里最动人的，却不是人情世故，也不是人物命运，而是作者和人物表现出的与常规思路违逆却别有情怀的理趣。小说开头，道士下山，"他叫何安下，十六岁仰慕神仙而入山修道，不知不觉已经五年，山中巨大的寂寞令他神经衰弱，到了崩溃边缘。为内心安静，回到了尘世"。起笔即逆，与普通认为的入山求静恰成对照。这个下山道士随后的故事，乍看很像大多武侠小说里的成长路线，遇到各路高手，随缘习武。随后的故事呢，按说应该是在江湖扬名立万，功成名遂。可《道士下山》的情境设置却是社会，并非江湖，虽习武有得，险恶的环境仍令何安下步步维艰。这个步步维艰，没有《笑傲江湖》中令狐冲所遭的艰难那样丝丝入扣，精彩迭出，却因为其中不断闪现的理趣而另有妙处。

上师罕拿教授密法，先讲最高的："我即是佛！一切不管！"说法完毕，即要离开。众人不懂，恳求，只好渐次降低。传完咒，仍不忘向上提撕："连这句咒都是多余，还有一种赶尽杀绝的大密法，你们要不要？"众人不答，罕拿继续说："就是你们汉人的禅宗。自家有宝贝，却可怜巴巴地向别人借钱。把你们挖眼剥皮，才能解我心头之恨。”气势如虹，判教明确，确有密教生杀予夺的气象。但如此人物，却也懂得迁就：“我在草原戈壁，教授不识字的牧民，用鬼神法令其信服。不想到了文章高妙的汉地，却也要用鬼神法！”不止密教，小说由何安下逃亡串接起来的各色人物，因都有实实在在自具体领域而来的见识，也就都有些不同凡响的判断——鬻琴者说：“（古琴）经过五百年，自然裂开的，锋芒如刺。作假的，锐不起来，不是像叶子，便是像鱼头。真东西总是简洁，假东西必然杂乱。”习枪者说：“兵器贵在简洁，戟可扎可钩，功能多了，必不能精深。我只要一个枪头。”杀人者说：“人的忠奸，能掐出来。人被掐住脖子后脸上的挣扎之相，脸肉越紧，其人越恶。”或许如徐皓峰所说，“中国传统社会里，人是以自己职业为荣的，行业是有尊严的”，是这个尊严，产生了见识。读《道士下山》，是这些与人物相关的理趣吸引着人，小说也才显得一节一节都是活的。

不止理趣，《道士下山》还差不多脱离了本文开头提到的现代主义小说致力的相对和模糊，往往就写到境界的高低。这个境界的高低，几乎是现在的通俗小说里才有的，如今的严肃小说，早就是一副确认相对、拒绝比较高下的面孔了。写境界高下的作品要得到严肃的对待，除非里面提供了特殊的什么。在口述记录的《逝去的武林》《高术莫用》和《武林琴音》里，一群武林人物，对高下都有个素朴的判断，“每个人的分量大家都清楚，所以没有自吹自擂的事。甚至不用搭手，聊两句就行，不是能聊出什么，而是两人坐在一块，彼此身上就有了感觉，能敏感到对方功夫的程度”。徐皓峰聪明地把这个武林的真实状况移植到小说中，在他的作品里，高手过招几乎全是一来一去即告结束，有时甚至根本不必动手。对话——半田幸道：“没有道理呀！在刀法上讲，无论如何都该我赢。”查老板：“中国有一句老话——功大欺理。功夫大了，可以超出常理。我比你功夫大。”描述——“老者是高手，仅做出追击之势，已令自己崩溃。”对徐皓峰来说，他重视的不只是武术的美感，更多的是质感。这质感，不相对，不模糊，有清晰的杀伐之气，“实战动作其实一定是很难看的，杀人很难看，只有一下，没有来来回回的姿态美。但实战动作也有美感，美感在于它的速度，它的有效感”。或许因为这种质感，徐皓峰把自己的作品区别于追求美感浪漫的武侠小说，称之为武行小说。他希望自己的小说，有“武术作为一个行业的真实形态和尊严”。境界高低的确认，就是这个真实形态的表现之一。

杨度在《除习偈答畸道人》中，有段很有意思的话：“予尝谓中国精神学艺界有二怪事：一为禅学，二为围棋。力量孰高孰低，丝毫不能假借，亦即丝毫不能强同。在围棋中，若高一着，在禅学中若高一层，其低一格者，即永远不能相敌。由高视下，无所不知，更无一丝可以欺蔽。而高者心中境界，低者永远无法测知，有如酒量不可强齐。事之确定而严酷者，无过于此。亦学问中之一奇也。”不知杨度写这段话的时候，是不是因为武术是末技，不值一提，否则，在禅宗和围棋外，或可加一武术。像《道士下山》，就把武术的高下写得如两刃相交，没有丝毫假借的余地。《大日坛城》，也有武行，主题却写的是围棋。围棋上，高下的判定，真是斩截，炎净一行说：“从来没有失招、漏算，只有实际水平的差距。我失误，素乃没有失误，就是他比我强。”

即使不按开头说到的小说观，用普通的标准，《大日坛城》也算不上出色的长篇，故事还是有些太过奇特，不少叙事展开的逻辑线索也不饱满；人物性格几乎是给定的，给定之后也基本不发展。即使给定的性格，也不是活生生的，有点苍白，有些呆板。但或许在这个小说里，故事和人物可以从另外的地方看，因为里面不管是武林人物还是围棋人物，多是一代高手，对他们来说，性格或许不是最重要的，能从小说里辨识的，是他们的见识。小说里有一段话，不妨移用来说明这个问题：“年过五十后，我的兴趣开始转移到观念上了，具体的人越来越引不起我的注意。现在，我能迅速识别出一个观念的高明平庸，但识别不出一个熟人了。”或许我们也用不着在一本不是以刻画人物为主的小说里识别性格，能认出是他们各自的见识，就算有了明确的标志。

小说借人物之口说出的诸多见识很有意味，不妨抄出几个来。以吴清源为原型的俞上泉目光里流露棋手决战前是杀气，二妹惊惧，道："三哥，你的眼神……" 俞上泉收敛眼光："你们只看到胜负世界的残酷，其实胜负的世界是很纯洁的。" 在想象中，一盘棋即将有胜负结果的时候，俞上泉 "控制着自己，不去进一步辨别，让预感保持在迟钝状态"。武术大家世深说："如遇到高手，生死一瞬，心念不纯，经验技巧便是拖累，让你的反应慢半拍。" 两个特务钓鱼，一个说："钓鱼要一直盯着鱼漂，享受的是专注。专注才是真正的放松。" 书中还有一些师徒授受的高明之见，也很有特点。对古代人的读书，西园春忘对俞上泉说："与《春秋》《老子》等儒道经典一样，密法也是除了文字，还有心法。按照西园家的规矩，将经文称为略本，口传的内容为详本。" 大竹减三教围棋，"指导业余爱好者，要一手一手地教，但对内弟子，我教围棋之外的东西……插花中有时空，我想，一个没有游历过高山大河的人，是插不好花的。围棋也是时空的艺术，只是教棋，是教不出一流棋手的"。读这本小说，最大的享受，是经常遇到这些不同人口中说出的对人心和人生的洞察。

抄录得太多了，不妨就此谈谈徐皓峰的志向。徐皓峰说，他的遗憾在于，"祖辈的人逝去得差不多了，我们将完全地按照我们的生活方式解释古人，五千年的文明是三十年经济搞活的缩影"。不甘心古人，起码是民国一代的生活样态被埋没，徐皓峰承担起为一代人画像的责任。在《武林琴音》的后记里，徐皓峰写："我已人到中年，过年看望老师，还被提醒 '别太相信灵感。要啃下一个时代’。”他下功夫的，是民国武林。在《逝去的武林》《高术莫用》和《武林琴音》中，最让人心动的，是徐皓峰外祖父及其师辈那一个时代的人的风姿。武术是身体的技艺，高低全在身上，不尚口舌之争，“一天来了个练西洋拳击的，找韩伯言讨论武术能不能对付拳击，韩伯言起了兴致，说两句，没兴趣再说，因为来人是口舌之争，不是研讨道理”。这群武林中人诚挚、朴素，胸怀里有家国，却不好高骛远，如实地认识自己的心性，老实地承认自己的水平，对自身武功的高下能直心看取。在这些渐渐逝去的品质里，最核心的，是诚恳。那个时代不喜欢机灵，“机灵人都是小器人，做不来长久事，因为交不来朋友”。他们讲究个精诚所至，金石为开，“人诚恳，有好处”。唐维禄去天津拜李存义为师，李不收，唐维禄就留下来做杂役，老老实实待了八九年，正式学员没练出来，他却练出来了。李存义将其列为弟子：“我的东西你有了。”差不多可以说，徐皓峰小说里迥异时流的样态，是民国武林里诚恳态度氤氲出来的。不管他小说的故事多么离奇，人物是中是日，因为有这个民国武林的诚恳做底子，小说里透出的气息，就别有一番清滋味，作品也几几乎拥有了民国一个时代的生活样貌，这个样貌本质，是人“以何种品相活下去”。借这个样貌和品相来“探索、体会前人的生活，让前人来校正我们”，或许就是徐皓峰的所求。

继《道士下山》和《大日坛城》，徐皓峰先后出版了长篇《武士会》和短篇集《刀背藏身》。在这两本书里，前面说到的徐皓峰的特点还都有所保留，理趣，境界，见识都还在，篇幅却减少了，也略显散碎，不再像前面两本长篇那样神完气足。分析起来，神气不足的原因，是因为作者开始把相对性和复杂性带入了小说，按他自己的话，是“不想表达人性的恶，我想说的是人性的尴尬”。在这种尴尬里，人物不免显得仓皇。虽说他此前作品里的人物也会陷入困顿，做的事也未必都拿得上台面，但有种自信的风姿在里面，胜败俱有风度。但在这两本小说里，人心的暗角成了作品的一个重要部分。不是说人心暗角不能写，而是说，这不是徐皓峰的特长，在写这些的时候，徐皓峰显得放不下身架，笔也滞重了许多，心理的转折和情节的交代都显得不够圆润自如。或许更为重要的是，徐皓峰把武林高手的心意等同于普通人的心意了，以致一系列人物并没展现出与其程度相当的对心灵暗角的对待和消化能力。

在这两本书里，徐皓峰显然加强了对民国时代状况的思考，有些认识甚至算得上慧眼独具，比如他对看起来远离尘世的弥勒信仰与政治关系的判断，对维新派因利用青年导致士风败坏的看法等，都是虽违常情，却有特殊的理路。“皇上……自小所受的帝王训练，首先便是不能妄下结论，国事常有隐情。”“国家之宝，是拥有一批调和型老臣。”这或许是徐皓峰志向的必然结果，因为他要写“武林人士的精神痛苦，时代的矛盾和生活方式的急速转换带来的荒谬感”，同时保留生活的质感。只是，这质感有时会不那么牢靠，像徐皓峰曾借人物之口说出，“中国老百姓不需要英雄豪杰，需要一个合理的制度”。读起来觉得很想是对政治没有洞见人的清浅见解。俞上泉改写自己的对局，“棋手……很多恢弘的构思因对手没有下出最佳应手，而无法下出。现在我已神为对手，写出我那些没有下出的棋”。如此谈论神，不免有僭妄之嫌，跟俞上泉的具体身位和行事原则不符，不免显得浮泛不实，很像是口号或悬想。

大概是我过于挑剔了，我要说的是如下的意思。自《道士下山》以来，徐皓峰小说最为明显的特征，就是在一个看起来不算出色的小说外壳下，写出了一个逝去时代的样貌。而这个样貌，是往后看的，但这个往后看不是为了凭吊，不是为了叹惋，而是一种吁求，一种期望未来能够从过去时代的真实样貌汲取能量的努力。这个吁求因为背后有实实在在的性情品质和见识境界，就不是徒乱人心的呼喊，而有了超越当下普通小说的气象，也就有了一种看起来略显怪异的先锋姿态。怎么说呢，考虑到徐皓峰小说跟现代小说不太相类的形态，甚至还有些有意无意的败笔，我们不妨用一个说法来形容。阿尔喀比亚德曾把苏格拉底及其谈话比作某些雕像作品，外观丑陋，内里却包含着极为漂亮的形象，有内敛的财富。“这些内敛的财富，只有经过漫长、艰辛、却也总是愉快的劳作之后，方能将之开采出来”。徐皓峰的小说写作，大概就是这样一个及时开始的开采过程，其间的种种不尽人意，不妨看作一个探路者虽然踉跄却日夜兼程的行进。

城乡同构，德泉悖论，以及隐秘的活力
——梁鸿《神圣家族》

《出梁庄记》临结束的地方，说起村里的不平事，家里人忽然提起一个梁鸿陌生的名字，勾国臣。传说是这样的——吴镇常受水淹，人们辛苦种下的粮食，往往十不得一。落第秀才勾国臣爱打抱不平，听了乡亲们的诉苦，便提笔向玉皇状告河神。玉皇大帝嫌他多管闲事，引他的魂魄到天上，打了四十大板。勾国臣不久过世，去世前，嘱家里人将其葬在河边，如大水淹了他的坟，他就名正言顺去告状。自此之后，虽然还是年年发水，可水始终绕过勾国臣的坟。据梁鸿家人说，这坟一九四几年还在，还能看到刻有“义士勾国臣之墓”的石碑。后来呢，“这坟不知道啥时没有了”。家人说起勾国臣，甚至那个不甚讨人喜欢的玉皇，“就好像他们仍然活着，仍然是现实生活中大家熟悉的人和事”。

仿佛是为了衔接这个结尾，《神圣家族》十二篇里的首篇，写到了一个清真寺。吴镇少年阿清“走到吴镇北头的清真寺那里，走不动了。他就在清真寺前的石板上躺了下来。他爹吴振中说这个寺有几百年了，比吴镇还早”。这个置放在倾向于虚构的《神圣家族》里的清真寺，看起来一直都在。实际上，也确实一直都在，因为它是从梁鸿所在的村庄到镇上的必经之地，而自小学五年级，梁鸿就在镇上上学了，“但非常奇怪，我童年时代，少年时代，几乎从来没有听见过清真寺里传出的祈祷声，但是我这次一回家就听见了”。有点奇怪不是吗？一个东西长期存在，“可能就在那个地方，但是因为它没有进到你心灵里面，所以你就看不见它”。一个东西忽然被看见，却又不是新的，仿佛它一直就在那里，就像清真寺新被回家的梁鸿看见，却在虚构里变成了阿清少年时就熟悉的情景，清真寺里传出的歌声，“他一句也听不懂，可他喜欢这旋律，那么高，那么远，好像要传到天上的云那里，又好像要钻到他心里，钻到最深的地方”。

这个奇妙的首尾衔接，似乎预告着梁鸿不再是被确认的非虚构作家，也让她的《神圣家族》来到了一个颇难命名的叙事地带——你无法用虚构或非虚构来轻易指称这个作品，你举出一个确定的例子，相反的例证立刻出现，命名便会在这时显出狼狈的样子。那么，不急着命名如何？让我们从这个首尾衔接处开始，看看这个略显奇特的叙事，带来了哪些新的发现。

一

在梁鸿的“梁庄”系列里，我们看到一个处于倾颓和流散之中的乡村，那里充满破败和衰老的气息；我们看到一群离开乡村进入城市的人，他们普遍困窘而卑微，没有自己的面目。这个梁庄，提醒我们睁开眼睛，看一看扎根土地或离开家乡的大多数人的生存境况，可是，生活在梁庄内外的人们，虽然有着属于自己的穷苦、挣扎和不一样的命运，也有作者的同情在里面，但多没有自己独特的精神生活，因而也就看不到他们每个人清晰的纵深背景，差不多是一幅前景和后景交织在一起的画。或者说，他们都孤零零地突出在一个荒凉的背景之上，单纯，明确，坚决，指向一个个极难解决的社会难题。现在，梁鸿用《神圣家族》，把人物连同他们的纵深背景，一起放置在一个混沌得多的世界上。

前面提到的偶然发现的清真寺，《神圣家族》里不时提到的算命打卦、求神问卜、装神弄鬼、各路亡魂、各种禁忌、各样礼数，都如勾国臣和玉皇大帝一样，跟人生活在一起，参与着人的日常决定。例子很多，不多举，就拿镇上的"活囚人"阿花奶奶来说吧。因为年轻时害死了头生儿子，她"就向神发愿，一辈子侍奉他老人家，不穿红戴绿，不吃肉，不和儿女丈夫住一起，自愿把自己囚起来，向神赎罪，做神的传话人"。因为阿花奶奶遵守了自己的誓言，终日一身黑衣，吴镇人都很敬畏她，遇事请她求签解签，当然也不会断了供养。就这样，人的各种行为，都牵连着一个更深更远的世界，由此构成的复杂生活世界里，所有的行为都复合着诸多不可知和被确认为理所当然的因素。这些因素氤氲聚集，跟可见的生老病死、衣食住行、吵架拌嘴一起，用丰富刻写着吴镇的日常，也纠正着对乡镇只被经济和现代统驭的单向度想象。

这鬼神与人共处的情景，很多人会以为是愚昧或者迷信吧——或许是。卡尔·萨根尽管要破除鬼神的世界，但他的《魔鬼出没的世界》却恰恰反证了一个事实："鬼神世界从不消失，事情远比我们大白天的常识印象要严重多了，它们在幽暗的角落里秘而不宣地依然存在并活跃，在夜间依然神秘飞翔，并且在某些特殊的困难时刻、人虚弱不堪的时候、人欲念超过自身能耐自身努力太多这一类生命时刻，重拾其昔日强大乃至于接近统治性的力量。"对这个世界，你信其为真也好，为妄也罢，为有用也可，总之，这是一种不得不然的存在，在某种意义上安顿着人的生活，也奇妙地作用到人的良知。

毅志经人撺掇，买了一栋小楼，准备倒腾一下赚点钱。可三年过去，小楼无人问津，周边人的却几乎都搬走了，房子就显得阴森荒凉。不得已找精于算命的老李哥问计，老李哥说房子风水有问题，建议跟吴传友家的交换。经过周密运作，换房成功，毅志意兴扬扬。事有凑巧，吴传友换房之后，到外地打工，却不幸被机器卷了进去，死无完尸。受此震动，毅志"跑到五台山，请了一尊神回来，闲的时候，燃一炷香，插上，拜一拜"。毅志与吴传友换房，本是《白鹿原》中白嘉轩与鹿子霖换地一样的阴谋，只是毅志没有白嘉轩那样粗硬的神经，吴传友的死引动了毅志柔弱的良知，炒房之心顿息，还就此添了一桩心病。

人们或许早就明白，“在历史的织体中，只有命运与人的行为交织的线索，绝无一个来自另一世界的干预进入尘世”。但在《神圣家族》里，这样鬼神参与的人间之事，却所在多有。读过后，我们或许会明白，鬼神存在可以不论，但对鬼神的存在相信与否，在影响着活人的世界。这个世界不只是由实证的物质层级决定，莫须有的鬼神也一样起着作用，就像列维—施特劳斯所说，影响人生活的，“可以是发生在实证领域中的事物，也可以是一些人在思想上经验着的东西，尽管这些人在观察他们自己的感性材料时不免有失偏颇，但他们的意愿在于发现什么是恰当行为的规定性”。兜兜转转，鬼神落实到了精神和思想层面，实证领域的事影响着精神和思想，精神和思想也影响着实证之事。如此运转起来，乡村的自为空间会稍微阔大一点，容得下更多的成败得失，经得起更大的精神风浪，甚至会有贫苦里的跌宕自喜。

这个容纳了鬼神的精神世界，是《神圣家族》较“梁庄”系列多出的一部分，既显现了乡镇生活里丰富的一面，却也提示了另外一个更重要的问题，即随着现代化的进程，这一涵容了鬼神的精神世界早就在被揭穿之中，与此相关的乡镇风习，也在被逐渐荡平，呈现出较为单一的样式，从而使精神生活有了乡镇和城市的同构趋势。在这个意义上，阿清看穿阿花奶奶的伎俩，几乎是一个妙笔天成的隐喻。原来，阿花奶奶只是人前肃穆，关上房门，她照样和家人在一起吃肉说笑，请卦的人走了，阿花奶奶“从黑裤子最里面翻出一个小口袋，挑出小口袋里面的钱，把这钱放上去，又仔细数了一遍，才又小心翼翼地放进去，把衣服盖好”。鬼神营造的灵晕消失，“阿清浑身发软，只觉得头晕、想吐……那朵一直在他心里移动的云没有了，那光和云梯也找不着了”，“从此，阿清成了一个认真学习、懂事乖巧的好学生”。

有了这样的成人仪式，当然不会再给鬼神留下余地，那个眼看着灵晕消失的阿清，或许就隐喻着整个乡镇里的人们，他们用理智驱逐了鬼神，当然也就“其鬼不神”。就像我不知道牵连着世俗的鬼神世界是不是只会愚弄人，我也不知道这理性的启蒙仪式是否过于决绝了，只是看到，与鬼神被逐渐驱逐的生活世界相伴的，是《神圣家族》中精神生活的城乡同构。在这里，你会看到敌意和戒惧，少年人无端的恶意；你会看到寂寞、无聊、颓废，人默默习惯了孤独；你会看到很多人变得抑郁，自杀形成了示范效应；你会看到倾诉、崩溃和呆滞……这是一个慢慢崩塌的精神世界，并毫无疑问到就是现实。

二

我无法从上面的论述中推断出，城乡精神生活的同构跟鬼神的被驱逐绝对有关，但可以肯定的是，某些禁忌（taboo）和风习正在转化，人们只欢庆它消失时的自由之感，却忘记了霭理斯的话："生活永远是一种克制，不但是在人类，在其他动物也是如此；生活是这样危险，只有屈服于某种克制才能有真正意义上的生活。取消旧的、外加的塔布所施加于我们的克制，必然要求我们创造一种由内在的、自加的塔布构成的新的克制来代替。"

生而为人所需的必要禁忌一旦消失，风习的引导又缺少必要的克制（想一想那些展览名车豪宅、以娇嗲充当可爱的影视剧吧），甚而转向了人的肆心，便从内里败坏了世界的品质。看多了编造出来的虚假励志、真实虚荣故事，可见可欲之物越来越多，又仿佛得来全不费工夫，无论城市还是乡村，人在现实世界偶遇挫折，便不免怨天尤人，郁郁不得志的人日益增多，精神的困顿几乎无法避免。不过，无论怎样单薄吧，新的克制因素仍在形成，比如作品里的圣徒德泉，他构成的某种威慑，不妨看作生成中的新禁忌。

母亲在德泉父亲去世后接待不同的男人，导致了德泉的沉默。在第三次高中复读时，因老师大骂老复读生，德泉爆发，足足骂了老师二十分钟，回家后即待在角落里，一言不发。着急的德泉妈拜佛烧香，磕头许愿，却均告无效，于是德泉妈开始信耶稣，也跟相好们断绝了关系。一夜，德泉听到母亲唱出《圣经》里的话："眼睛就是身上的灯，你的眼睛若明亮，全身就光明；你的眼睛若昏花、全身就黑暗。你里头的光若黑暗了，那黑暗是何等大呢！”若获神启，“德泉的脑子里有了光明。他看到，在黑暗中，光明从他自己身上散发出来，照亮街道、树木、房屋和万物”。这个通体光明的德泉，此后便“端然行走于吴镇的大街小巷，河坡草场，收集来自吴镇深处的声音，并去拯救那些被不幸抛置于夜晚的各种境遇的人们。他准备好了随时从天而降。他要做他们的守护者。他不允许有人破坏夜晚的吴镇，他不允许哪怕一丝一毫的强迫、污辱和伤害”。

或许是因为获得了神启，德泉便不管不顾地去照看那些被侮辱与被损害的人，即使自己可怜而无助，他仍然监视着那些欲火焚身的旅人，阻拦着无行的调戏者，把孩子从父亲的暴力中抢夺下来。现在，他要处理的，则是两个年轻人的初吻。正当两个年轻人沉浸其中的时候，德泉从天而降，“顿住、定格。然后，下台阶，一步步朝海红和清飞那边走过去，月光在地上投射出一条长长的阴影，越来越近，罩住正在博弈中的两个人”，立时惊散。这次“拯救”，却不折不扣成了海红和清飞的困扰，甚至一种禁忌。长大后的海红，“和男人的关系总有点别扭。在最亲密的时刻，她会突然惊惧地扭过头，仿佛那黑色的剪影又站在那里”；清飞呢，日子过得殷实，也与人为善，可他始终没有结婚。这就是不可避免的德泉悖论——他给弱者以扶助，却也要禁绝一切在他看来的过分：你不能穿闪闪发光的衣服，不能发出淫荡放肆的笑声，否则“他会跟上你，直到他抱住你，拯救了你，他才肯放手”，即便这会给你造成终身阴影。

在新的禁忌未经严格检验，没有内化成人的自然反应，并急切地推行的时候，必然携带着让人忧心的副作用，并且，在一个德泉这样看着灵魂慢慢沉沦下去的人眼中，恶狠狠地给予对方拯救，或许是唯一的方法。由此造成的灾难性副作用，如果还因为德泉的圣徒心理可以忍受，那么，德泉悖论降落一点，消去其携带的神圣性，则几乎是纯粹的灾难了。

许家亮是孤寡老人，村支书却不肯给他上五保，他便不停告状。吴镇头面人物聚会一处，解决了许家亮的五保问题，并由支书奉上赔礼钱。可支书并不真的尊敬他，只是为了怕他给乡里惹事，才敬之如宾，私下里仍骂他是地老鼠。为了给支书难看，许家亮开始挖洞，动静越来越大，招来了记者。报道出来之后，支书果然难堪，许家亮气消了，也逐渐适应并开心地在宽阔的地屋里生活。记者又来了，显然不相信许家亮真的开心，于是再次报道——“农民被迫害几近成狂，住地洞如上天堂”。随后，许家亮的地屋被强行拆除，他的家具用品，也被放回象征着正常生活的地上房屋。在媒体、支书的“帮助”下，许家亮必须过上人们认可的幸福生活。没错，这就是德泉悖论的奇特变形，你必须过上他们定义的幸福生活——如果他们想给你的生活不是你想要的，他们是不是非要把你从安顿的地下拉到地上，从而完成他们的美好愿望而不是你的？

如果许家亮的委屈我们还能够理解，那么，赫胥黎《美丽新世界》中“野蛮人”提出的要求呢:“就算我是在争取苦难的权利……不用说还有衰老、丑陋和性无能的权利，要求生梅毒、得癌症的权利，食物匮乏的权利，令人讨厌的权利，为明天担惊受怕的权利，感染伤寒的权利，遭受种种无法言说的痛苦折磨的权利。”如果你要求这一切而无人理会，如果人们执意动用德泉悖论，和支书、媒体以及各种各样的力量一起抱住你，直到拯救了你，给了你他们理想中的生活才肯放手，你将如何呢?

三

写出德泉悖论的梁鸿，显然有对乡镇过人的熟悉，也就不会过于美化或丑化任何一个具体。《神圣家族》里的人物，往往声口毕肖，有他们各自的样，也有各自复杂的心事。读着读着，你堪堪要喜欢上书中的某个人了，却发现他有自己的缺陷；刚刚对一个人心生厌恶，他却又做出让人喜欢的事来。这是一个无法轻易判断断是非对错的所在，你轻易论断了别人，别人就会反过来论断你。在这样一个世界，你应该多看、多听，多体味其中的无奈、辛酸以及笑容，如此，吴镇，甚至所有大地上的村镇，才不只是一个人实现自己雄心的泥塑木偶，人们也才真的会显露出自己带有纵深的样貌，与我们生活在一起。

蓝伟热心、无私、诚恳、乐于助人、开朗活泼，镇上的人都说他是好人。妻子艳春可不这么认为:“你真的因为心地善良才去帮助别人吗?你不是。你只不过想让别人说你好,想获得别人的承认。你是在表演,你把表演看得比你老婆孩子,比你爹妈重要得多。”形势急转直下,仿佛戳穿了蓝伟的假面,把他无意的虚荣拷问了出来。可就是这个或许是虚荣的蓝伟,却真的爱着吴镇,爱着这里生活的人们。他在想象中劝说阿清,不要苛责阿花奶奶,“她只想让她儿子快乐、安全。并不是所有的坚持都是美的、对的,妥协也是美的”;他劝毅志不要自责,因为无法确认吴传友的死与他的换房有关,可他也指出,毅志仍然超越了生活的某些界限,心的一角便永远缺了;他让海红原谅作为男人的父亲,并忘掉圣徒德泉,因为他不是有意成为她生活中的阴影……到最后,蓝伟仿佛变成了这本书的作者,写下了“一朵发光的云在吴镇上空移动”——正是《神圣家族》的第一篇。

这个蓝伟,是不是真的有点像这本书的作者梁鸿?或许是。不过,蓝伟还要等妻子来责备他,“梁庄”系列就写着乡村的梁鸿,早就开始了自我反思:“(我)没有真的参与一个社会形态里面,居住了一段又出来,安然无恙,却写了它,并且得到某种外界的成功,似乎利用了它……虽然从自我意识上,我已经自我定位为一个书写者,但问题是这样的定位就完全够了吗?”所有有过双重生活体验并反思过的人,大约都不难理解梁鸿这种亏欠的感觉。她永远无法只在一个世界里居停,而是要不断在城、乡两个世界里出入，如果她更少停留的那个地方，恰好又是弱势的一方，这种亏欠的疼痛感就尤其强烈。兴许是为了安顿自己，梁鸿说："我个人愿意保持这种痛感，被它折磨，我倒能感到轻松一点。"当留在家乡的、有被迫害妄想症的朋友骂她时，她"一方面怕被骂，另一方面，当他骂你时，你觉得自己真是卑劣的，看到自己真实的不堪面目"。这样，她就可以知道自己"永远欠着人，他们一直都在那里，而我在这儿。我欠自己一点东西，这点卑劣感提示了我的赊欠"。

这样一个自省的写作者，几乎主动承担起了在两个世界里穿梭的责任。不管乡村怎样衰退，精神的转化多么困难，周围的环境多么糟糕，她却不抱怨，不解释，不等待，不以这些为借口退进一个世界过自己的安稳日子，而是忍耐着两个世界的撕扯，做自己能做的，既让自己不断向前，又为未来的某个改善契机积攒着力量。或许正是这个原因，我们在《神圣家族》的颓败和腐烂、无奈和悲伤之上，能感受到一种隐秘的活力。

为什么会在无奈里感受到活力？为什么能在哀伤里感受安适？是不是略略有些让人生疑？借M.H.艾布拉姆斯在《诗歌的第四维度》里的话来说吧："华兹华斯在他的抒情诗中直面最为哀伤的失却，爱儿之死，又将其转化为对于读者而言的一种安适（comfort）——甚至是欣喜（joy）的经验；我们将之称为一种美学欣悦（aesthetic delight）。他做到了这一点，因为经由揣度并使用与哀痛的情境极为切合的语言，他实现（同时也令我们实现）了一种对哀痛的驾驭的模式。他做到了这一点，同时是经由恢复我们对以下二事的信念：我们并不孤独，且我们借富有洞见的诗作来分享我们关乎人类境况的困惑。”

没错，梁鸿在《神圣家族》里实现了一种对乡村颓败的驾驭模式。她没把自己所见触发的感伤和伤痛带进文字（我们看到太多书中的感伤即使作者的感伤，书中的伤痛作者也没来得及不是吗），那些显见引发感伤或伤痛之物经过了她的精神转化，让我们即使在颓败里，也能感受到向上的力量，那隐秘流淌着的动人活力。梁鸿文字里最让人感奋的，正是这个隐藏甚深却处处可以感受到的活力。对这样一个写作者，人们能做的大概就是——小心地保护这活力，别向她索取太多。

龙衔海珠，游鱼不顾
——哲贵和他的信河街

一

哲贵的小说，地理上，大都集中在信河街。幸亏有他存身的温州可以让我们确认，否则，真的很难相信，一条小小的街道，怎么会容纳这么多有钱人和传奇者，怕是信口开河吧？不过，暂且用不着坐实哲贵的信河街是不是在温州，也用不着把福克纳约克纳帕塔法县那“邮票大小的地方”引为佐证，虚构写作者构造的地理空间，本来就是弥勒的如意乾坤袋，书生的随身百宝箱，大可以容纳世界，小可以卷而藏之。只是，这个虚幻的花园里，必须有真实的癞蛤蟆，比如，信河街上的人之所以致富，甚至经营出现问题，小说有必要给出坚实的理由——而这，正是哲贵的强项之一。

《金属心》里的霍科之所以致富，凭的是对社会的洞察，他“深知政府的一个决策可以让一个行业生，也可以让一个行业死”。《责任人》里的黄徒手，凭对技艺的热爱，改造了激光打出的限流片，不但价钱便宜，而且，“手工压出来的小孔，内沿平整而光滑，打出来的火花形状像剥了壳的鸡蛋”，他由此赚到了人生的第一桶金。《雕塑》里的雕塑家唐小河转行设计马桶，反复琢磨其中的窍门，比如怎么设计坡度才不会“尿花四溅”，怎么抽水既不射出又能把内壁清洗干净……产品受欢迎进而致富，全靠精巧的心智。《牛腩面》里干饭馆的黄伏特，能认出“真正的牛腩是在牛的第五根肋骨以下。可是，这片肉里也有高下之分，最差的是上边的肉，有七层。最好的是下边的肉，只有两层，一层皮包着一层肉，皮和肉的比例是七比三”。有如此匠心独运的发现，当然经营餐饮无往而不胜。《试验品》里的朱少杰，因为一次偶然的机会发现陵园环境不尽人意，敏锐地意识到此方面的欠缺，投巨资建设，果然风生水起。

写富人，当然你安眠会涉及2008年的金融危机，哲贵也充分地给出了富人们经济受到冲击的理由。跑路的王无限明白，“担保公司出问题的原因有很多，但……最直接的一个原因是银行收缩银根，原本承诺的贷款突然取消了”，点出了金融危机跟信任危机的内在关联。而做眼镜贸易的唐筱娜，“在信河街眼镜产业链的三个环节中，她这个环节才是上家，也是这次金融危机中受冲击最大的一个环节”，明确指出了市场的薄弱环节究竟何在。

这些部分初看起来平平无奇，仔细想，却是哲贵细细体察生活的所得。他是生活的有心人，因而洞悉了某些问题的核心，让人有惊艳之感。在一篇小说里，这些看起来细微的部分，不但让小说此后的展开有了让人信任的基础，更为可贵的是，在小说里，这些部分是细节里的细节。这样讲有点复杂，不妨说，对一个小说来说，笔触抵达细微之处，还算不上细节，要能把细微之处拆开，从这个细小的地方又看出一个世界，细节才真正出现。说得确切一点，所谓小说里的细节，是普通所谓的细节里的细节，否则，那些细节就只不过是泛泛的观察所得，因为没有洞察，算不上出色。

如此因洞悉而来的细节，还有另外一个妙处。不知道从什么时候开始，社会对有钱人滋生了一种奇怪的傲慢，认为他们不过是时代风云际会的产物，或者是龌龊无耻的获益者，却从未想过，他们致富的原因有可能是出于思维的奇特或是为人的勤谨。哲贵提供的这些细节，把有钱人的致富之因和溃败缘由轻轻点了出来，我们可以从中看到，原来财富也不是轻易就会流动到某些人手里的，其致富必有原因；而财富携带的能量，会打开一个他们不曾想到的世界，带给他们意想不到的伤害。这伤害，有的是外在的，如金融危机对他们的直接冲击；有的，则是内在的，比如哲贵致力的对他们心理的探讨和试图给予的安慰。

二

哲贵在一本小说集的序言里说坐实了信河街位于温州，并且说:"普天下的人都知道温州人有钱，知道温州富翁多，温州的别墅多，而且贵。可是，谁看见温州的富翁们哭泣了？没有。谁知道温州的富翁们为什么哭泣了？不知道。谁知道他们的精神世界里装着的是什么了？也不知道。但是，我知道，他们的人生出了问题，他们的精神世界也出了问题。"出了什么问题？

霍科患有先天性心脏病，人到中年，越来越严重，不得已换上金属心，自此心里总会一块地方是冰冷的，"内心正在变得冷漠和坚硬"，连老婆跟别人偷情也不能引起痛楚。黄徒手呢，失眠，头痛，消化不良，情绪低落，最糟糕的，是经常闻到酸酸的镍片气味，甚至在妻子的身上也闻到，因而觉得生活没劲，感受不到幸福。唐小河和妻子董娜丽没有能够继续做假冒产品，后来就热衷于让董娜丽整形。每次整形都带给唐小河新的快感，而快感消失后，又是新的一次整形。黄伏特的妻子季丽妮不关心家庭，对孩子三心二意，一心扑在拓展业务上；而妻弟季良虽有厨艺天才，却对女孩经常性喜新厌旧，麻烦不断。朱少杰的问题更加明显，他发现，"在这个世界上，他最喜欢的人是他自己。他已经失去喜欢别人的能力了"。

这就是哲贵看出的富人们的精神问题，他要在小说里做的，是展示这些问题，并给以理解和安慰。霍科跟人交往非常冷漠，但遇到对人真心的盖丽丽之后，他日趋坚硬的心，经常有被揪了一下的感觉，他意识到，"原以为已经彻底死亡的心，似乎一息尚存"。通过主动寻求心理治疗，黄徒手意识到，生活变化得太快，他的心却停在原来的地方，没有跟上来。经过艰难的治疗，虽然问题仍未完全解决，但他却由此展示了对自己审视的决心："在这个大家向前跑、也一直向前跑的时代，已经很少有人有你这样的勇气，愿意付出代价，停下脚步去审视自己了。"唐小河与董丽娜夫妇，则通过整形这个办法，"得到内心的安慰"。黄伏特一家，因为季良惹事，孩子被绑架，妻子终于意识到孩子对自己的重要性，内心的母性被唤醒，一贯女强人的她，"脸上居然出现羞涩的表情"，"眼睛定定地看着那棵蒿菜，看着碗里升腾上来的热气，突然'呜呜呜'地哭了起来"。朱少杰呢，因为失去了喜欢别人的能力，跟艾丽莎签订了婚姻协议，却在陵园销售的关键时期，因艾丽莎妈妈影响销售，把她送进了精神病院。

《跑路》和《信河街》可以作为对照，都是写受到金融危机冲击后人的反应。《跑路》里的各种人物，在出现危机时，推翻了背信的多米诺骨牌，最终是信任和财富的双重坍塌。《信河街》写的，则是信任和宽容。王文龙被西班牙合伙人欺骗，仍困难重重地回到信河街还债。借债的婶婶也对王文龙信任有加，王文龙还和叔叔、婶婶住在了一起。最终，他们艰难地走过危机，各自神态安详。

小说里的这些有钱人，哲贵并没有对他们提前抱有偏见，而是把他们具体的心理困境写了出来。这个意义上的富人，其实就是日常生活中的每一个人，如哲贵所说，"这个问题是他们的，也是中国的，可能也是人类的”，因为这就是人类普遍的困境。也就是说，哲贵在决定写这些人的时候，早就越过了财富多寡的障碍，注视的是他们的内心层面。说得再深入一点，这些有钱人的致富，虽然有其独特之处，却并未在思想上真正超群脱俗，因而他们在精神意义上也不过是普通人。然而财富本身的能量，却让他们看到了生活更深一层的东西，也有余力来考虑自己的精神状况，可他们并没有在思想上做好充分的准备，也不具备从累积财富的过程中直接汲取能量的智慧，因而在遇到精神困境的时候，往往束手无策或采取极为特殊的手段，甚至完全被动地依赖外界提供的机会。这些方式因为不是自内而外的，并非凭借智慧的解决，因而其安慰的获得，总是无法持续。这也就是在这本小说集里，大部分人，都是突然得到安宁，偶尔获得平静，因特殊的际遇而放松下来，或在与人的交往过程中意识到自己的感动，而所有这些，在小说中都没有看到持久的可能。

这就是我为什么起意把哲贵小说称为“安慰心理学”的原因——小说中给出的多是安慰，略缺少了安宁的力量。怎么区分两者呢？安慰是一种曲折的体谅，温存的体贴，就像一只善解人意的手的抚慰，给人带来一种同生共感的暖意，却只在某些瞬间起作用。特定的安宁呢，拿帕斯卡举例吧，他对自己著名的“激情之夜”的记载是:“确定。确定。感觉、快乐、和平。”出于对帕斯卡的信任，我相信这一非凡的经历的确给予了他某种不可替代的确定感，也就是他获得了某种意义的安宁。对关注精神安顿的人来说，“他们有心智去构想，有感受力去体会生活和痛苦的混乱、徒劳、无聊和神秘，而他们只有在全身心的满足中才能得到安宁”。

出版不久的《猛虎图》，仿佛是哲贵信河街富人传的压轴。陈震东1980年代初开张了自己的“多美丽”服装店，从此慢慢进入富人行列，用四十年的时间走过了身家过亿又一文不名的人生，终于由人而变形为噬人的猛虎，不得不遁逃于山中。这差不多可以看成信河街上各种富人的人生提纲对吧？只是，这一次的陈震东似乎没能得到哲贵的安慰，他要在山里孤寂很长时间，前途未卜。或许，哲贵对信河街的观察方式发生了转变？

三

写完《猛虎图》，哲贵便仿佛对富人和他们的精神生活弃之不顾，把笔转向信河街有一技在身的各类市井人物。这次转身有点决绝，哲贵虽然仍细细体察着人物在现时代里的生活样态，却似乎由现下向过往大幅度后退，起笔都在数百年前，且仿佛不再关注问题的解决，更像是在提出或揭示问题。一个关注富人们深夜哭泣的写作者，还善意地提示给他们心理药方，却在写市井人物时狠心不理他们的怨怒忧惧，任他们在无根的尘世里哀哀无告，为什么?

此前哲贵对富人的未免有情，大概是因为他真的看到过他们哭泣，于是他主动承担起写出富人们也即人类精神困境的责任，并企图在小说中帮助他们解脱，完成一次纸上的治疗。待到写市井系列的时候，哲贵自己的精神世界似乎发生了变化。比写市井人物更早，他就开始沿着现在还遗留在温州的某些传统向上摸索，企图把已然破碎不成片段的传统残壳抔合，探求其更深的根源，然后反过来看这世界为什么成了现在的样子。可不等哲贵找到传统的源头活水，七宝楼台也似的完整传统，早已映衬出现时代的千疮百孔。可我们置身现世的人，仍然对当下天然有情，一个不小心，对传统的追索，竟变成了对过往的讨伐。

书店老板，儿科医生，手工艺人，都有着某种传承，并在这时代里泅游。比如，八百多年来，诸葛家族的男性传人被先人所订的传统牢牢捆缚在他们的行医职业里，并以此维持着尊严和体面。可这传统终于不免与现下生活起了争执，不算日常映衬出的诸葛一家的怪模怪样，上代遗言的传男不传女，让妹妹毅然地脱离了诸葛家自立门户；后代人对医药口诀的拒绝，也让诸葛家的传承不绝面临中断。事与愿违，在这些小说里，我们没有看到传统的活力，看到的是传统不知变易的窘迫。

哲贵看到了问题，也如实写出了问题，即使这问题让他心仪的传统看起来一地碎片，他也并不因为自己的倾向而有所改变，而是忠实于自己的所见。也正是在这个意义上，哲贵在时间上的后退和小说中问题的悬而未决，才有效转化为真正的向前——写作者观察的时空范围发生了变化，此前看起来完整连续的世界有可能变得破碎离散，就必须得重新看待。

这或许就是哲贵对市井人物决绝的原因，看到了更深问题的他，也就看到了世界的破碎离散，无法假装能够给人物提供完整连续的安慰方案。对现下社会状况的深入认知，不能不相应引起文体的不同变化，哲贵究竟为自己未来的小说，设想了怎样的样子？

四

对自己的小说文体，哲贵曾自报家门："其实这条路子关系到小说的源起，那就是'传奇'。我想，我的本性，也只能走笔记小说的路子。"对这个文体的现代意义，哲贵设想的探索方式是："能不能在笔记小说里注入更多理性的思维？能不能在现实的土壤里长出飞翔的翅膀？能不能把笔记小说写得温和平实，却又冷峻弃绝？"

上面这段话里，有把传奇和笔记两种不甚相同的文体混为一谈的嫌疑。唐传奇"情节曲折""文辞美丽"，是"有意为文"；而宋人笔记则"无意为文"，故"清淡自然"，"自有情致"。相对来说，笔记体本来就多理性思维，纪晓岚的《阅微草堂笔记》，“几乎每记一事，都要议论一番”。如此看来，哲贵所近的，应该是唐传奇的传统，他所谓的加入理性思维，就是要在传奇的“情节曲折”之中加入。另外，如哲贵所说的从现实中生出飞翔的翅膀，冷峻弃绝的态度，岂不正是传奇的当行本色？

不妨把话说得远一点，举几个唐传奇的例子。

《枕中记》写穷困的卢生于邯郸客店中遇道者吕翁，获枕入梦，于梦中尽历荣华，醒来时，主人炊黄粱未熟。《南柯太守传》写“嗜酒使气”的游侠淳于棼在一株古槐树下醉倒，梦见自己变成大槐国驸马，任“南柯太守”二十年，生儿育女，荣显一时。梦中惊醒，发现自己不过是在蚂蚁国里做了显贵。《枕中记》和《南柯太守传》均把人生视同一梦，在梦与现实的交接处、在感叹人世虚幻的缝隙里，凸显出作者对时空局限的自觉。对人来说，一生不过百年，而枕上一梦或蚁穴生平，却是对这百年局限的变化，一梦可历一生，人的生存时空岂不是要大大扩大？这种对时空变化的认识，从一个方向上超越了时空限制和认识限制带来的无奈，岂不是“从现实的土壤里长出飞翔的翅膀”？

再比如《虬髯客传》。故事开头是李靖见杨素之后，杨素侍婢红拂女半夜追至，说自己“阅天下之人多矣，无如公者”，决意追随。在李靖和红拂女避难期间，一“赤髯如虬”者，“乘蹇驴而来”，观李靖“仪形器宇，真丈夫也”，遂相与为友。两人纵论天下英雄，李靖认为李世民有明主之象，虬髯客设法一见，果然“真英主也”，于是举巨资给李靖以佐明主，自己则避地而处。这样的相识风尘，又这样明快的决断，岂不是“温和平实，却又冷峻弃绝”？

《聂隐娘》里几乎没有直线逻辑，聂隐娘的被掳走，杀人时的果决，选丈夫时的坚定，易主的干脆，对空空儿判断的准确，都没有交代原因，却也因此有了壁立千仞的气象。而对这种气象的破坏，正是所谓理性思维的加入，在我看来，这也几乎是现代小说的顽症之一。小说中理性思维的实质，是为其中人物的行为提供坚实的逻辑支持。在这个意义上，现代小说背离了唐传奇蓬勃的朝气，那些传奇中原本无理可讲、无逻辑可循的故事，慢慢演化得枝蔓丛杂，虽然有了明确的线索，却缺少了传奇中放宕汪洋的自信，被逻辑的圈套牢牢捆缚了起来。

从这个方向看，希望冷峻弃绝的哲贵，在自己的小说中，对富人们有时未免太过留恋，也太多情了些。那些累积了巨量财富的人物，那些经历过大风大浪的商人们，他们的掠夺性和内心强顽的一面，哲贵下笔有些小心翼翼了，太过于“细致、温和、抒情、通俗”。与此相关，哲贵的小说，也就未能完全达到他所设想的飞翔状态，那些在信河街上寻求心理安慰的富人们，显得过于理性，也太娇柔了。天地不仁，什么不是时过境迁？圣人不仁，哪里有那么多细致的抚慰？笔下信河街上纷纭的人们，按哲贵的设想，或许不只是需要安慰，他们该拥有获得安宁的雄心。而现在所写的这批信河街市井人物，哲贵的冷峻，倒是要从他们残忍地开始了对吧？——这世俗意义上看起来倒转的同情，或许正是哲贵小说向上一路的独特标志。

五

大概用不着强调，之所以把话题扯得这么远，是因为哲贵的小说，已经具备了某种卓尔不群的气象，并已接近了传奇的某些特质，因此才有了被郑重讨论的可能。

哲贵不是喜欢“龙衔海珠，游鱼不顾”这句话吗，那么，或许就不妨在小说中再“无情”一点？他得专注地盯住问题，不被各种琐碎分心；他得学着面对传统时当仁不让，截断众流；他得试着用自己的作品对传统损益，从而让过往的好东西真正流淌进当下。唯其如此，市井细民的饤饾传奇，才可以是广阔的人世新语；而写作者，也才能在汤汤而去的时间河流之下，寻出更为有力的生机，小说也才能显示出壮阔雄伟的人类景象。

文学的，太文学的
——李浩读札

一

李浩自述师承："一方面是中国的古典文学，另一方面，甚至更重的方面，是来自于他们的译笔。""他们的译笔"，主要指西方现代以来文学作品的翻译。李浩经常在小说中仿写、改造他后一师承中的作品，并写有诸多研探的随笔，以至于生成了一个庞大繁复的李浩文学系谱。在这系谱的每一个点上，李浩几乎都有完善的思考等待着你。不熟知这个系谱，对李浩的阅读将是困难的，因为他早就声称，他的写作就是要面向那"无限的少数"。这些人要有差不多跟他齐平的阅读量，并跟他的系谱大略一致，这才能够领会他作品中的迷藏和博弈游戏，识别出他对系谱中文本的变形、衍生和沉默，并别有会心。

试图跟上李浩这样一个热情、诚恳、勤奋的阅读者，本就是一件极难的事，更何况，他的阅读路线在不断变化，系谱也不停改写——你哪里会追得上一个不断转向的人了？然而，不管李浩的系谱如何浩繁，他自己的解说如何精密雄辩，你在阅读中总是会怀疑，他的小说，是不是缺了点什么？

那么，用李浩熟悉的比喻，我们不妨在他庞大的系谱旁树起一面镜子，来照一照，看这系谱有什么秘密。这镜子，大概跟李浩的“魔镜”相似，有自己的独立意志，比如，这面镜子就先行拥有了李浩的另一方师承，即中国古典文学的某些面向，甚或西方某些古典的面向，它要以自己清晰的存在，对李浩的西方系谱进行“格义”——《高僧传》卷四《竺法雅传》：“雅乃与康法朗等，以经中事数拟配外书，为生解之例，谓之格义。”

二

《镜子里的父亲》“飞走的粗布褥单”章，姑姑随褥单上升而去。叙述者承认：“《百年孤独》，第十二章，马尔克斯笔下俏姑娘雷梅苔丝的离开也是如此，我将她的情节借用过来，形成互文，有意给我的姑姑制造幻美……不止如此，不止这一次，之前和之后我都还有诸多的化用，它们来自于马特·斯特兰德，米兰·昆德拉，纳博科夫，拉什迪，巴尔加斯·略萨，君特·格拉斯，王小波，杨显惠，卡尔维诺，赫拉巴尔，鲁迅，罗素，钱理群，玛格丽特·尤瑟纳尔……”熟悉李浩的人当然知道，这就是他前述师承的展开。这个名单当然不够全面，即使从这本长篇里，你也会较为容易地辨认出柏拉图，《圣经》，浮士德，卡夫卡，舒尔茨，博尔赫斯，鲁迅……

学过中国书画的李浩当然会确认，先要摹写得像，然后才有变形和改造。摹写是学艺，变形和改正则是为了撕开这些优秀作品的缝隙，从而填塞进属于李浩自己的发现。在上述名单之后不远，李浩写道："要有光……在没有光，光亮显得不够或者光亮过于炫目的时候，要有火，要让火焰燃烧，成为另一个变动的核心，和有光与没光的世界对抗……我四叔就是这样做的，从他很小的时候。"《圣经》中上帝自觉的开辟气魄（光），渐渐向人间的创造过渡（火），然后调子继续降低，落实到四叔的具体行动。不易觉察中，"要有光"在随后的叙事中出现，全然消去了神圣的色彩，变为艰难年代玩火的自发顽劣（反抗？），最终由卑微的偷盗取代。如盗火的普罗米修斯撑着阳伞来到人间，李浩把从《圣经》里盗取的光，凭技艺遮挡，用于自己的创世——艰难的，琐碎的，无奈的创世。或许，这就是小说的创世之秘？

化用必有其来源，也幻化出诸种可能。然而，有来源就必有限制，不化除来源，来自天庭的普罗米修斯就难免会被宙斯送上悬崖。《庄子·寓言》："有自也而可，有自也而不可。"野心勃勃地要"尽可能地触及人与上帝的那层关系"的李浩，已经有了他庞大的"有自也而可"，因而化除来源的"有自也而不可"尤其显得重要。在小说里优游创世的他，是不是需要逆向回返到人间的创造，进而体认到《圣经》的开辟气魄呢？到那时，忍饥挨饿、偷盗成性的四叔，是不是能在某种意义上化除艰难，得到更为体贴的安慰，并进而给予写作者本人更大的安顿力量呢？

三

李浩说："我的写作，从来都不只依附于一个完全的'个人'呈现，我更愿意和我的阅读者一起反思、打量我写下的这个个人，从这个人的身上找到我们共通的影子。"这么说的李浩，在小说中摒弃人物身上的典型特征，也不以鲜活地勾勒出人物为能事，甚至，他不止一次强调："模糊叙事是我的有意。"李浩企图在这个模糊里，含纳更多的可能，更多的不确定，更多的存在，更多的发现，甚而至于人性更广阔浩瀚的内容。

康德说过，"人性这根曲木，绝然造不出任何笔直的东西"。或许是因为对人身上共通的影子的体察，李浩的小说里，没有任何笔直的东西——小说里的人物——主要是"父亲"，多的是专横，怯懦，自私，虚荣，盲从，告密，以失败者自居……所有在现代以来出现过的人性难题，都聚合在李浩复数的"父亲"身上，并由此勾连起"爷爷"和"我"——"父亲的一部分来自于我的姥爷，他是一个非常老实有些木讷笨拙的农民"，"在我的小说中，父亲连接着我个人的血脉，他也是我，交集着我对自己的爱恨，对世界的爱恨”。

李浩小说里的人物，几乎都有这种因复合而来的模糊，在模糊里有着时代的面影，社会的样态。深入以观，你会对这模糊有些微的遗憾，因为所有的爱恨，都因模糊而带着点冷漠，与人世和人心，略微有点隔离，少了点动人的东西。当然，李浩说过，他写小说并不是为了打动人，而是为了会心，似乎冷漠也是有意而为——我不确定是否如此，只觉得，复合在一个具体人身上的“所有人”，理想状态是，合起来是一个具体的人，活灵活现，穿衣吃饭；仔细琢磨，却七凹八凸，百手千头，每一个凹凸，每一个头手，都又是一个具体的人，也照样担水耕田。

对我来说，好的共通性，便如帝释天之宝珠：“网之一一结皆附宝珠，其数无量，一一宝珠皆映现自他一切宝珠之影，又一一影中亦皆映现自他一切宝珠之影，如是宝珠无限交错反映，重重影现，互显互隐，重重无尽。”一散为一切，一切归于一，当我们见到那重重帝网，宝珠无尽，便自不会有两歧的模糊和清晰，会心和动人——他们在帝网结处，交相辉映。

四

李浩的模糊，却并非因为他的小说忽视细节，相反，李浩的细节，我倒觉得是我称谓意义上的细节——比通常所谓的细节多出一点什么。李浩善于把一个细节展开，停顿，议论，思考，比对，解说，仿佛不如此，蕴含在普通称谓的细节中的能量就不能提取出来，给不出一个全息的世界景象。

还是《镜子里的父亲》，饥饿中的二伯患了肺炎，弥留之际终于喝上一碗粥，却病体不支，全吐了出来。奶奶起身准备打扫，一旁的姑姑却把二伯吐出的“米和汤，以及一些黄黄绿绿的不明液体，都舔了一遍”，直到踪迹全无。即便只看这细节，李浩写饥饿的能力，也可以得到赞许。而在二伯吐出之后，姑姑舔食之前，李浩有一段很长的饶舌——我所谓多出的一点什么：“之后的细节颇让我感到犹豫，是否把它落在纸上……涉及我的姑姑，隐身人，娇小，柔弱，一个女孩儿，习惯在暗处躲藏，喜欢一些透明的、易碎的事物……镜子里的细节会让她……要不要写出来……在我父亲的简史之中这段文字无关宏旨，也许可以忽略，但，这个细节……是不是可以交给镍币决定，一元和牡丹的一面代表讲述，而另一面，国徽、中华人民共和国和1992则表示我可以使用橡皮，把这段细节抹去……抛掷的结果，是一元和牡丹战胜，那我说吧，简略，零度，打扮一下，尽可能减少这一细节的污渍感。”

现代小说不是嗜好人性黑暗和悲惨事件？为什么娴于这一系谱的李浩写到姑姑的舔食如此犹豫？写出来还要简略，零度，打扮一下？这个看起来多余的饶舌比直接写出多了点什么？——多了点对柔弱女性的心疼，多了点对人心暗面挖掘的审慎，多了点体谅和同情，多了点，对，小说的美德：因为小说不只是发掘人性黑暗的竞技场。

可是——讨厌的可是又来了。即便李浩的饶舌避免了小说对人心暗面探测的肆心，可仍然把一个细节折为两撅，虽让人看到了小说写作者的谨慎和宽厚，却也因说明而让细节失去了一击而中的力量，未能轻采毛发而深及骨髓。我想起南泉普愿的话："时人见此一株花，如梦相似。"有力的细节，不用旁逸斜出，就在这一株花上隐含所有的花，隐含所有对此花的关爱，怜悯，痛疼，爱惜，时人见此，如对梦寐；而在看见的这一刻，此花也不再能够拆解，而是显现为这一株具体的花，天然灵动，娇艳欲滴，动人心魄。

五

米兰·昆德拉是李浩引用最多的作家之一，其中一句，引述更多："小说的智慧不同于哲学的智慧，小说不是从理论精神而是从幽默的精神中诞生的。"李浩自己也写过《幽默ABC》——那就来谈李浩的幽默。

按之李浩的性情，验之李浩的小说，他即使写到目不识丁的人，也会用上一种特别的大腔圣调，叙事中带出他特有的庄重。这样的叙事方式，几乎很难有放松的时刻，更难以容纳幽默和反讽。在惯常该使用反讽、展示幽默的地方，李浩出现的往往是憨笑或反思（当然，李浩并不缺乏反讽的能力），难道他无意中背叛了自己信赖的昆德拉的嘱托？

《乡村诗人札记》里，“我”讨厌陈傻子，因此希望他倒霉。那时，“我”还是个孩子，想象“陈傻子戴着高帽游街，脖子上挂着一双破球鞋——就挂豆子的那双。到现在为止我还没发现有谁的鞋会比豆子的那双更臭，陈傻子挂上这双鞋，他肯定就不想喘气了，从村东游到村西，不喘气的陈傻子就被憋死啦”。这是较为典型的李浩式的幽默，或者，不能称其为幽默，因为通常的幽默作用于机智（wit），而李浩的笑意里有一种拙朴。这样的拙朴，也不能说是天真，嗯，或者说，是一种经思考却不世故的天真之气，一种宅心仁厚的人才有的气息。在这个意义上，李浩不是忘记了昆德拉的嘱托，而是结合自身的朴厚性情，写出了属于他自己的幽默——就像写姑姑的舔食，内中也含着他的宽厚，那是属于他自己的，特有的不忍。

在前面对李浩说“但是”的地方，让我来给昆德拉一个——小说真的是从幽默的精神中诞生的？昆德拉说这句话的时候，举的全是欧洲近代以来的例子，他可能忘记了，欧洲的小说，另有一个更远的源头，那就是古希腊。公元2世纪的希腊作家郎戈斯在他（后世也称为小说的）《达夫尼斯和赫洛亚》的“卷头语”中就表示，他写这作品的目的就是施教，教育人们认识灵魂与爱欲的关系。这样的说明，显然不是来自什么幽默，而是源于严肃。当昆德拉把卢梭、伏尔泰、赫尔巴哈与菲尔丁、斯特恩、歌德、拉克洛对立起来的时候，他大概迷醉于自己的幽默精神，忘记了在某种意义上，以上诸位一起拉开了相对主义的大幕；也没有区分，小说中所有人都有被理解的权利，并不代表所有人都好——在他们之前，早有“每种技艺和探究……都以某种好为目的”的训诫。即使不区分这其中的高下，一个以小说为志业的人，还是知道这另一个更远的源头为好。

扯远了，还是回到幽默。在我看来，最好的幽默该是一种不得不然，一种因太过认真而来的不得不然。就像善为“谬悠之说，荒唐之言，无端崖之辞”的庄子，他不是喜欢如此，当然也不是因为什么荒诞精神或幽默精神，而是“以天下为沈浊，不可与庄语”——所有来自幽默精神的幽默，我几乎要说，都不太值得关注。

六

“镜子在我的写作中的确是一个‘核心意象’，它是我对文学的部分理解，我把文学看成是放置在我侧面的镜子，我愿意用一种夸张、幻想、彼岸、左右相反的方式将自我‘照见’……”没错，李浩深爱镜子意象，集其大成的《镜子里的父亲》，更是在普通的镜子之外，使用了哈哈镜、三棱镜、魔镜，力图以此展示他磅礴的虚构野心。

凭借对这些镜子的不断调整，李浩展示了他出色的小说技艺，把他对社会的洞见，对时代的思考，对小说本身的认知，对未知的发现，对可能性的预见，对世界缺陷和这缺陷的超越……所有他想到的，只能用小说表达的那些，李浩都在尝试着做，也做得用心。

借助镜子，叙述从父亲出生前就开始了。在凝重的叙事中，父亲慢慢长大，阅读者也逐渐意识到，父亲的性格习与性成，却有着各种各样的伸展可能，不会呈现为唯一的形状，在不同的环境下，父亲将呈现出不同的样貌——那个遵循物理时间长大的父亲，如果身经的时代不是如此，他将是另外一个不同的人。这个放置在不同镜子中的父亲，虽然一直带着他不可更改的缺点，绝少变动的性情，却让人相信，他会根据环境变化，有各种各样的展开，如同可以生活在平行宇宙之中。而在过往的历史中，父亲却只能如此显示。是的，我要说，李浩居然在一个结结实实的过往中暗示了另外多种可能——他几乎在虚构中创造了现实及其必然后果。

但是，读过李浩小说的人都会承认，镜子中的映像及其创造的现实，对焦老是不太准确，仿佛镜子的某些功能出了问题。或许有人会怀疑李浩的镜子不够明亮，而在我看来，问题出在李浩本身。李浩对镜子充当小说支点的热情，让镜子受到了限制，失去了来去自如的本性，变得黏滞而有所私爱，难免劳神而不够清晰。

写到这里，我约略有些明白了，李浩小说让人觉得缺少的一点东西，竟然是因为他对文学过多的热情。这过多的热情，让李浩成了优秀的小说写作者，却也同时让他沉浸在文学的世界里，因而只看到镜子里文学的那一面。可那些镜子，那无数面镜子，照出的，可不只是文学世界。如果非得用镜子来结束这篇文章，那么，我想说，用力把这文学的镜子打碎，它的后面，或许另有一面更辽阔的镜子——“不将不迎，应而不藏，故能胜物而不伤”。或者，所有的镜子都不过是比方，不妨试着全部打碎？要知道，南泉普愿的那株花，透过迢递的时空，一直就在我们眼前。

容纳向内填塞的石头
——《国王与抒情诗》，或关于李宏伟

正　文

差不多正好两年前，我去云南参加了一个人数众多的会议。第一天，大约是因为晚餐结束得太早，一堆人就热热闹闹地去宵夜。尽管并没有传说中让人垂涎的菌菇，劣质啤酒仍然把那个夜晚拉得足够漫长。到最后，座位上只剩下了四个人，那其中就有我和李宏伟。好像是聊什么聊得不够尽兴，四个人就又拎上一提啤酒，到宾馆接着聊。只是，聊天的好像始终是我们，李宏伟坐在角落里，和气地微笑着，静静地听着，偶尔插上一两句话。那天晚上，伴着其中一位的鼾声，我们聊到了将近三点——第一次见面，还有个寡言的人在旁边，哪里来得那么多话？

第二天早晨，我好歹挣扎着爬起来去吃早饭，却发现黑脸膛的李宏伟早就沉着地坐在餐厅里，并已经在朋友圈发了周边

风景图。问起来才知道，他保持自己在家时的习惯，早早就出去外面跑了一圈。我听后，不禁悚然一惊——一个能够把固定习惯带到外地的人，内心里一定藏着什么硬朗的东西。或许跟不够敏锐有关，那次见面我并没有明确看出他深藏的硬朗，只感到某种尚未磨砺清晰的阔大，从他的沉默中缓慢流露出来，以及如他一首诗中写的那样的印象——“我一直都很友善，最多/也就在同一条河上慢跑”。

从云南回来，我就读到了李宏伟的长篇《平行蚀》和诗集《有关可能生活的十种想象》，印象是，这两本书可以看成写作者对自我的确立。只是李宏伟的自我确立过程，并非如习见那样挥洒青春期的情感和情绪，或展示自己成长时易伤易感的柔弱，而是向内追索自己的精神来路，沉思与反省的旋律始终回荡在作品之中，有时候甚至显得有那么点儿滞重。那首命名为《内向》的诗，不妨看成确立期的真实情形——“大多数时候/我都停下来/保持清空的平衡/只在极少数空心的热闹时刻/持续向内/坐对面的人/你说话，你行为/我都收紧心脏/暗想你离开/而有那么几个/和我容纳向内填塞的石头/一起沉默地/沉默”。清空则可大，沉默则可深，可能正是在这个持续了很久的成长反省中，李宏伟为不可知的未来，准备好了一个较为清晰的自我。

又过了不久，李宏伟的中篇集《假时间聚会》出版，那个为未来准备好的自我，也就渐渐地显露出自己的模样。这本集子中的五个中篇，显现出一种卓越的虚构气息，每篇都有一个按严密逻辑运行的世界，置身其中的人，仿佛被抽去了属于世俗的烟火气，其行为和话语都披上了幻想的轻纱，与我们现实中所见的并不相类。作品的语言，也因有意而为的郑重其事，仿佛是某种自外而来或是轻微失真的声音，逼使你不时意识到，这是一个建造在世外的言辞城邦，从未企求真实地置于我们存身的这个现实世界。在我看来，李宏伟如此写法并非为了逃避难题，而是把早已脱缰的生活现实，以一种经思索而来的感性形式确认，带着某种并非枯燥的抽象。在这里，虚构明确表达为先行对准现实的努力——在被虚构击中核心的那一刻，现实将謋然而解。

尽管李宏伟努力打磨所有使用的材料，但某些素材仍会强大到自行阑入虚构，导致现实在虚构文本中突兀崚嶒，破坏了虚构的完整性，反而会产生某种失实之感——这虚构中的失实之感，差不多是《假时间聚会》留给我的最大遗憾，但李宏伟也已用这本书证明，他在书写中调整了自己的步伐，形成了属于自己的生命节奏，不再是显而易见地在同一条河上慢跑——“现在，我要求慢下来/在河水流尽之前/比步行更慢，比形容词更慢”。

去年冬天，李宏伟因事来上海，晚上又是几个朋友对坐聊天。照例，仍然是我们滔滔不绝，他沉默不语。不过，谈话到了争论阶段，李宏伟忽然显得有点儿不耐，对我说，这些话对听不懂的人没意思，你不必再说了。我当时虽然略有酒意，但明确感到他内在的什么东西直欲脱颖而出，其硬朗和锐利穿透了他日常的友善。我不得不相信，他诗中偶尔流露出的某种决绝，并非虚张，就真的隐伏于心中——“为了确立星辰和秩序/我从不买活人写的书”。

待今春看完《国王与抒情诗》（中信出版社，2017年版），我差不多相信，这本看起来可能会被贴上科幻、悬疑、寓言标签的新长篇，其实是李宏伟宽阔而硬朗的内在写真，是他野心勃勃的思想实验。我几乎能够断定，那在虚构中堂庑特大的构想、具体而微的想象、忧心忡忡的思考、逻辑谨严的推理、巧妙精微的隐喻，都是李宏伟某一部分内心的外化。在这本书里，李宏伟把蔓延心智的瞬间集中、散乱情志的刹那聚合、理性与感性的交互作用、某些从未被体验的情感、某个不曾被照亮的心理暗角，铺排成一首动人的抒情诗，从容地置放在文字的帝国里。

尽管能够明确地从书中感到作者对抒情诗的偏爱，但在这本国王与抒情诗对峙的作品里，叙事者并没有把国王设置为无情理性的代言、残酷现代的象征、冰冷科技的化身，而是始终表现出顽韧的理解尝试，从而让庞大的信息帝国和人心灵的幅员，构成了非对称的奇特映照。这奇特的竞争性映照也让我确认，我跟李宏伟初识时感觉到的阔大，或许正是因为他内心可以同时容纳两个走向相反的世界。更为让人振奋的是，在每次书写之前，李宏伟都会试着向内清空自己，并把这反向的沉睡世界，再一次唤醒——

我必须每一次都喊应你，我每喊你一声
就给出一次全部的我，你每应答一声
我就得到一个全新的你

提　纲

2050年诺贝尔文学奖得主宇文往户意外去世。这是红色的信息核，不断在信息流里重复滚动出现。

标准科幻开头。破折号隔断了现实。设置完备的信息王国。挤压变形的个性。被技术席卷的命运。被操控的自由意志。被精心设计的叛逆。被预谋的难忘爱情。你写下的每一行字，都是艰难心智的自由选择，最终，却宿命般抵达早已确定的终点。这梦魇一样的情境，是写作者冰冷理性的产物。科幻，可以有情感，但拒绝引起伤感的柔弱情感。抽去理性的顽韧筋脉，没有足够的承受度保证把虚构的世界——即便冷酷，当然会冷酷——建造完整，在关键处求助于柔弱的爱的奇迹，不妨远离科幻。

这是他亲手插进去的那只枯梅，枝条与皮毫无二致。

只是，黎普雷插进去时，那些梅花仍然只是骨朵，而且完全可以确定，它们在脆化成尘之前，也只能是骨朵。但现在，宇文往户去世的时候，它们是开放的。未必是那一刻开放的，但那一刻是开放的。

悬疑。诡异的细节差。宇文往户为何突然决定弃世？他的弃世跟完备的信息王国有何关系？爱而不得？声名刺激？虚无袭来？对未来的绝望？对时代的无能为力？悬疑推进，每个结的解开，都伴随着思考的深入——对文学的，对人类的，对世界的，对已知的，对待探索的……庞大的信息帝国，人心灵的幅员，渐渐形成非对称的奇特映照。与任何出色的悬疑小说一样，所有的蛛丝马迹，都渐渐指向谜底。不同在于，这个谜底，深藏着写作者无数隐秘心思，或许对他，也是未知。

“凡人如何不死？”重点其实不在“凡人”上面，而在“不死”上。你反转了问题，也就找到了答案——不应该追求个体生命的永在，而是要取消死亡对人类的意义。取消的途径就是将语言/文字从人类身上清除掉，帝国运作的根本目的，就是以重复的消耗清除掉语言/文字的抒情性，再配合记忆的规律，将绝大部分文字彻底从人类的记忆中抹去，只剩下一些简单的没有深度的，纯粹交往性的。

反乌托邦。信息作为座架。帝国的庞大索求（兼容性专制）。平均值式的简化（民主的必然）。语言突起的全面抹平（更广泛交流的必须）。人类不死梦想的翻转性实现（属人自负引发的僭越）。试着推到极致——如何区分人与动物？如何区分人与植物？如何区分人与一块泥土？动物不死？植物不死？人可以如泥土般不死？看起来完美的世界，似乎把最重要的什么事情遗忘了。信息帝国的国王。《一九八四》里的老大哥。《楚门的世界》里的总导演。怪异的想象性比喻？巧妙的现实性隐喻？

> 阅读、工作、交友、情感，都需要纳入国王设计的轨道。我负责的就是情感部分，我要给他带来终生难忘的情感，完整的，有萌芽、有发展、有高潮的情感。我们有心灵上的相知，有身体上的契合，有在一切事物上的默契。诗人需要的梦想的情感模式，都由我以一己之身提供、满足。当然，最重要的是告别，我需要以仪式化的祭祀性的死亡，把自己镌刻在宇文往户的记忆中，让他永难磨灭，被他永远吟唱。

故事开启。思想历程。用考量。用语言。用行动。用颓丧。用压抑。用爆发。用自戕。用所有可能的方式。抵抗捆缚。抵抗窠臼。抵抗模式。抵抗规划。抵抗预测。如果，抵抗也是轨道，自由意志存于何方？所谓的自由意志，不过是轨道的复杂变形？这轨道是帝国，是本能，是潮流，是认同的倾向，是反抗的意志——未经邃密的自我怀疑和自我反省检验，都可能是幻象。如何自我检验？自由意志真的可能？自由意志没有任何可能？问号，满载或超载的句号。

> 抒情并不是情绪的泛滥，不是抒发个人感伤，抒情是对人类处境的深刻感知，并将这种感知传递出来，触动、感染其他人，宽广的抒情更可以在个人身上生发出一种幽暗的处境，无中生有情。

抒情诗。招魂曲。低落的情绪。优雅的伤怀。潦草的姿态。抽象的爱恨。无端的恼怒。抒情，从来不是这些。蔓延心智的瞬间集中。散乱情志的刹那聚合。尚未被创造出的存在。从未被体验的情感。不曾被照亮的心理暗角。并非理性的退场，是理性与所有感知加速运作的产物。快到倏忽，人们忘记了酝酿过程。无中而生的有情，对准那个时代人类的普遍困境，人人翘首以盼的抒情之诗。

探索。是答案。非答案。幽暗抒情置换了冰冷理性？冰冷理性吞噬了幽暗抒情？在小说里，在写作者心里，哪一个占了上风？——

> 现在，我们不浪费时间了。我们举行一个仪式，小小

的倒计时仪式。倒计时结束，我希望听到你的决定。

附 录

每一栋楼都标有楼号，但号码标注依循的规律却如同出自酒鬼或是疯子或是上帝之手，没有人能够弄得清楚，比如我进去时大门两边的楼号分别是903号和7号，等我转过几栋楼后，两边的楼号已分别是18号与356号。一开始，我试图依据房子的形状与号码相结合的形式在脑子里理出一条清楚的线索，以免无法离开。经过几栋楼之后，我放弃了这一想法。楼房的形状和号码一定是按照对人类记忆进行最大干扰的方式安排的，记清楚它们的难度和记清楚天上的每一颗星星差不多。

你肯定从这段文字中嗅出了某种气息——没错，当代小说中罕见的虚构气息。《假时间聚会》的五个中篇，每篇都有一个按自己逻辑严密运行的层次丰富的世界——如上面这样设置精密而处处不便的超级市场（《哈瓦那超级市场》），从记忆或睡梦缝隙里逸出的一次聚会（《假时间聚会》），现实中绝难发生的连体爱情（《并蒂爱情》），孤悬于荒漠之地的集市（《僧侣集市》），虚置于遥远或并不遥远的未来的丰裕社会和匮乏社会（《来自月球的黏稠雨液》）。

如果我对虚构的理解没错，即并非强调小说中的某些构成部分是编造的，而是以虚构作为构建自我时空结构的支点，以此撬开一个先前并不存在世界，并让这个世界按自洽的逻辑运行，那么，李宏伟就是在写作一种真正可以被称为虚构的小说。在这个意义上，李宏伟企图完成的，就几乎是一个不可能完成的任务——他要凭人为技艺创制的世界，与造物妙手天成的人类社会，形成特殊的竞争关系。

或许是出于虚构世界自身的需要，或许是为了强化其虚构色彩，置身于李宏伟小说世界的人物，也仿佛被抽去了属于世俗的烟火气的一面，其行为和话语都披上了一层幻想的轻纱，与我们现实中所见的并不相类。作品的叙事语言，也因作者有意而为的郑重其事，仿佛是某种自外而来或是轻微失真的声音，逼使你不时意识到，这是一个在世外建造的言辞的城邦，从未企求真实地置于我们存身的这个现实世界。

这个变化越来越快，让人感觉越来越生疏的现实世界，每一天生出的新鲜事物和由此形成的新鲜经验，多到无论你准备用怎样的方式捕捉，仿佛都打捞不起全部，只能眼睁睁看着语言对着绝尘而去的它们叹息，内心无比焦虑。面对如此现实，诸多有心的小说写作者，索性完全放弃了对现实世界的追赶，沉溺于自己的想象游戏。那些设计完美的封闭世界，只与小说技艺本身有关，作者着迷的只是兴建现代的代达罗斯式迷宫，以此完成某些精微头脑偏爱的特殊力比多排泄方式。

对这类写作者，我始终抱有敬意，他们为人类的想象力开拓了某些值得敬畏的迷离惝恍领地。但与此同时，这些作品始终不能给人真正值得信赖的安慰，我更期待的，是像李宏伟这样，用郑重其事的虚构应对复杂万端的现实，并朝向与自我的和解甚或某种程度的解脱。

> 一幅壁画，一家人的聚餐，三口之家，旧文明社会常见的圣家庭构图，原始想象，自然丰沛。父亲威严，母亲慈爱，稚子欢快。比例并不得当，三口之家占据了画面的大部分，父亲、母亲分据一面车厢壁，孩子占据车厢地板，余下捉襟见肘的空间里塞满植物，树与藤蔓、草与花朵，插进动物，牛羊、飞鸟、游鱼、虫豸。满满当当又不拥挤，不是车厢空间营造的错觉，是画面内在，人与物，生命与石头，都不紧张，都只是在了该在的位置，比例失当不是失手，是再次安排，是用应然的筛子筛选而成就。这画面的从容、安定、自在，凝聚又安放，提神又轻松……

小说中的这段话，不妨挪用过来，当成李宏伟自己的创作体会。无论一个严肃认真的写作者怎样如李宏伟这般在日常里谦虚自抑，当他准备在小说里谈论丰盛、复杂，几乎捕捉不尽的现实经验的时候，一定在内心里骄傲地决定，要经过再次安排，把这些绝难码放整齐的纷乱，完完整整地对应到某个或某些具体的虚构之中。

李宏伟当然知道小说写出完整现实的困难，仿佛抽刀断水，“连绵不绝的现实只能作为参照，你可以以它为基准，为原型，翻制出各式各样的模型，创造出自有的专属世界，但切割是不可能的”。与此同时，小说也写不出比现实还多的现实，现实在空间上的无限和在时间上绵延，早就取消了这个可能。正是在这个绝望的地方，虚构展示了它特殊的力量——既然不可能及时而无损地切割现实，不能用更多的现实含纳无穷的现实，就必须另起炉灶，用虚构先行对准那个变动不居的现实世界——现实将在虚构击中核心的那一刻谍然而解，如土委地。

以虚构形式存在于《假时间聚会》中的现实，“包含某些超越视力幻觉和实验室试管的东西。它里面有多重因素：有诗歌，崇高的情感，精力与努力，同情，骄傲，激情”，是“将许许多多个体现实混合后的一份标本”。它们是现实的某种全息图像，不只是，或根本不是生活意义上的现实。早已脱缰的生活现实，并非以鲜明细节的方式进入李宏伟的小说，而是被一种经思想而来的感性形式确认，带着某种并非枯燥的抽象，以谨严的叙事陈述出来。

这五个中篇组成的虚构世界里，沉思与反省的旋律始终回荡其中——人为构筑的世界，对这世界的思索和疑问；错过的情感，对这错过的真实无奈和想象的安慰；靠得太近的爱情，自身体依赖开始的爱情，对这两种爱情的反思；过于森严的戒律和超越戒律之间的分寸，做事时依经与依权的细微难辨；政制的昏聩颟顸与合理之处，对这两者的厌恶和反思；激烈的批评和对激烈批评的反省，（反）乌托邦和对（反）乌托邦的怀疑，对个人决断的赞赏以及对这决断的可能性悖论的质证……你很难发现叙述者某个轻率的单一主张，没有一件事绝对天经地义，也没有一个人完全十恶不赦，他几乎在每个点上，都经过了认真的反省，并让这反省最终通过感觉的确认。

柏拉图笔下的苏格拉底说，“未经反省的人生是不值得过的”，或许在李宏伟看来，未经反省的小说是不值得写的？无论如何，因为这谨慎的反省，李宏伟的小说就比单纯模仿或批判现实的深入了一层，因而也就仿佛传说中的如意乾坤袋，在某些精确的点上，进可以容纳更多的内容和更多的现实，退可以卷而怀之。现实中绵延无边的一切，在虚构中恍如进入高一维度的时空，收放随心，不漏不余，如须弥纳于芥子。

爱人啊，就让我静坐灯下把你思念
只有在思念的时候，我才能真正把你忘记

鬼斧神工，善行而无辙迹者或许有吧，但一个写作者要完全让生活现实在小说中“行而无迹，事而无传”，几乎不可能。一旦在虚构作品中引入现实，就不免会遇到这诗句样的悖论——只有完全对准现实，现实自身的信息才会为虚构所用，并成为虚构的能量；一旦现实未经心智的从容含玩，以茅茨不剪的形式进入虚构，浑浊现实自身携带的大量杂质，会肆意扰乱虚构自身的纯度，作品免不了鲁莽灭裂。

尽管李宏伟致力于反省，企图把所用使用进虚构的现实材料都打磨整齐，但支离的现实仍会强大到自行阑入虚构，给完美的楚门世界投下浓重的阴影。《假时间聚会》里过于坐实的撤掉版面的原因，《并蒂爱情》中对爱情距离的认识、模仿的报刊网络文体，《僧侣集市》对超越戒律的过度信任和翠姐的陡然改变，都因为作者过于质实的具体，或过于明确的二分思路，既未能精准地对应现实，又没有给人心真实的安慰，导致现实在虚构中突兀崚嶒，反而有了某种失实之感——虚构中的失实之感——有点费解？

虚构世界和现实世界是独立自洽的，如果要在虚构世界中容纳更多的现实，就必须让虚构的世界再大一些，大到足以容纳现实携带的所有沙石；或者，用李宏伟喜欢的词，你必须洞察现实更为深处的秘密，更准确地对准纷乱芜杂现实的核心——虚构准确地命中了现实的靶心，不用再在小说中不停地追赶——“箭中了目标，离了弦”。如果一个人立志用虚构对应现实，并企图给人心一些切实的安慰，他就必须对虚构有更为疯狂的野心。

尼尔斯·玻尔在回应业余物理学家对量子力学的胡乱猜测时，说过一句话：“我们都同意你的理论是疯狂的。你和我们的分歧在于，它是否疯狂到了足以有机会正确的程度。”对必须使用现实的虚构来说，这句话或许可以改成：“我们都同意你的虚构是疯狂的。分歧在于，它是否疯狂到了有机会成为某种现实的程度。”就是这样——那些最为准确的虚构，将先于现实抵达现实。

增　补

热力学第二定律（second law of thermodynamics）有多种表述——不可能把热从低温物体传到高温物体而不产生其他影响，或不可能从单一热源取热使之完全转换为有用的功而不产生其他影响。近代最为人所知的是“熵增定律”——不可逆热力过程中熵的微增量总是大于零。“熵增定律”表明，在自然过程中，一个孤立系统的总混乱度（即“熵”）不会减小。

《国王与抒情诗》中的帝国，可以看成一个孤立系统，它一直处于“熵增”过程中，也即处于不停的损耗之中。这个系统在一定时期之内，一定维持着其相对的稳定，但在不断的发展过程中，熵不断增加，其系统的混乱程度也相应增加。人的个性能够被预测，人的命运被设定在固定轨道上、文字的歧义性消除……都是系统内部熵增的表现。随着系统混乱度的进一步增加，国王的信息帝国，必然经过一个繁盛周期而走向衰落。

——天地不仁，无论人怎样用尽脑汁，无论帝国设置维护或伤害了人的尊严和骄傲，热力学第二定律以万物为刍狗。

《国王与抒情诗》中的抒情诗，可以看成帝国熵增的负熵。不断混乱下去的帝国，需要负熵使其重新有序化、组织化、复杂化。孤立的帝国系统在不断混乱过程中，得到外在于其的抒情诗负熵补充，将重新变得有序。不只是抒情诗，国王“不朽”之前寻找的所有接班人，跟自己并不相同，都具备在某个特殊的方向成为负熵的可能——这才是一代雄主的气魄。

问题是，如果抒情诗只是帝国的负熵，那抒情诗和帝国最终又会成为一个统一的孤立系统，进入无法摆脱的熵增困局。在《国王与抒情诗》的设定中，帝国于抒情诗可以互为负熵——帝国的不停损耗，固然需要抒情诗提供负熵；作为另一孤立系统的抒情诗，在无数时代的熵增之后，已经失去了其内在的踊跃活力，只有从不同时代本身获得负熵，才能重现其动人的生机。在《国王与抒情诗》里，抒情诗获得负熵的最优路径，就是帝国——一时期发展最快的东西，只要有能力转化，将变成最大的能量来源。

——天地之间，其犹橐籥乎？熵增熵减，或盛或衰，那个有心的写作者标示出的，是天地之大德曰生。

附　录

趋向完美的努力会另有成果

韩东　黄德海

黄德海：《在码头》的拍摄进行得如何了？在你的众多小说中，为何偏偏挑了这篇来拍电影呢？这小说因为叙述者给出的诸多微妙的心理、情景提示和性格分析，几乎是拒绝进入电影的。在拍摄中，你如何转化这些微妙的部分？或者，电影其实是在小说基础上的另起炉灶？

韩东：电影仍在筹备中，希望夏天能开机。所以选择《在码头》是出于一些很实际的考虑，比如这个故事发生在十二小时内，场景有限基本无须转场等等。我是第一次当导演，凡事得亲力亲为走一遭，所以很多事得控制在有把握的范围内。我觉得，一切再创造都是创造，原著只是某种启动因素。在做电影时我不会去想小说的表现力。当然我必须有一个关于《在码头》这部电影的想象。

黄德海：虽然广义上诗歌、小说、电影都被称为艺术，但具体到每一样，它们需要的是不同的技艺。你是个对技艺极其注重的人，这次操持电影，不知对这项技艺有些怎样的体会？

韩东：在写作中，技艺训练是最基本的，在我看就是一种集中注意力的方式。如果注意力不能穿透，抵达某处，技艺是没有意义的。有那么一些作品看上去很光滑，技巧高超，但你总觉得缺点什么。这类东西给人以行货的感觉，就是停留于表面的行货。拍电影亦然，特有的技艺不是关键。倒有一点与写作很不相同，它不是一个人的工作，不是一个人能完成的。导演只是责任人，并非百分之百的作者。他的组织能力判断能力相当重要。做一个导演，他的工作方式心理预期必须改变。对我而言这是很新鲜也很有吸引力的。

黄德海：相对小说和诗歌，电影似乎是一种通俗的艺术形式，如何在这个通俗的形式里保持自我的风格而不被通俗的要求带走？

韩东：即使在艺术形式上有通俗和严肃之别，我们的任务也在于打破隔阂，而不是加强它。前提性的强化严肃艺术和大众艺术的区分，依然是一种自我辩护。在所谓的严肃作品中我就看不见那些明显的才智平庸或者滥竽充数，或者，在所谓的大众作品中我们就看不见那些天才性的闪光。不要让严肃成为幌子，也不要给大众贴上低贱的标签，这是很重要的。应该没有偏见，直接面对作品去感受，去判断。

黄德海：拍电影是一件很麻烦的事，会引起生活的动荡。我觉得你最近微博对这一动荡的思考非常富有洞见（你的微博，我觉得几乎是目前所见关于写作最高级别的谈论），比如“越动荡，日常生活越有必要。保持自己的节拍，以呼应整体节奏（节拍和节奏常被混为一谈）。没有例外——如果有时间的话，坚持做每日必行之事”。“只做不得不做之事。只做顺手一做之事。但必须全神贯注。使用精力之时在产生精力。”强调专注，在专注中使用精力，同时产生精力，这是最好的工作方式，我觉得也是高明的养生之道（在这个词最源头、最朴素的意义上）。在我看来，这种随时观看自身反应的方式，正是“认识你自己”。事情本身是一件事，对事情的反思是另外一件事，这种随时随地的反思，对你来说，是有意而为吧？

韩东：微信言论和情绪有关，有即兴成分。对我来说这个意义更大点。在某一点上若能做到中立脱离具体情境就更好了。我们读到一些有感觉的东西，其实都是误读，但误读是一种很高级的读法，对被读文字是有要求的。我的哭泣会引发别人的哭泣，我的思考也会引起别人的思考。我希望的应该是后者。

黄德海：微博中的另外有一些，我觉得大概跟你对佛教的思考有关，比如“放弃自我，也包括放弃我的时钟。”“我们都是配角，要合上无形者伟大的节拍。随时待命即可。”“执着的确会引发危机。人执着于好事儿，也执着于恶劣心绪，尤其后者。应离开，应切断，应休克，于万籁俱寂时回来。”有放弃我执的感觉。我觉得这些话，不但是对某种思想的回应，也是对一些时代症状的对症之药考虑到你在《欢乐而隐秘》(《爱与生》) 中涉及的佛教，以及你在随笔中介绍《雪洞》等作品，似乎你很关注佛教（尤其是藏传佛教？），对这些的思考如何渗透到小说中呢？

韩东：某种意义上说，佛教、基督教都是一种思考。我们没有必要对思考进行思考，这容易陷入“智障”。智障，逻辑障也，与所知障不同，所知障是搜罗知见偏离目标。对生存、存在本身进行思考就够了，至少不应偏离这个目标。在这方面我是一个功利主义者。犹如置身一个火宅火烧眉毛了，你还在优雅地读书，这就不对了。生活是一个难题，解开这个难题可以一切为其所用。无论佛教还是基督教的真理都是为此而设的，并非为思考阅读而设。

黄德海：佛教、基督教当然不为读书思考而设，可如果我们没有深入佛教、基督教的内在，怎么知道他们在存在的路上走了多远？如果不知道走了多远，我们如何确认我们的生存不只是对他们的浅层重复？这里似乎有个小小的悖论，即如果过于去对思考进行思考，就陷入智障，而不对已经存在的思考深入了解，却很可能只是在浅层次处理生存，却不得谓得。

韩东：大道如青天，绝对真理其实是一目了然的，问题在于你不敢直视，不敢承认，不敢融于其间。比如放弃自我，活着的时候杀死自己。比如弱肉强食是宇宙间通行的法则，因此你的获救并不在这里。我说过我是另一种虚无主义者，不是找不到真理而虚无（上帝死了），而是，有绝对真理的存在，但你够不着，不沾边。是这种虚无。凡你能沾上的肯定不是绝对之物。对真理不了解，对我们自己还能不了解吗？我们是如此藏污纳垢的一群，真理如何显现其间？必须承认我的分裂和矛盾，我的怯懦和不堪，及其我与真理之不配。真理说到底是一个实践问题。真理不是安慰剂，是毒药，用于杀死旧我。谈何容易？

黄德海：我读你的诗歌和小说，感受最深的就是这个虚无和绝对之间的裂痕，以及你在这裂痕之间的努力。这努力让人敬佩，也留下属人的痕迹。我们当然知道自己的藏污纳垢，但反过来想，如果不敢设想与绝对的沟通，是不是更怯懦？或者说，我们因为怯懦放弃了与真理的相配，却以另外的理由为自己辩解？我觉得你有几首诗，比如《在世的一天》,《重新做人》，已经在某个局部抵达了绝对。这不正好是人还不太怯懦的标志？

韩东：在真理面前，我当然是怯懦的，因为那不是一般的考验。要承认我们的卑微和一无所是。存在和真理的空间关系或许并非我们的想象，一个在前一个落后，要奋起直追。往相反的方向而去，也许会有通道（我是说也许）。自我感动和幻想无济于事，包括追索真理，有时是自我膨胀的另一副面孔。

黄德海：这里有个问题，即真理不是存在在那里，人只要去想办法达至就行了，否则，也就不会有“是人弘道，非道弘人”的说法了。也就是说，如果把真理看成客观的，就永远不可能达至。可对大德（那些探索路上走得很远的人）来说，他们从不设定类似于客观的真理，而是所谓真理一直跟人的认识有关（虽然是有局限的，千疮百孔的）。他们到哪个层次说哪个层次的话，这样，是不是就能消解你所说的奋起直追的状况，并能够避免不当的自信膨胀或经常性的沮丧？

韩东：奥斯维辛之后我们无法想象上帝，因为眼前呈现的是一片虚无之海。这阻隔是切实的，靠遮掩是无法抹去的。当然，这只是对身临其境的人而言的。对我们而言，那只是故事，所以好办。我们用故事的方式遮掩了多少现实？人类历史血流成河尸骨如山，每一桩每一件都是具体发生的。需要遮掩的东西实在太多，否则我们就无法存活，就得肝胆俱裂。原则或者实际上我们都是需要布景的，生活于一定的频道中，一定的温度湿度。远的不说，人为什么掠杀动物呢？不就是比他们强大有能耐吗？所有的这些都让我们难以了望真理。你知道它在另一面，一捅就破，但如何跨越这几乎是无限的距离？

黄德海：所谓的真理，不是跟我们每个人的处境有关吗？真理不是外在于人的吧？

韩东：充其量我们这里只有真理的暗示，或者碎片。完整的真理和部分真理不在一个维度上。我觉得确认完整的真理只有两途，信仰或者真的净空了自我。

黄德海：我记得你在谈到薇依的时候说过，“她不仅触及到真理，她就是真理本身”。那是不是说，在人类这个物种中，有这么一类存在，他们达至了“绝对”。在这里，你使用的是修辞还是就这么认为？如果是这么认为，即薇依达至了绝对，那怎么理解她的《门》？“必须徒劳地煎熬，等待，注视。/我们看着门；紧闭，不可撼动。”

韩东：不是真理外在于我们，是我们外在于真理。分裂是人的特殊问题。如果这世界上没有人类，一切都是顺理成章的，弱肉强食亦不过是道的体现。有了人就不一样，自我无法消融于背景，亦无法脱离和取代背景而自立。薇依把自己做成了管道，但死于精神最紧张的时期。如果她活下来，并至中年便会有一种松弛。我相信有徒具人形的无我的圣人存在。

黄德海：自我无法消融于背景，亦无法脱离和取代背景而自立——这是不是人异于禽和兽的部分？人无法自然消融于背景，因此不得不在意识到自己在背景之外，并想法重新进入背景，但结尾的融入不是开头的融入。在这之间，不正是人卑微的尊贵（当然，这词只对那些真正认真努力的人有效）？

韩东：人一半是天使，一半是恶魔（非野兽）。野兽是其中的平衡点，但人已脱离动物界，他的撕扯分裂来自两极。融入自然已不可能。超自然是一个选项，另一个选项就是十八层地狱。

黄德海：说到天使和恶魔，不免想到爱和欲望。你有很多跟爱情有关的小说，比如《我和你》《中国情人》，以及这本最新的《爱与生》，包括很多你的中短篇，比如经常有人提起的《我的柏拉图》，你还专门写过一本随笔《爱情力学》。爱和欲望在你的作品中占了如此大的分量，是有意而为吗？

韩东：爱情是很普通的，每天，每时每刻都在眼皮底下发生。我信其有。如果不信其有，就是睁眼说瞎话。但我不相信爱情神话。爱情自然和性紧密相连，性提供原始能量，也在一定程度上规定了爱情的对象。没有性的发动，就没有爱情。这里所说的爱情当然不是神圣之爱，一般而言，它发生在两个人之间，不仅在生理上，同时也在精神情感的层面制造了“淫乱”（对不起，我没有更好的词来形容爱情中人的精神状态）。生理也可能并不那么重要，但，人最大的性器官乃是大脑。“私人化”的爱情中必有精神层面的淫乱发生。根本而言，不是性，而是这种精神上的“淫乱”是我们在爱情中孜孜以求的。看来我必须解释一下“淫乱”一词，它在此可能就是指某种亲密、某种贪婪彼此吞食的愿望、某种突破界限以及共同毁灭，还有，某种与纯洁截然相反的东西。亲密到无限制的程度，可以放纵我们所有精神上的负荷、阴暗和破坏性。

黄德海：从你的微博和谈话中，能看出你对思辨的着迷，或者随俗，说对哲学着迷吧，出于天性还是自我选择？

韩东：哲学不是哲学家的专利，谁都可以“哲学”，不是吗？在小说中故意弄点儿哲学没必要，故意剔除也没有必要。你以你的全部存在（或者叫这一摊子）开始写作，再好再不好的东西，你有了也就有了，没有想装有或者故意回避也不可能。文学比哲学高级，不敢苟同。这类比较除了给自己打气没有太大的意义。中国小说家的问题是不够诚实，不够专注，不是缺少哲学或宗教营养。

黄德海：你的精神营养来自何处？是包括哲学、宗教和小说在内的经典吗？

韩东：经典当然有意义。但作为一个写作者，个人的经典才是最为重要的。你得通过阅读去发现。如果你的书单和别人的书单完全一样，那还有什么可谈的？你得在历史和现实中发现同仁，用你的作品定义前人的作品，使之成为经典。经典不是前提性的，它更可能是一个结果，经由你。我们对前人的遗产负有莫大的责任，不仅是吸纳照单全收，更关键的是让他们的写作活在你今天的作品之中。同样，你将被后人定义。这个后人并不是抽象的未来的读者，仅仅是一些或者一个未来天才的写作者。如果你的书给了他营养和启发，写成了他自己的书，你就成了。

黄德海：你对很多问题的思辨性的认识，如何分配到小说中的人物身上？或者这么说，这些认识如何在小说这众多人物的艺术里体现出来？

韩东：平时所思所想，很少能直接进入写作。但肯定是进去了，不那么直接、完整，或者说非自觉。比如说，我对所塑造的人物喜好可能就和我的认识有关，特别是人物对环境的反应或面对困境的态度，有些我是喜欢的，有些不然。《知青变形记》里罗晓飞我就比较喜欢，因为他被动。

黄德海：说到罗晓飞，说到被动，很容易产生一个疑问——你本人是被动的吗？从的文字看，你有时是非常激烈的？这跟你喜欢被动是不是有点矛盾？那个我认为写了最好的《知青变形记》评论的老于坚，你们不是曾经争执不休？那个自大学时就非常熟识的老友杨争光，你们不是曾经激烈到绝交的程度？很多年过去了，你对这些过往的激烈（不管是因谁而起）是否有新的想法？

韩东：我的确喜欢被动的人，和平的人，但我并不是。正因为我不是，所以心向往之。我是很激烈的，特别是年轻的时候，在待人接物这类事情上牙尖嘴利，甚至刻薄寡恩。我伤了不少人，尤其是好朋友。比如于坚，说了他很多难听的话，甚至进行道德批判。而实际上，只是观念的分歧，引发了我的恶语相向以及恶意。如今想来，自然很后悔。越是对我看中的人、亲近的人越是如此。这些方面我的确是有毛病的。好在大多数好朋友都原谅了我。当年我写信向于坚道歉，他回了几个字："怎么办呢，谁让我比你大几岁？"典型的于坚风格，我很感动。和争光倒没有观念上的分歧，仅仅由于一些私人原因，我们相隔有十多年。在山东大学的时候，我俩的感情最好，彼此绝对欣赏，引为知己。十年来我总是做梦，和争光言归于好，后来也是我写了一封信给他，才又联系上了。关于和争光的分手，我写过一些文字，说过一些话，大约也是在情绪之中吧，可能有必要澄清一下。我俩的分别肯定不是因为那次"清除精神污染事件"，因为在那之后仍有来往，相处很是愉快、亲密。我俩都是那次事件的受害者，分别担当了全部责任。因为"清除精神污染事件"在前，我们分别在后，所以大家可能会有某种前因后果的误读，我也有可能误读我的记忆（毕竟是近三十五前的事了）。但真实原因，肯定和那次事件无关，和政治压力无关，是由于相处中的一些故事，或者事故。

黄德海：原来是事故导致了过量的主动。你说的被动，似乎不同于消极，因为罗晓飞更像是被动而积极地生活。那被动是什么意义上的呢？在你看来，这种意义上的被动，又给作品带来了什么特殊的质地？

韩东：我本人不是一个被动的人，但我喜欢消极被动和平的人，常自愧不如。小说中的人物及态度透露了我的喜好，几乎是一种理想的境界，想起来首先应该是认识层面上的。薇依说过，被动和消极是善的特征（大意），我深以为然。

黄德海：被动和消极的人，最后给予了小说生机，比如《知青变形记》里的罗晓飞，比如《爱与生》里的秦冬冬。这个生机，是你的有意设置，还是被动的必然结果？而且，只有被动，才有可能出现你所说的“写飘起来”的情况吧？一旦主动而积极，结果必然是下沉的吧？

韩东：写作始终有两个层面，道的层面和表达的层面。道的层面关乎干吗写如何写以及是怎样看待写这回事的，等等。这个层面离人生问题较近。表达的层面和具体的文学目标较近。从根本上说，我不太关心具体的文学目标，至少在学艺期间在开始之初是有所忽略的，认为那是件自然而然的事。现在有些不同。实际上两个层面是合一的，至少在理想的作品里。我想道的层面比较多，可能这反倒变成了一种限制——对作品的成立来说。对我而言，写作就是一种生活方式，在这种方式里修行解决生而为人的才是最要紧的。这里显然有一种偏激，反倒形成了对写作价值的偏离。我意识到这一点，但一时并不能说得很清楚。

黄德海：你非常重视技术，否则也不会有你提到的“诗到汉语为止”，以及小说的“写飘起来”，还有你微博中对写作技术的强调。我一直觉得，你在这里有个小小的挣扎，一面是如薇依那样的纯粹向道，一面却在表达层面偏离纯粹。是不是有种可能，即表达的形式本身已经成了局限？也就是说，使用诗歌或者小说本身，就已经是限制？

韩东：你是在暗示我拍电影吗？有人说这是换笔，或者换活法，对我来说恐怕是换身体，脱胎换骨，真的。还没有开拍，进展到现在的程度，我觉得原先的五脏六腑都要重组，不是说有多难，而是，原先的内分泌、激素水平、生物钟之类的已经不适应。要用另一副不同的（不见得是更好的）身板儿去做这件事。至于精神方面，也是一次真正的修理。四处求人磕头，说好话陪笑脸，让自我受辱，自甘卑贱，这在我是没有过的经历。把骄傲的自我打回原形，提醒我之一无所是这个真理，对在精神领域一贯养尊处优的我是很必要的。当然很难。

黄德海：精神重组过之后，对小说是件更好的事吧？我前面想问的是，小说这个体裁给定的很多框框，是否会限制你思路的展开？因为我觉得你在微博微信上的很多见识，很难进入小说（诗歌里倒是有一些）。所以我感兴趣的是，小说这个体裁本身是不是会限制一个人精神的伸展？

韩东：小说从原则上说是无限的，可容纳的因素更丰富。小说可以和思想一样庞杂，可以理解成某种具有情节连贯性的散文。它对我的限制属于业已形成的个人风格或者写作习惯。不是小说限制了我，而是我限制了小说。当然，写到今天，这种限制肯定是存在的，有点对不起小说这种形式的空间应许。当然，这不是说我赞成没有章法的乱写。另一点，我的见解能否进入小说并不重要，因为所谓的见解是某种思考的概括形式，就像标签。而小说是一个有着身体感觉的生命体。见解和小说直接镶嵌，有时候的确很冲突。我们既要看到小说方式原则上的无限、包容与自由，也得承认它的灵性与自立。小说的宽阔不是容器的宽阔，有一个生长和存活的维度。

黄德海：小说是一个生长存活的维度，在某种意义上就是说，专注于小说写作的人，会在某个特殊的向度上为这个维度添加特殊的东西。我觉得你一直坚持的对恒常命运的书写，就是一个特殊的向度。最近的两部小说，《中国情人》和《爱与生》，我觉得你有意在叙事中留置了一些空白和盲点，甚至有意的破绽，这在一些人看来是小说的问题，我却觉得作为一种自觉的实验，更接近于你说的我们每天不得不面对的生活。是不是盲点，断点，破绽的出现，更好地体现了你对小说的思考？与此同时，这两本小说也更是将真写假，“写飘起来”了。将真写假和写飘起来，是你写杨明的雕塑时提出的，一直没有很详细地讲过，能进一步谈谈吗？

韩东：小说，尤其是长篇，是讲大势的，讲整体，讲浑然一体。在某种大趋势下，小的差错或者不协调反加强了它的生动。不能说是故意的，但它肯定不是毛病，这得看你的场有多大，能否席卷为真实动感的一部分。我很注意细节，但在我那是一个质地问题，就像抛光打磨是工艺的一部分。这里面不包括逻辑、贯彻某种理性或者形式的一致性之类的问题。我们通常所说的破绽大概是这个层面的。小说中命定要包含矛盾，尤其是形式层面的矛盾，在此眼里揉不得沙子是种可怕的洁癖。好的小说的确需要审慎以及深思，但不是在形式逻辑或者理性原则的统一性方面。初学者常常混淆一些东西，在该放手的地方不放手，该步步为营的地方掉以轻心，以至胡写乱写。至于将真的写假，或者将假的写真，那只是一个方便的说法。其意指还是真实生活与所写之间的一种辩证关系，张力关系和艺术关系。把真的写假或者把假的写真，人类的文学艺术尤其是小说（现在还有电影）自古以来一直都在玩这种堪称神秘的游戏。

黄德海：把真的写假或把假的写真，这神秘的游戏其实是人一点可怜的荣耀。一者，人其实无法完全抵达真或假；一者，人却用文学艺术尝试这种绝对。是不是可以说，正是在这个意义上，你所说的小的差错或不协调才证实了人的努力而不是偷懒？是不是可以说，正是在小说这个活体的大势里，虽然有很多小差错，但这里却蕴含着小说更进一步的可能，也是自我一种修行的更进一步？一个完全封闭完美的小说空间，是不是可能意味着某些重大可能性的消失？

韩东：人不可能达到完美，但趋向完美的努力会另有成果。我不认为精益求精是对文学品质的伤害。实际上，你用了多少心思和力气从作品里是能看出来的。作者把能量灌注进作品，理应是不惜力的。作家和作品之间肯定存在某种生命力或者能量的转换。看似轻松的东西也许不轻松，看似巨大牢靠的东西也许偷工减料。说句绝对的话，在小说写作中没有差错（更没有正确），有的只是轻浮造成的失范。

黄德海：这个能量交换非常有意思，其过程是怎样的呢？

韩东：写作是一种爱，削弱自己以成全对方。能量、生命力的确是在转移，但那是心甘情愿的。这个作品完成以后能给你带来某种现实的好处，谁的写作要是冲着这个去，那就是白写了。爱不仅关系到时间、精力的计算，更关系心力的投放、专注的程度。一个真正的作家和他的写作之间有一种超越世俗计较的强大联系。野心自然有，欲望也无碍，但如果没有一种爱或者类比于爱的联结的强度，写作便失去了意义。或者，不是我这里所说的写作。在我所说的这种写作中，生命能量怎能不消耗被抽吸？又怎能不格外欣喜？并且，这并非体现在写作哪一部具体的作品上。即使你没在写一本书，你的心思思虑也都在这件事（写作）上。经年累月。自然的耗散使生命衰老，而写作的耗散却让你看起来年轻。可见，消耗的并不是同一样东西。就像爱使人年轻，但这年轻的存在已不再属于自己。情欲相反。这些事情里的确是存在着某种神秘的流向和转折的。

黄德海：你描述的这个过程让人心动，但有些表达仍然让我有些疑惑。在你所说的这种写作中，生命能量会被消耗被抽吸，也就是说，写作者的生命精华都用到文字上去了。一者如你所说，可以在消耗的过程中人变得年轻（并非外形的），还有一种情况，就是写作的消耗会把人的生命本身弄糟。是不是第二种情况更为普遍？你怎么认识这第二种情况？“即使你没在写一本书，你的心思思虑也都在这件事（写作）上”，真是美好。这是不是说，正是这过程让写作者借此提高了生命本身的纯度，最终生命本身成了一首精彩的、生机勃勃的诗？

韩东：写作使写作者更为健康，还是使他的心身状况更为糟糕？这是一个难以说清的问题。概而言之，我比较赞成写作镇定了作家的生活，与之相比，他所付出的世俗生活的代价真算不了什么。写作具有治疗作用，这不言而喻。或许可以设想，那些异于常人的敏感的写作者，如果没有写作可能会完全疯掉。自我的价值感对人的生存而言比社会认可更重要，虽然它是隐蔽的。写作可能是一种最低限度的维系，以免遭遇灭顶的命运，如此，才能理解爱的紧迫感。爱并非可有可无，它关系生存，但并非说，有了爱的动作一切便迎刃而解、皆大欢喜了。爱是这样一件事，即使被毁也值得，也从容。我觉得，写作并不能提高生命的质量，特别是我们通常理解的体面精彩，它只是物有所值，给了你一点点活着的意义，也可能是理由。

黄德海：对那些异于常人的敏感写作者，写作本身就是治疗，这个治疗，包含对内和对外两部分吧。对内，是身体和心理的，把人心最细微幽深的皱褶显发出来，甚至抚平；对外，则牵扯到对世界和他人的认识，以及如何跟世界和他人的相处。这个内外，是牵连在一起的吧？这样看，内外岂不是一致的？当然，我说的内外的一致，并不是说世俗确认的精彩，而是精神生活本身的内外两方面。

韩东：不能指望外，圆通是不可想象的。除了宗教担保能将内外统一，写作和其他艺术活动都不能。内圣外王不是作家所能为之事。他（写作者）所能做到的极限就是不伤害他人，离群索居，不伤害自己或许是不可能的。除非他不诚实，或者失去必要的敏感。写作者的撕裂是多重的，与现实之间、在自我内部。没有人能治好此类原发性疾患，不过是，通过写作他觉得也许值得。这就是创造出一个源于己又异于己的对象物的意义。

黄德海：提到诚实，我一直有个疑问，诚实是一种先期的许诺还是一种创造呢？如果是先期的许诺，岂不是每个人宣称或自以为诚实就可以了？如果诚实是创造，是不是就跟写作本身是同构的？

韩东：诚实和自知有关，不仅是看清自我的阴暗面，更是理解我的复杂性、暧昧、冲突和多重。它不应该是许诺，但可以是一个目标。说不容易也不容易，说容易也不难办到，只要你足够诚实（呵呵，同义反复，我故意的）。诚实在我这不是某种道德自诩，不是褒义，最多是中性的，和赤裸类似。赤裸是外在的诚实，诚实是内里的赤裸。再有一点，诚实是需要某种天分或者智力的，别说看清楚自己，看清楚一件事也需要聪明和专心。关于写作这件事亦需要诚实，你的目的何在？你能干些什么？你正在干什么？所有的这些都得诚实以对，并且了解自我动机的复杂、多重，不可自欺。

黄德海：对自我的诚实度，决定了一个作家的基本水准，因为对自我动机的复杂和多重认识越深入，表现在作品中就越清晰准确。我觉得你的诗有个显著的特征，就是对个人感觉的专注（诚实），这几年，在个人感觉里加进了非常丰富的思想和信仰因素（不是信仰，而是对信仰的思考），诗的空间扩大了，有些我觉得是你对自我和世界的洞察。这些思想和信仰因素的加入，是自觉的吧？是不是跟你自己的精神生活有关？

韩东：诗大概最不能骗人，尤其是一首真正的杰作。写诗几乎是我的私人生活，是私人生活的一种可能的方式。到我这分上，我已放弃了以诗歌进入文学史的努力，也放弃了国际视野的政治正确。所以我不写大诗，不搞理论或体系建设，也不惑众，甚至不想发表。只想把写诗这事作为一种纯私人的活动。当然我想让我的作品流传，留下来，但应该是以诗本身的优异，不想借助任何其他因素。一个是我，写了这首诗，一个是读者（具体的），在偶然的机会下，读到这首诗。他感觉到了，叹为观止，就像我当初写这首诗时敏锐觉察到的一样。事情就这么简单。坏诗人才怀才不遇，好诗人力图为世界所知，但因此变成了另一种东西，另一种写作。为什么好诗人不可以隐藏起来呢？那才是真正有价值的，真正的自我保护。这样的人至今我看到的不多，也就小安、吉木狼格几个。也有和小安一样有天分并忠实于自己的人，但他们一般不再写了。

黄德海：这是不是说，诚实的写作其实只是个人的事，在内心就已经完成？把这个内心完成用文字再表达一遍，有时候只是一个愿望，期望有耳能听的人复原这完成的过程？那是否还有另外一种情况，即这个完成只是在写作完成之后才真的完成？未经写作检验，如何信内心的完成为真呢？

韩东：内心完成不了任何作品，写也不是表达内心。作为一个写作者，在写的过程中完成一切，也将构连起他的整个存在，以及赋予了写出来的这个作品以独特的命运。但内心可以判断一件作品的价值，即使不那么可靠，也比文学史或专业权威可靠得多。我们当然可以不信任内心，但除此之外又能信任什么？另一个人的内心也是内心，就是内心，内心内到一定程度是无名的。并不是我韩东的内心，或者你黄德海的内心。而具体到一个人的内心可能是未经开发的，或者，没有在体悟诗歌这件事上得以开发。当然，深层的认可察觉又能怎样？还有更深更广大的区域（于此相对应的外在就是无边的宇宙），很可能是一片虚无。虚无的确是有的，但不在判断作品文学价值的层次，而在整个写作这件事，整个艺术活动这件事，说到底是毫无价值的。至少没有绝对价值。

黄德海：我们还是来到了虚无这里，你表达过很多次虚无的意思，我大体也能体会到。在我看来，你的很多诗，恰恰抵达了某种绝对，比如《铁匠》，比如《在世的一天》，比如《重新做人》，或者更近些的《我的眼睛》。这种绝对，是以亲证的方式离开了虚无。这里面有个有意味的悖反，强调虚无的你来到了某些绝对之地，你如何看待这个小小的悖反？

韩东：虚无不是一个认识论的问题，并非一种认识。这是其一。其二，它并非空荡荡轻飘飘，而是坚硬之物，沉重之物，难以下咽。虚无是绝望，难以言喻的痛苦、挥之不去的残暴和罪行，在这些可怕的事实面前的崩溃。当然，我们可以稀释它到某种可以接受的程度，哲学的程度或者诗歌的程度。实际上，我们谈论绝对也是这样，观念上的，哲学或者诗歌的。但这些最多也只是绝对的预感、征兆、折射。无论是真实的虚无或是真实的绝对，其强度都是毁灭性的，令人肝胆俱裂或者灵魂出窍的。一个人的生命达不到那样的强度就无法真正知道，剩下的就只有文字游戏。

黄德海：也就是说，在诗歌和哲学中讨论的虚无和绝对，都是虚拟的，经过处理的，或者不如就说是戏论吧？那么，高僧大德处于哪种程度？或者，《雪洞》里那样的人，处于何种程度？有没有可以让自己心性暂时休息的可能？

韩东：我相信人的可能性，一端是残杀，一端是至福，而我们处于中间地带。我写过一首诗，说了这个意思。其实这两端在我们的心里都是有映像的。这两段都是非人，人只是徒具人形而已。不好揣测，只能略微感应。但可以肯定，圣人（如果有）的悠然自得是经过重生般可怕巨痛的，不是淡泊、知足之类聊以自慰。

黄德海：人就是这样，是动物和超人之间的绳索，也处于残杀和至福之间。那么写作的意义，是为了把这根绳索往超人（不是现在意义上心智混乱的超人）至福一边拉一点？即使这拉过的一点是那么有限？

韩东：人不是处于动物和天使之间，是恶魔和天使之间，所谓一半一半。动物多纯一呀，即使用人的道德衡量他们也是赤子。至于写作，我觉得还是不要看得那么高。我的意思是不要从高标准高端谈论。需要谈的也许是最低标准，是底线。这方面大家谈得很少，似乎不是问题。其实不是这样的。写作的最低标准其实和干其他活一样，至少有其对应。比如专注，比如说尽力，比如说诚实，等等。不混，拒绝诱惑。当代文学问题很多，最可怕最普通的也是发生在低端，和各行业一样，腐败当道。真的轮不到比较高级的问题。听见文学圈里的“腐败分子”大言不惭地谈玄论道你不觉得恍惚吗？可能是的确太普遍了，大家变得没有感觉了。大概底线被彻底抹掉后，我们也只剩下掩人耳目的高端问题了。

黄德海：对你来说，诗歌的底线是什么？小说的呢？或者也可以这样说，这门手艺有标准吗？是什么？

韩东：标准当然有，但它绝不是某种概念表述，这是其一。其二，这个标准只能针对一类写法、一类东西（通常是你正在写的这类东西），绝没有放之四海而皆准的统一的标准。一种评判，看似来自于个人，却需要某种意义“场”的存在。任何艺术家、作家都是在大小不等的意义场中求生活的。或许可以换一个词，系统。系统不同，再天才的东西都得不到解释。用一种系统去解释另一系统中作品的价值意义，只能是贬损的。这就像中医和西医的不同，价值解释风马牛不相及。意义场或系统的不可通约甚至大于不同的语言。佛经可以经过翻译，但佛教智慧在儒家系统的评判中永远不可能获得高分。因此，价值意义的比较在某个地方是应该止步的。可以比较，不同而已，做高下优劣的判断要慎之又慎。如果我们勉强那么做，一定要知道是出于自我辩护的需要，而非诚实。你在为自我的确立玩弄小聪明。

黄德海：那么拍电影呢，你的底线期许是什么？或者，你对自己做的这件事，最专注的部分是什么？

韩东：拍电影对我来说还是做作品。电影有其专业性，但可以通过合作达到所需的专业水准。这和写作有很大不同。诚实的写作是排斥合作的，不仅一个人说了算，写作过程也得亲力亲为。电影，即使是文学创意部分，也是需要合作的。导演的确是电影的作者，却是以指挥的方式进行创作的。他更像一个责任人，无论成败好坏都要为此负责，拿你是问。失误有时候就在选择上（选择用人、选择某种技术手段等等），若成功自然也有意外之喜。这种责任人的方式的确奇妙，我猜想，它应该是创造的另一种类型。上帝直接创造天与地，但或许将具体的研发委托给了其他的神祇，自己只是勾画蓝图。还有一个比方就是自然生育，需要两性结合，最后这个孩子既是你的也不完全是你的，他妈妈也有份。结合定然是创造的一种方式，在拍电影这件事上可能体现得比较充分。孤独的写作中也需要结合，但不一定是和他人的结合。倒有可能是自我的分裂完成了必要的聚合之举。至于底线，真的就是做作品，按对电影或者对诗歌、小说作为一件事的理解，尽量去做并做好。

我想破解的秘密是我自己身上的软肋

走走　黄德海

黄德海：在你开始各类题材和文体试验之前，你的小说中心都是围绕自己的，所有的事情和感受，都是你感知或触碰的。我觉得你这部分小说写得细密流畅，几乎每一个心理的沟沟坎坎，轻微的变化，由轻微的变化导致的或平和或激烈的行为，都让人觉得准确，值得信任。在这些小说里，我甚至能看到一个勤奋不倦，甚至有些气鼓鼓地观察着自己，也捎带冷峭地看待着周围人的女性形象。写这些作品的时候，你处于一种怎样的心理或意识状态？

走走：写那些作品的时候我还年轻，和摇滚乐队混在一起，眼力所见，是对感官和身体的迷恋，是青春的身体叙事。那时如果我有很强的自我意识，也是一种自我保护。每周的乐队排练，或几月一次的小范围地下演出，我看到的是常换常新的乐手的女友们。2003年，我在《收获》（长篇专号）上发表了《房间之内欲望之外》，因此契机调进《收获》，前三年从事图书编辑出版。可以说，我那时才接触到大量当代中国作家的写作面貌。我编过阎连科、万方、陈丹燕等人的丛书。再加上自己年纪增长，自恋式的情感慢慢淡化，也很难再沉溺身体，这时才有了焦虑感。可以说，我那时才开始有了小说的技巧意识。为了排遣这种焦虑感，我读了大量西方文学作品，还配套阅读了各种叙事理论书籍，通过在不同的短篇里实验不同的技巧，消解自己写什么、怎么写的惶惑与惘然。那批实验之作，就集中收在了《961213与961312》中。

黄德海：收入《961213与961312》的《写作》，很像是你走上写作道路的自传。我感兴趣的是，“我成为一个作家，那简直是命中注定”，经过了这么多年的写作，这个初心还在吗？

走走：这确实是一个接近于自传的文本。小说的第二段点明了我开始动笔的时间：9月25日下午；陈良宇。所以写作时间应该是在2006年，那年我28岁（这也是我写作时一个小小的习惯，会忍不住把时代背景以“硬广”的方式嵌入其中）。我那时已经出版了两个长篇，其中第二个还在《收获》（长篇专号）上发表了，本来应该再沾沾自喜一段时间。但是有一天，我的一个好朋友告诉我，另一个和我同期出道、同时也是我好朋友的女作家认为，我的“成功”来自我贩卖自己比较与众不同的童年经历。这样的议论让我痛苦了很长时间，我第一次思考“写作”和“我”的关系。所以《写作》这个小说是相当别扭的作品，前半部分仍然忍不住围绕自己的成长过程描绘了一些晦暗的童年生活，这样的童年让“我”感到压抑，压抑之际，“写作”找到了“我”。后半段转向写作这件事和“我”生活的互动，相互侵占；小说结尾，想过世俗生活的“走走”成功赶走了写作者身份的“走走”，但同时，她开始恐惧一个人时的孤单。没有了写作，此“走走”无法再在此岸的人间自处。所以我想说的是，“命中注定”的事是一种宿命，而不是初心。无法逃脱是宿命，念念不忘是初心。我一直觉得是写作选择了我，借我做一个临时的载体。

黄德海：“从那天起，我的世界里其他东西都跌进了黑暗，只有一件东西奕奕不舍（生造词？）地发着光亮，那就是一种叙述的欲望，它有无数的变形，令我目不暇接，我想我的一生都会被它牵系住。”如果叙事是生命中唯一的光亮，足以抵挡其他的黑暗吗？人会不会不时陷入愁闷情绪？

走走：“奕奕不舍”是生造词，整部小说中，写作这件事都被拟人化了，你可以想象它是多么容光焕发、神采奕奕，是和黑暗对抗的巨大力量。直到今天，它仍然是我可以完全信任、与我同在的存在，比任何人世的伦理关系都可靠。我的愁闷即使来自于它，那也是我能自主的愁闷，是我和它互动的结果。而生命中其他一切，都不是我能拥有的。

黄德海：“写作就是出卖人，这话我经常挂在嘴边。”是出于相信还是反讽？“为什么我让爱我的那些男人提心吊胆呢？这问题倒值得好好研究。”坐实了问，研究的结果是什么？如果这并非虚构的问题，你怎么回答？或者曾经怎么想过？

走走：写作确实是在不断地出卖人。写《她她》那篇，我的好友看了开头就请求我不要再写下去了（我一直瞒着她，还是按照自己的初衷写完了）；我先生是法国人，很注重隐私保护，自从在我的文本里发现自己的身影以来，他基本不再和我聊他的过去，我写专栏期间他也不和我讨论与我专栏有关的问题。当然我出卖得最多的还是自己，从涉及身体的写作到涉及灵魂的写作，其实都在不断出卖。所以你看，写作又有点像魔鬼梅菲斯特了。

“为什么我让爱我的那些男人提心吊胆呢？这问题倒值得好好研究。”（男人应该扩大为人）这个问题我觉得我在最新的“棚户区”系列里慢慢形成了答案。“棚户区”的第一篇，我对人与人之间的爱是悲观的，自我与他人之间有着明确的界限。因此，“我”一旦意识到伤害可能存在，“我”就会先去伤害他人。随时拖着行李箱消失是“我”最擅长的，这是为什么“我”会让爱“我”的人提心吊胆的缘故；到了最后一篇，这种自保的界限开始模糊，“我”接受了作为他者的养母的爱。建立一种稳定的关系其实也是在放弃我对我自己的专制。

黄德海：我也看到别的作家说到小说家的不洁和冒犯问题。其实我很怀疑这种对小说的设想，在这样的声称里，小说写作者很像有某种窥私癖，把别人最隐秘的地方挖掘出来，成就小说。我觉得这里的问题是，当你把别人的生活写进小说的时候，对对方来说，那个生活就不再是他自己的，而是你小说的世界。能否设想一种小说的方式，在你写到别人的时候，别人反而更加心安？也就是说，从某种意义上，不是你打探到了对方的隐秘，而在通过写作对这一隐秘给予安慰？即，小说中写到的这个人、事可能是虚构的，却能给予明白此一事情曲折的真实的或虚构的人以切实的安慰，而不是带来不安？在我看来，写作也可以是清理自己的情感或郁积，而不是为了处理单纯的小说文本（当然，差小说不在此列）。你刚才提到的“棚户区”系列作品，我觉得已经在做这个尝试了。你有没有想过试着把写作这个系列体会到的东西，变换一下用在此前的作品中，把那些作品再想一遍（仅仅是想，不用重写）？是不是可以设想，那些曾经感觉被出卖的人，会同意你以现在的方式写他们？

走走：我觉得你所设想的方式是有某种天真在的。我举《冷血》的例子吧，卡波蒂一开始是出于写作者的本能，觉得有东西可挖，于是决定通过研究杀人凶手来写书。在写书的过程中他确实安慰到了其中一个凶手贝利，也确实和他产生了真实的感情。但最终快写到结局时，卡波蒂明白了，只要贝利活着，他就不能写完那本书，为了成就文本，他开始拒绝贝利。我想说的是，文本从诞生开始是有它自己生命的，而且它是贪婪的、吸血的。写作者是文本的人质。对应到文本里，那些被写的人，只有自己也来写，来发声，来造成自己的小世界，才有其完整性。我是钓鱼者，钓上鱼我才完整，我永远都不可能假装自己是鱼，理解鱼，即使我要钓的是我自己。文本先天要控制，和作者争主控权，它是天然带着吞噬性的。写作本身是一种行动，它不是静态的观看他人人生。不造成任何伤害的文本，不成其为文本。

黄德海：你说过，“小说写作是制造欲望或平息欲望”，可你小说中的人，制造欲望的多，平息欲望的少（平息欲望，不是变成死水一潭）。这或许就是我在读你这部分小说时，一面觉得很精彩，一面却有一种未尽之感的原因。如果像你所说，一个人其实永远不用外在的东西，只要反复钓自己也就足够了，可你还是需要“他者的故事”，为什么需要？

另外，你说到写作者是文本的人质，我听说过很多这种说法，这是要说，对小说中人物的走向，作者也没法控制吧？可是这里有个问题，你如何确认这个走向只是你自身的写作惯性还是真的人物的走向？如果无法辨别这个，所谓文本的控制，就有可能是反省不够。我觉得，只有在反省意义上写作，文本才慢慢消除它仿佛先天而来的贪婪和嗜血，从而“自保的界限开始模糊”，跟世界建立另外的联系。

走走：制造了欲望却不负责平息，这和我这个写作者当时的写作年龄有关。欲望都是自私的，忘记责任的。现实生活中当时我还处于只为自己高兴的阶段，文本也是充满欲求的，这种无辜的自私肯定得不到满足；顺着时间线看我的文本，会觉得实际行动的部分越来越少，也就是说，目前我已经过了需要通过那些来体验人生的阶段。至于你的未尽之感，我觉得，欲望只对自己有意义，与他人是有距离的，这也许也是为什么没有一个文本，能让所有人满足的缘故。

为什么我需要他者的故事？因为我最开始是想当自己人生的旁观者，这样能避免人生的痛苦。但我发现，自己的人生如果没有他人作为参照，是无法激发起旁观时的情绪的。但是他人的故事一旦开始书写，就会出现一种明确的抵抗。所以我其实只期望自己的写作精神获得别人的认可，作品本身我从不抱期望。

黄德海：后来为什么停止了类似作品的写作，转而他顾？或许你觉得你已经穷尽了这种类作品的可能，再继续写下去是重复？

走走：2008年发生了一些事，那是第一次，我听到敲门声感到害怕。尽管后来，什么事都没发生。我大概是从那时开始，意识到写作所应该反映的所谓的社会本质，这个本质背后，是要有意义焦虑和启蒙（？）/救赎（？）意识的。一思考时代，难免上溯，我目前只上溯到延安十年。近来很多朋友和我聊过类似你的最后一个问题，像我的同事王继军就提出，你要像那些优秀的画家一样，画一个苹果，就可以画出一个世界。所以我也想过，怎么把那些思索就放进普通角色里，就在一个普通的叙事格局里，也用类似过去的情感叙事，来抛出疑问与挣扎。但是很难。上世纪五六七十年代被动式的人人需要过关的压力，这个时代并不存在。这种压力是主动寻找，主动承担的，是为了未来做准备的。

黄德海：在谈你提到的这批作品之前，我还想谈谈《我快要碎掉了》和《黄色评论家》。在《我快要碎掉了》这个长篇里，有一种你此前作品里少有的疏朗之感。此前你的作品都紧致、细密，有些情绪浓得化不开，但在这个长篇里，你似乎部分放松了，叙事语调也从之前的郁郁不欢中透出来一些，有不少地方显出明朗的色彩，或许这是技巧的娴熟带来的某种从容之感？为什么你没有沿着这条路线继续写下去？我甚至想，如果沿着这些心理开始疏朗的地方去探索一下，把自己无法安顿的情绪在那些疏朗开阔出的空间里放置一下试试看，是不是也会有某种真实放松的可能？

走走：当年木子美专栏被叫停后，我接替她在《城市画报》开了三年的性专栏，那是我写得最开心的一个专栏。混合了性知识、语言学、女权主义……那时我就意识到性与政治的密切度。我写过一篇《非专业·无艾滋病性爱产品表彰大会主持词（代拟稿）》，通篇使用官方书面语，戏谑调侃。写这专栏的快乐经验部分传达到《我快要碎掉了》的开头几章，确实有一种游刃有余感。

黄德海：《黄色评论家》前面的三篇也有这种游刃有余感，我甚至觉得这几篇堪称杰作，你的多种阅读经验，各类写作实验，对自我的认真和对所处圈子的认识，真正的伤感和虚拟的疼痛，认真的思考和戏谑的笔调，文体试验的自觉……以往小说单向叙事造成的限制，也在这种试验中克服了，可以从中读出很多以往小说（不止你的）中遗漏的东西。我不太满意的是“肆”往下的部分，某种急切或峻急的情绪又开始笼罩在这几篇之上，其中的讽刺和嘲弄，以及某些迫不及待的结论开始损害作品自身的完整性。你这些作品的写作心境是不一致的吧？你设想过没有，如果按照前面三篇的形式写下来，或者后面几篇的用意再复杂一点，这个作品会是一个什么样子？

走走：《黄色评论家》是我目前最喜欢的，因为它很小部分地呈现了这种尝试的可能性。身体成为一种载体，承载当下稀释了部分压力的知识分子的精神状况。写《黄色评论家》那会儿，我刚写完长篇《重生》，坦克、地震和怪兽的意象压得我没了写作的生趣。为了舒缓自己的身心节奏，开始写着玩儿。虽然每篇其实有其生活原型，但我只关注性与文本交媾的乐趣。

（对，我那时刚读完硕士的三年“文艺学”，所以对文本实验颇有兴趣，其间混合各种貌似正经的专业术语也很有趣。）有意思的是，最开始的两篇，仍然首发在《城市画报》上。

写完第四篇后，我又有了形式上重复带来的厌倦感。那时正好发生了百名作家抄写某个讲话的事情，我有了新的灵感，这就有了后续几篇将性、文本与政治结合在一起的尝试。所以，如果在你所谓的这个疏朗的地方继续下去，应该就是性+各种文体+政治的书写。政治的本质是一群人支配另一群人，为此创造出一套制度。两个人的性也是一样。它们都不可能真正自由独立、不可能不受他人支配与控制。我相信，这个作品就是再搁几年，也未必有人能写出和我类似的来。但我总是怀疑其意义……

黄德海：你大概觉得你那一组跟现代文学史上的名人有关的作品更有意义吧。这些有实际原型，并且跟我们生活的时代不同的人，要想写出他们，必然面对一个挑战，那就是如何比他们的（理想的）传记写得好？小说会比传记多出些什么？一个名人，相对于普通人，他们本身就可能已经把自己活成一个复杂的人物了，你在写这些人的时候，有没有觉得他们本身比你的小说还复杂？如果有这个问题，你是怎么处理的？你最初设想这样一批作品的时候，要表达什么？

走走：小说和传记没法放在一起比，所以不存在是否写得更好这一问题，只能说，我用小说方式处理，和用传记方式处理有所不同。我最早还是在传统小说的套路上尝试处理“文革”记忆，八十年代末事件，杨佳袭警等，即以真实事件为背景，以虚构的人物、虚构的情节来推动。实际上只是利用了背景而已。在这个尝试过程中我发现只审视人物，不审视自己，是无法产生对人物的感—动的。同情之理解，理解之同情如何尽力接近？小说比传记多出的，是一个虚拟维度。传记是知其然，小说是努力知其所以然。我处理过一个投水自杀的作家，站在他那多年承受背叛的妻子一边，试图寻找出残酷年代下小环境残酷的原因。这不是我预先设定的。传记是客观呈现出A—Z，我所做的却是从A导向Z之间的未知数。这些未知数是开放的。应该说，我的工作是用结果去创造原因。

我没有考虑过复杂这一问题。因为我写作这一系列的初衷是破解笼罩在我们之上的意识形态的秘密。我考虑得最多的是形式。我自己是编辑，有不少年轻人告诉我，但凡看到“文革”之类的题材，自动屏蔽，“我已经知道你们要说什么了，所以不想看”。我想把我严肃的尝试变得普通世俗、浅显易懂。我想到了类型小说，在处理储安平失踪之谜时，我创造了一个警察，他类似阿加莎·克里斯蒂笔下的侦探，通过和储安平有家庭关系、有工作关系、有社会关系的不同人等的对话，拼凑出一个也许更加接近真实的文学的储安平。我真的是在不断看材料、写成作品的过程中第一次明白了一件事：对事业进取的野心和所谓理想化的政治抱负，是无法和生活的失败相提并论的。为此我让警察吸取了储安平的人生教训，他对家庭的爱让他们全家安然度过了“文革”的冲击，小说最终落进一层柔和的光影里。

黄德海：你说的从A导向Z之间的未知数，我完全同意。只是传记其实也并非你所谓的客观，每个写传记的人，我想他也是想探索这个从A导向Z之间的未知数，否则就用不着反复写一个人的传记了，只要有一本扎实点的年谱就够了。更进一步，我觉得这个探索未知数的过程，正是对复杂的探求，如果只是破解意识形态的秘密，弄不好会被简单浅薄的东西带进简单浅薄之中。所以我很想知道——是不是你觉得这种形态的秘密非常难解，你在写作过程中有什么独特的想法？或者你有没有想过，其实你还是不自觉地在写作过程中，把情感更多地投射到人身上了？

走走：回看过去，看那些曾经令人信以为真的虚假之物会比较清晰。这么说吧，我想破解的秘密是我自己身上的软肋。我的现实生活中如今有没有这些虚假之物？有。我在它们面前会怎样改变自己的生活形态？是一种纸上谈兵，纸上给自己打预防针的方式。我希望这样的准备没有用武之日。我二十几岁时恋爱的对象是一场运动一个地方上的学生领导，当时他对我说，做一个温柔而勇敢的人是多么困难。很多年后，在我面对谈话，面对循循善诱，面对自己内心中一闪而过的卑怯念头时我才意识到，温柔而勇敢，如此困难。温柔是人与人的关系，是意识形态无法清零的那一部分。勇敢是你承受选择的艰难，承受对自己的失望。所以到了后来，我觉得我写的和那些人物没有关系。那些文本只和我自己有关。我写何其芳删改诗稿背后的恐惧，也是我自己的恐惧。

黄德海：“我想破解的秘密是我自己身上的软肋”，说得真好。所有的写作，在我看来，都是指向自身的，而对应该警惕之物，我们就是要提早练习（尽管有时只能是纸上的），以防它到来时，我们手足无措。并且，你担忧的事情，自古至今，一直在发生，所以不用担心没有用武之日。但是，如果像你所说，你写这批作品的动机是为了把严肃的尝试变得易懂，那么这批作品的目的就是为了普及某些你认为已经确定的事实？这是不是说，你不过把你已知的东西加了个合适的小说帽子？小说的探索性在哪呢？我在读你这批作品的时候，一个显然的感觉就是，虽然你的视野开阔了，但很多人物的感觉，不像你前期作品那么丝丝入扣，因而也少了些动人的力量。是不是可以这样说，或许在写作过程中，从你自己到人物，移情还不够，所以人物还缺少血肉，因而动人的力量还比较弱？

走走：我确实是用小说的形式反刍了我已知的东西，如果它们除了对我自己形成的意义之外还有其他的意义，它们的意义不在于探索性，在于试图提醒读者，这些已经被当代记忆排除在外的、被击溃、被消失的人，曾经存在过。

这组小说最大的问题确实是我把那些人物当成了标本，我放弃捕捉他们彼时生命的样貌。他们就像无根之木。我将一个个假人重新抛向自己的世界，去填补自己的问题。但我没有为他们发声，我只是在一个个书写的过程中，试图在那一夜假如来到时，“不要温顺地走进那个良夜”。在“语言即正义”这个层面上，想象他们是可能的，书写他们是不可能的。

目前在我新的尝试里，我将自己放了进去，我希望能将对历史的想象拉回历史伤痛的发生场域。但三代人这样紧密的垂直关系设定又会阻碍时代的横向连接。总之还是困难重重，但我就是没法不去背起过去的负担。

黄德海：在我看来，你所谓的将假人抛向自己世界的方式，看起来是让这些人物为你服务，梳理你已知的认识，其实这个过程本身反而是消耗的，因为那些曾经在历史上高亮的人物，他们经历的一切和自身的应对之道，本来就跟你思考的问题有关，他们在其中的挣扎和部分挣扎出来之后的欢欣，本来也该化为你自身的能量，但现在这些假人，只是向你索取能量、你写作的热情。也就是在这个意义上，我会说这批小说没有滋养你。

这又要回到前面的问题，就是在写这些人的时候，你必须给他们切切实实的安慰（虽然他们已经是逝者），如果不能给予，这些书写还是外在的，力量就不够大。不妨这样假设，那些已逝的人们在你笔下复活，却无法再过一遍他们的生活，他们要借助你的笔，把自己曾经的人生再走一遍。那么，在从A导向Z之间的无数未知中，他们如何选择其中一条路来安顿自己？如果他们要自觉承负历史的压力，是不是可以问他们，你在做一些后人不愿接受的事而为了更广大的意义的时候，准备好承受责备吗？责备了，他们不觉得委屈吗？你说你“就是没法不去背起过去的负担”，那么，怎么背？只是换个题材，还用老办法背吗？或者换个背的办法，更好地背负起那些不得不背的东西？

走走：关于那些已逝的人，鉴于我下一个对象是胡风，我以此为例吧。我的构思设定是写一个鬼故事，串起文字狱史上的一些冤魂。但我不会再把他们处理成原地等待我的假人，我会让他们在这个世界里有所作为，就是说，主人公不再是以观看者的叙事姿态，而是在自己的流亡岁月里回看自己曾经得到过的来自鬼魂的一次次暗示（包括胡风、包括方孝孺等等），但他一次次听从了自己成名、进入历史的野心，最终妻离子散，一个人寓居遥远的异乡（这个也有原型）。我也想把自己放进主人公的内心，重新认识自己的野心。我意识到，过去那几个作品只是呈现出了历史伤害本身，但没有作为，没办法开始一个没有过去负担的未来。这样的话，我自己也成了那些伤害的俘虏，我也被我反对的东西伤害了。

关于过去的负担，一种是选择无视，专注自己，依靠自己找寻自身生命的个体存在意义。这样的人不会变成盐柱。但我已经因为各种原因回头看了，我是不是要甘于变成一根盐柱呢？

黄德海：既然是已经回头的人，那就不是不回头的那一类了，剩下的就是在回头的过程中，避免变成一根盐柱。或者，如果变成盐柱是不可避免的（像在这个故事中一样），那么，就通过书写，让这个盐柱成为典故也好吧。

走走：或许是吧。在对这一问题的回答过程中，我大概理清了如何处理胡风的写作思路。我要确立小说人物的自我能动性。如果我认同了历史是与生俱来的，那其实是天真而危险的。过去的写作我执着于在既定历史层面找出点差异，其实还是被困在原来的位置。如果没有重新建构身份的可能，那么所有的书写又到底所为何来。

黄德海：你不久前写的“棚户区”系列，我觉得是一个很大的变化。在你此前的作品中，只存在一个青春期和青春期过后不久的女孩的童年，她对童年最大的看法是怨怼——如果不是那样，怎么会有这样的“我”？这样一个郁郁寡欢、心思复杂、跟社会格格不入的“我”？如果我们把青春期的问题往童年上归因，大概谁都会得出这样的结论。但在“棚户区”系列作品中，我看到一个越过了青春期障碍，开始出现一个童年、少年和青年时期复合在一起的童年，这个童年，像你自己说的，“‘我’接受了作为他者的养母的爱。建立一种稳定的关系其实也是在放弃我对我自己的专制”。青春期视角下的童年，整个社会仿佛都欠着自己，其实那不过是一种随突然长大而来的幻觉，等这种对抗性幻觉消散，你对自我的保护也好，你所谓的对自我的专制也好，就慢慢放松了，一个经过反思的童年阶段出现了。这样的童年，就可以避免你朋友所说的出卖童年的嫌疑。你想过没有，你在哪种童年里，自己和被写的人更多的得到了安慰而不是冒犯？联系你前面文本掠夺性和嗜血性的话，你怎么看待这批作品？

走走：应该说，内心活动最接近童年原貌的，肯定是我早期的那些。最新的“棚户区”系列，很多是从我养母口中听来的关于我的童年故事。早期的作品，我只能从我唯一拥有的自己的记忆与情感中去捕捉我以为的事实，所以是向内的写作。很遗憾我那时太年轻，没能由此对生命本质有所领悟。我养母身上有很多值得一写的故事，当年金宇澄说，“你只要写好你妈妈就够了”，当时我心气盛，觉得那是利用题材之便，他说过后我便再也不碰。

写这组的时候自己生了场大病，和养母年轻时的大病经历有所重叠，我们两个都向对方有所敞开，我也开始向外的写作。这一次的系列里，我回看我长成的生命故事，交织进她的人生。

其实孩子的人生，也是母亲的人生。另外生病本身也让我意识到，就像我出生后被放弃一样，在我自己的意识之外，总有其他力量存在。所以写着写着，我也明白到：我不只是我以为的一个人。我也和我笔下我曾经相处过、曾经认识过的任何人，任何不好的但我必须接受的事物一起生活。我们总是和他人一同生活，我们和他人的相处方式塑造了我们，实际上再构了我们。可能是因为认识到了这一点，这组文本同时向内又向外，有了一种妥协。

另外，我觉得无论是“棚户区”还是早期的那些，其实都谈不上安慰或是冒犯，安慰或冒犯，都是基于“自己是与众不同”这一点，都有某种居高临下。我只能说，我自己得到了满足。因为我真诚地描述了和自己有过交集的众多他人的生活。

黄德海：所谓的内心活动和童年记忆，并不是一个所谓的客观存在，而是可以被不断理解的一段经验，你理解到什么程度，这个童年就起什么作用。我从“棚户区”系列里看到的，是此前的不少怨愤情绪被清理了，其实等于在写作中重新过了一次童年，更新了童年经验。比如你写作过程中意识到的，“我不只是我以为的一个人”。“我们总是和他人一同生活，我们和他人的相处方式塑造了我们，实际上再构了我们。”写作，就是驯养这些他人以及自己，跟这些人“建立感情联系”。对我来说，这才是真正的“向内写作”，认知他人，认识自己，进一步梳理自己的来路。这不是一种好的写作方式吗？

走走：其实我不觉得早年的怨愤有什么不好。我今天也没法自信地说，我真的放下了那一个个瞬间，一幕幕我从未遗忘过的场景。如果你觉得我清理了，不是我重新过了童年，而是我讲述的能力提高了，它们随着我平和的诉说而看似变了样。今天的我有足够的写作能力将事情重新排列组合，使它们符合我需要的结局。但事实上，我不愿意更新自己的童年经验。我明知它在哪里。我现在只是在它周围种上树，种上花，我清清楚楚地看着它说谎，但是别人不知道。

我觉得很难描述这种说谎的比喻。我描述了他人的生活没错，因为我无视了那部分自己。我没有掩盖，但我现在是以"其实并没有发生什么"的态度在说。这其实也是一种说谎。写这一组的几个月里，我自己的精气神不算强悍，而且我真的想去了解自己的生命。也许这个阶段的文本改行茹素？我没有感觉到它对我的掠夺和压榨。也许是因为我明白了生命状态就是与他人、他物共存，所以我必须努力和他们/它们建立起责任关系，我学着善待我养母，也善待我身体，焦虑感有所减轻。当然这也使我怀疑：它们到底是散文还是小说呢？

黄德海：你关于文体的担忧，我觉得是过虑了，或者这种担忧根本上是一个误解。我们现在太容易把自己归为某种文体的写作者，好像小说天生跟随笔有差别，随笔又跟论文有差别，论文又跟什么什么有差别。我觉得这是后置的概念影响了写作，写作应该没有这么多条条框框，一个介于虚构和非虚构的作品，一个不知道是散文还是小说的东西，只要是一种尝试（随笔[essai]一词的本义），那就是好作品，至于属于小说，属于散文，属于随笔，跟写作者本身无关。对我来说，我才不管一个作品该归入哪一类，它只要给了我启发，我受益良多，这就够了。“努力和他们/它们建立起责任关系，学着善待养母，也善待我身体，焦虑感有所减轻”，我觉得这就是好的写作。

走走：希望你说的是对的，这也会给我的写作一点鼓励。对现阶段的我来说，重要的是看清这个时代“永恒的当下”，目前我的力量还有所欠缺，所以只能靠时间空间的转换来消解掉一些写作能力的问题。从这个角度继续深化，将良知、敏锐呈现出来，是我可以走下去的一条路。另外我觉得遗憾的是，直到目前为止，我很多文本只停留在嘲讽、批评阶段，还没有写出自己的世界良图。我认为美好的、干净的、正直的心理空间，应该是什么样的风貌呢？这也许也和你批评我的，“取法乎中，仅得其下”有关。如果能“取法乎上”，我也许也会呈现出不一样的写作视野。

成为一个真正的发光体

周嘉宁　黄德海

黄德海：你好像不是写得特别快的作家，但看到你的创作列表，我有点吃惊。2000年开始，你的作品很多了，长篇小说有2003年《陶城里的武士四四》《女妖的眼睛》，2004年《夏天在倒塌》，2006年《往南方岁月去》，2008年《天空晴朗晴朗》，2013年《荒芜城》，2015年《密林中》；短篇小说集有2001年《流浪歌手的情人》，2006年《杜撰记》，2014年《我是如何一步步毁掉我的生活的》。我很喜欢"往南方岁月去""天空晴朗晴朗""密林中"和"杜撰记"这几个名字，不知为什么，老觉得有一种让人信任的得意在里面。在这些作品里，你现在还愿意谈论哪些？为什么？

周嘉宁：我小时候写东西很快，是一种为了获取理解和玩得很高兴的写。我非常喜欢《陶城里的武士四四》，也很愿意谈论他。陶城是一座废铁荒城，无所事事的年轻人从各个地方过来，生活在废弃的工厂，船，巴士里。直到政府要把陶城改建成一个绿化城市，于是年轻人组织起来抵抗，打了很多场巷战，最后以失败告终。写那个小说的时候实在太年轻了，那一整个冬天成天都在通宵打枪战游戏，一个真正的浪漫时代。不过不管怎么说，这些东西我绝对不会再重版了。我想到要回答你的问题，其实也想起自己过去写的那些小说，我原来那么喜欢胡编乱造故事啊，但是有一些心脏部分的坚固的东西好像又没有变。2003年还写了一个很短的小说叫《苹果玛台风》，讲一个独自住在烂尾楼里的小女孩（而那个城市里好像也没有其他人），始终在等台风来，但是台风一直不来，一切都纹丝不动。我也很喜欢她，想再和她一起在屋顶抽根烟。

黄德海：不知道我早听到你讲这些年少时跟人一起等待台风的故事，是不是对你的误解会少一点，或许会更深也说不定——你自己说的，有一些心脏部分的坚固的东西好像又没有变。人跟人之间真的相识，很可能从误解开始。原来在我印象中，你是一个对外在世界深闭固拒的人，老是躲在自己的内心里冷冷地打量着世界。当然，虽然没有更早听到你说这些，但随着对你小说的阅读和对你的认识，我在慢慢纠正我的印象，你仿佛对人有一种羞怯的善意，看到别人做错了事，好像自己更难为情似的。或许这就是我产生你对世界拒斥的错觉的原因？是否也是你小说很少有嘲笑和反讽的原因？

周嘉宁：从你后来和我聊天中对我的描述看来，你对我真的是有深深的误解呢！但是我也确实觉得人和人之间的相识不仅是从误解开始，之后也充满误解。不过你的误解也是有点大，哈哈。但是我现在没有办法（也不再愿意）用口头表达的方式告诉他人说——“我不是这样的！”——这种说法非常无力。长久的接触会改变误解，只可惜到了一个年纪以后，很难有机会与人长久相处。或者如果这个印象来自于小说，那么或许小说本身确实存在一些致命的问题。看到别人做错事（或者处于尴尬的困境），尤其是在乎的人，我真的会感觉非常难为情，那种东西不是同情，还有其他复杂的情感——所以真的是不会用反讽和嘲笑啊，值得用反讽和嘲笑的人物，我好像暂时都不想去写，我确实更愿意远离他们。所以你说的一部分大概是对的，有拒斥的一部分，但并没有排斥世界。

黄德海：我的误解也很可能来自于，读你小说的时候，觉得你小说里的人物，不管遭遇到什么，都不抱怨，不解释，就那么一意孤行地承受下来，不借助外在的什么来解决这些问题。我后来大概有点明白了，这是一种“思无邪”的状态，是现在小说里少见的好风姿——把自己面对的问题好好地归在自己身上，可并不就此对世界拒斥。或者我是不是可以这么说，你对世界的感觉，或者你作品里的人物，只是不会轻易跟随别人或别的事流转而已，他们必须经过你内心的确认才行？

周嘉宁：大概就是我和认可的人近距离交往，我写认可的人物。那样的人通常是，认识他们的时候，我被他们身上的发光点吸引，接着便不由想去靠近这个发光点。我是一个先看到他人发光点的人（但是有些人的发光点我看不到，那也没有办法），但是有时候发光点会带有迷惑性，也会带来更大的失望。

黄德海：这个看发光点的说法真好，如果我对文学有什么期许，就是希望能在作品里多看到这样的发光点。这样的发光点，只有写出来，才切切实实地有了，这世界也在荒凉里有了点微弱的希望。但就是你这样一个看发光点的人，我在读你的小说时，老感觉笼罩着一层忧伤。这层忧伤是不是因为你说的对发光点的失望造成的？或者，稍微虚一点讲，这个忧伤其实也不知来处，虽然好像是某件具体的事带来的，可又不全是，里面仿佛有种对人生莫名的愁绪，“人生不满百，常怀千岁忧”的那种。有没有可能，这种忧伤就是因为人——每个人——本身的局限造成的（或者，我不知道是不是可以这样说，因为不时而至的某种虚无感造成的），并非真的只因为具体的事？

周嘉宁：哈哈，我真的是一个忧伤的年轻人，而我看到身边很多同龄人都是反成功的虚无主义者（其实我并不知道虚无主义到底是什么）。前几天在微博上转发了春树说的一段话——“感慨大家都退到了舞台后面，可以说是自保或者韬光养晦，没有人愿意再说话，因为没有对话平台，你说的话都会返回到你自己身上，那可特别伤。”——后来我又删掉了，因为她后半段还说了“曾经我们多爱发言啊，后来社会变成了你没钱你就是失败者，那的确没话可说”。——我不太认同后半段所以就删掉了。你说到的这种局限性我自己的体会是，更年轻的时候无忧无虑且无畏，之后的很长一段时间则是承受失望，打击和伤害。忧伤和虚无都是一种逃避啊，或者说是尚未做好准备。但是其中一部分的人会度过这个阶段，会做好准备，会反击。

黄德海：偶尔的忧伤和逃避，也是人之常情吧，只要不是一直在牢骚，就还不错。当然了，更好的是你说的做好准备，然后反击。反击，多壮人胆色的一件事啊！而且，你的反击已经在小说里开始了，不管是《密林中》叙事者给二十多岁的阳阳的出路，还是你今年写作的几个短篇，我觉得你以往小说中某种坚执的东西在消散，而另外一种发光的东西在里面出现，可你小说特有的节制和内敛，仍然保持着。我不太确定这个新的发光的东西是什么，是原先人身上的发光点的扩大？是某种有意为之的视角调整带来的？或者其他别的原因？

周嘉宁：是迷雾暂时消散啦，虽然它可能还会更猛烈地卷土重来，但是谁知道呢，反正此刻，它消散啦。而且不由地想要付出更多的——爱？也有可能是其他的说不上来的东西。我一直记得在青岛你说的有关写作就是在描述那个世界里的东西，大概是类似这样的话。我可能没法用语言复述，但是很清楚那句话的意思。现在也是突然又想起了这个。

黄德海：管他是不是会卷土重来，这暂时的迷雾消散，我觉得就是造物（？）对认真写作的人大度、吝啬但确定无疑的报偿的一种。不由得要付出，就是某种反击的开端，更多的爱里，有更多的杀气——好矛盾。还有，那个世界，你始终在那里，写作就是你写出你在那里看到的东西。那些东西大也好，小也好，都是真的，有某种自内而外的澄澈。你小说里动人的，就是这个澄澈。我很想知道，你是怎么一步一步把这个看到的东西写出来的？你现在小说中表现出来的语言的准确性，是经过某种艰难的试验吧？

周嘉宁：现在仍然很艰难啊，更艰难。这个过程大概是从我有意识地想要抵制陈词滥调开始的，而常年的中文语境和教育常常让人稍不留意就掉入陈词滥调的坑里。语言的准确性是在试图摆脱陈词滥调时自然产生的。但是时刻警惕真的很累，大环境的浊流又太具有迷惑性。我现在写得非常非常慢，但是这一年偶尔会在很轻松的状态下写一些游记作为调剂。

黄德海：对语言的清洁度有要求的人，大概很难写得很快吧。你游记写得快些吗？你称为“游记”的这些作品，跟你小说有一种非常接近的特质，进入你文字里的所有东西，仿佛都蒙上了某种属于你的色彩。你笔下的景也好，人也好，都很奇特地带上了你特有的调子，变得干净明亮。怎么说这个感觉呢？仿佛一个人在做什么事情，背景里一直有音乐轻轻放着。

这音乐你仔细去听，却没有了，而你不注意它呢，它又很顽强地成了前景，一直在你耳边萦绕。说得清晰些，好像你文字里有某种特殊的出世之感，抵消了尘世本有的粗重和鄙俗。作品里的这种一以贯之的色彩，是你的有意选择吗？

周嘉宁：一旦写的东西不是小说了，写起来就轻松而飞快，而且能够感觉到一种难得的快乐！你说这是为什么呀。我有点儿知道你说的那个东西是什么，音乐也好，调子也好。那是一种选择。世界是多棱角的，太多大层面和细微层面，我选择去描绘了其中一些视角和层面。我的语言也适用于此。至于其他视角，一部分确实被我排斥了，我给自己制定了标准，一些事件不参与其中，一些人不靠太近，一些东西不描述。另外一部分视角，我也很感兴趣，但是用我的语言不适合去描写，会出现偏差。所以那种色彩是一种契合。

黄德海：你的“游记”，在我看来，品质不比小说低，甚至我都愿意看成是某种类型的小说。可为什么比小说写得快呢，难道小说本身就是魔咒？不管是你的小说也好，游记也好，对话都非常书面，或者不日常化，跟传统所谓的生动鲜活不是一个系统。我很欣赏那种口角毕肖的对话，可你这种写法，我觉得另有一种真实，就像我们说一些好的画，虽然不像实物，神气上却更接近。并且，我跟你谈话也有个发现，很容易就变得书面化了，当然，这也跟我说话容易书面化有关。这样一种对话写作方式，你是有意为之吗？是不是在写到某些问题的时候，只好如此书面化？

周嘉宁：确实在写完以后拿给几个朋友看，有人问小说的边界到底是什么呀，怎么定义呢。我写不来口语化的文字，尽管在看到那些鲜活的东西时，我也会很投入其中，不过自己却偏偏写不出来啊。你真的是一个说话很书面化的人，和你说话很费脑子，所以我觉得很高兴和你说话。这也和话题有关，我最感兴趣的，以及常常谈论的，都是一些很容易被书面化的话题，以及书面化是最贴切的表达方式。当然生活不仅限于此，所以这也是选择，那部分更适用于口语的话题，我没有选择去写。

黄德海：在你这些游记里，你的文字风格，你对微妙心理瞬间的把握，你忧伤里渗透出的刚强神情，都不走样地在里面，所以，这不就是好小说吗？或者换成我更喜欢用的词，这不就是好作品吗？甚至，因为写到的是实实在在的人，作品里还会渗透进些你小说里几乎不大会有的东西，这些东西是那个人自身携带的，顽强地抵抗着你的选择。如果这样看，那个被称为小说边界的区域，是否正是另外一种好作品开始的地方？如果游记写起来轻松而飞快，可不可以写一批，出个集子看看？

周嘉宁：嗯，我不倾向赋予小说和写作过于重大的意义，这让写作者显得煞有介事，而煞有介事太容易滑向陈词滥调。但是我自己在写着“小说”的时候为什么会变得那么缓慢，毫不轻盈呢，或者就算有时候显得轻盈，也是经过筛选以后的轻盈，也是要思索一下。那些“游记”——暂时这样叫它们，否则也不知道该叫它们什么，命名是一切规矩的根源，唉——是更轻盈的东西，也或许是更新鲜的。我目前正在写这些类似的东西，但我的问题是记忆力很差，去过很多地方，结果都忘得差不多了。旅行本身对我来说没有什么意义，我很快会把美景混淆，但是或许含糊的记忆，和经过自己不知道的记忆选择机制留存下来的东西会变得有一点意思。

黄德海：我觉得你的游记——或者叫随笔吧，就是法文原意里那个随笔的意思，尝试——更像是景色之外的东西，一种精神生活别样的表达方式。或者你的小说也是？你作品里的很多东西，我觉得是生活在空间和时间缝隙里的，像柔弱却韧性十足的草，没有生长在宽阔的空间和无尽的时间里的那种从容，却有一种撬开裂缝所需的绵长的力量，在我看来，这就是属于你自己的特殊精神生活方式。是不是对某些东西的毫不留意和坚决遗忘，以及对某些东西持久的留意，才让你的小说和精神生活有了这样一种特殊的样态？

周嘉宁：啊我喜欢你这种说法，你的说法总是给我很大的鼓励，所以我只想回答说，是的，是这样的。只不过遗忘很难坚决啊，遗忘常常是非常残酷的过程。我最近在思索要不要写日记，我感觉自己正在加速忘记一些非常美好的事件和物件

（因此而感觉伤心，不能多想），记忆太神秘，不知道它是如何自主地进行选择的，抛弃什么，留下什么。但是这种被切割和被混淆的残酷也有美感，所以依然没有开始写日记。

黄德海：哈哈，这种日记要写不要写的状态很好啊，就这样拖拖拉拉着也不错对吧？对一种痛苦必然到来的拖延。我觉得你对遗忘的伤心，跟你的专注气质有关。当你真正专注地做事的时候，仿佛会忘记全世界，只心心念念在这件事上，从而获得一种纯粹的感觉。从你的小说看，你不太容易放松，好像有一件什么重要的事要去专注地做，却也经常不知道那件事是什么，因而会时不时陷入焦灼，并且会在焦灼里做些决定。而近期的小说，包括我看到的这些随笔，某种松弛状态开始出现，我觉得，这种松弛，会带来一种更有效的专注，从而在某种意义上缓解焦虑。你是有意为之吗？或者只是暂时的现象？

周嘉宁：我最近写小说才更专注呢，因为在上一个阶段，我真的不知道自己要干吗，不知道要写什么，像所说的，不知道那件重要的事情到底是什么，就是单纯地被焦虑折磨。在写完《密林中》，又写了一两个短篇之后，感觉突然打通一个小关口，一个小boss被消灭了。我至少理解了焦虑和勤奋的同样无意义，但这并不是说我不再焦虑或者放弃勤奋，只是不再缠斗。你理解的松弛大概就是这样一个不再缠斗的状态，虽然说要达成的东西尚未能描述，但是至少知道了要抵制什么。（感觉我俩讲话是一种形而上的形而上。）

黄德海：形而上，太形而上的是吧？肯定是因为我有一个不够具体的脑子。但我觉得你描述的状态非常清晰，就是打通了一关的那个感觉，不再缠斗，却并不是放弃。这在你最近的文字里能够发现。然而，过了这一关，或许你会看到我们开始提到的那个世界上更多的东西，有更多的人性秘密，更具体的人的无奈。你有没有这样的感觉？有没有想过，或许在你以后的写作里，需要更加繁复的理解，也需要更为精微的体谅？

周嘉宁：我很认同需要“更加繁复的理解和更为精微的体谅”，这正是最近强烈感受到的。对于我来说，写作是生而为人的一部分，而所有这些理解和体谅需要的并不是方法，而是作为人本身来说的一种进步和完善。没有想过用怎样的方式去呈现，或许不应该这样谈论问题，却一直在思索，好想成为一个更正直的人，好想更无畏，好想学习，好想成为一个真正的发光体。

黄德海：就像你前面说的，你不是一个对写作过于看重的人，这非常好地避免了某种不当的自恋。而你说想成为一个真正的发光体，让我非常振奋，并让我想起你在一篇小说中的话，要关注“人，人本身的样子，人的心”。这个话肯定会让很多人觉得不可思议吧，一个作品一直写无用之物的人，怎么会如此关心人身和人心？你自己有没有考虑过小说的某种用场呢？或者，你有没有觉得，成为一个更正直更无畏的人，并在小说里恰当地表现出来，就是一种极大（甚至唯一）的有用呢？

周嘉宁：我同意你的说法。但是我又觉得这件事情如果刻意去做就又糟糕了，你说的是在“作品里恰当地表现出来”。这当中的连结肯定不是用方法来达成的。如果写作是生而为人的一部分，那么一切都会呈现。好的，坏的，都会不可避免地呈现。而写作本身的练习又是另外一回事情了。（好绕啊……被自己和你绕晕了……）

黄德海：好在喜欢绕的我基本明白了，写作是生而为人的一部分，一切都会呈现出来，就是这样。用我的怪词来说，无论深浅，写作就是某种证量的流露。对你这样一个专注的人来说，尤其如此吧。我想起你送我的《我是如何一步步毁掉我的生活的》上题的字“但是生活最伟大”，我觉得在这句话里，有更为豁然的气象，有对世界更为开朗的接纳。你的小说，在可见的部分，已经表现出更伟大的生活的一个面向，而接下来的写作，你有没有什么计划，或者某个朦胧的，却已经开始留意念头？

周嘉宁：（啊证量又是个什么东西？）我有一点点计划，但是就像前面说的，想抵抗的东西比想到达的地方来得更清晰，所以还需要更长的准备期，不过准备期也很好，那是一个练习的过程。

文
景

Horizon

社 科 新 知　文 艺 新 潮

驯养生活

黄德海 著

出 品 人：姚映然
责任编辑：廖　婧
营销编辑：杨　朗 陈　茜
装帧设计：肖晋兴
版式设计：安克晨

出　　品：北京世纪文景文化传播有限责任公司
（北京朝阳区东土城路8号林达大厦A座4A　100013）
出版发行：上海人民出版社
印　　刷：山东临沂新华印刷物流集团有限责任公司
制　　版：南京展望文化发展有限公司

开 本：890 mm × 1240 mm　1/32
印 张：10.25　字 数：194,000　插 页：2
2018年8月第1版　2018年8月第1次印刷
定 价：45.00元
ISBN：978-7-208-15305-9 / I · 1748

图书在版编目（CIP）数据

驯养生活/黄德海著. —上海：上海人民出版社，2018
（述而批评丛书）
ISBN 978-7-208-15305-9

Ⅰ. ①驯…　Ⅱ. ①黄…　Ⅲ. ①中国文学—当代文学—文学评论—文集　Ⅳ. ①I206.7-53

中国版本图书馆CIP数据核字（2018）第152723号